MIRROR IMAGE 镜像

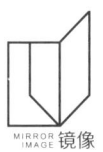

朱燕玲工作室

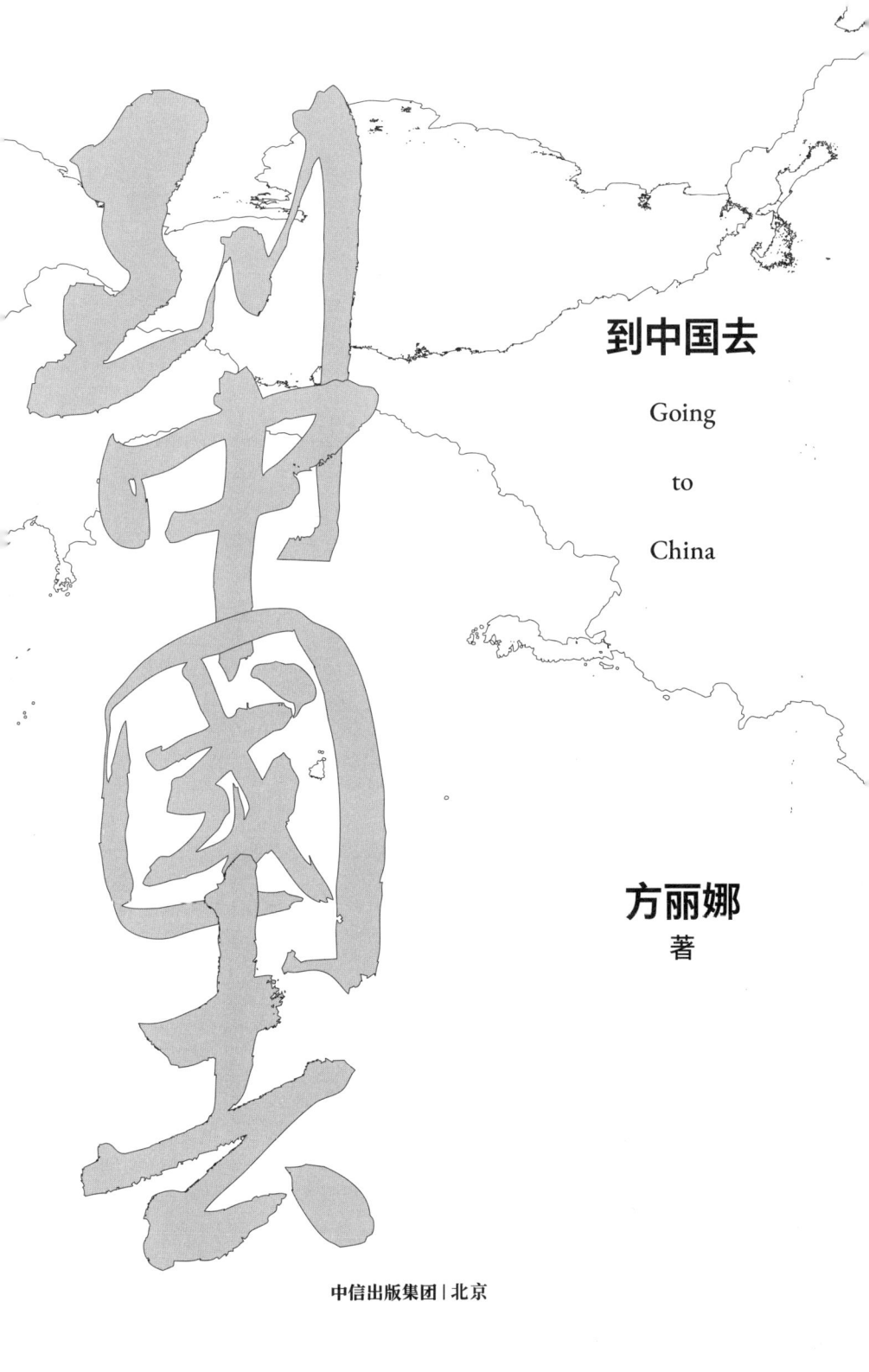

到中国去

Going to China

方丽娜 著

中信出版集团|北京

图书在版编目（CIP）数据

到中国去 / 方丽娜著 . -- 北京 : 中信出版社，
2025. 8. -- ISBN 978-7-5217-7533-4
Ⅰ. I247.5
中国国家版本馆 CIP 数据核字第 2025YD1817 号

到中国去
著者： 方丽娜
出版发行：中信出版集团股份有限公司
（北京市朝阳区东三环北路 27 号嘉铭中心　邮编　100020）
承印者： 河北鹏润印刷有限公司

开本：880mm×1230mm 1/32　　印张：11　　字数：235 千字
版次：2025 年 8 月第 1 版　　　　　印次：2025 年 8 月第 1 次印刷
书号：ISBN 978-7-5217-7533-4
定价：65.00 元

版权所有·侵权必究
如有印刷、装订问题，本公司负责调换。
服务热线：400-600-8099
投稿邮箱：author@citicpub.com

目 录

1　第一章　　逃离维也纳

39　第二章　　船过索马里

63　第三章　　上海，我的诺亚方舟

103　第四章　　北戴河谍影

133　第五章　　苏北有个萨尔茨堡

171　第六章　　肚皮上的天鹅湖

189　第七章　　到延安去

199　第八章　　枣园的华尔兹

229　第九章　　中国的俾斯麦

247　第十章　　哈尔滨之恋

265　第十一章　情困津门

281　第十二章　东方帝都

289　第十三章　别了，中国

299　第十四章　维也纳风采依旧

315　第十五章　鸭绿江飞鸿

323　第十六章　我的应许之地

333　第十七章　耶路撒冷

339　第十八章　死海之吻

345　后记：飞扬的浪漫，深沉的蓝眸

第一章
逃离维也纳

罗马的太阳已经陨落。我们的日子一去不复返。

——莎士比亚《裘力斯·恺撒》

1 走出集中营

夏季刚过,德国东部魏玛郊外的空气里,透着丝丝凉意。罗森·菲尔从魏玛布痕瓦尔德集中营里走出,他目光凄迷,神情淡定,嘴角略含笑意,被剃光的脑袋刚刚冒出一层金棕色的尖儿,身上的制服因身体萎缩而显得极不合体。

匆促的步履中,罗森·菲尔出了一身虚汗,他不由放慢脚步,朝山下那片林木葱茏的草地张望。一座精致的象牙色房舍,在绿荫的罅隙中闪出刺眼的光。他恍然想起,这不是歌德夏季避暑的房子么,还有背阳处的平谷,正是歌德与席勒的长眠之地啊!1775年,受卡尔·奥古斯特公爵邀请,年仅26岁的歌德来到魏玛担任疏密院顾问,直到去世,歌德在这里生活工作了半个多世纪。他的传世之作《浮士德》,就诞生在城中心那栋淡金色的楼宇中。也是在这里,歌德与席勒建立了不朽的友谊,他们思想的光辉不仅点亮了魏玛,也成就了德意志古典主义的丰碑。

罗森进而回想起四年前的那个夏季,他作为维也纳的泌尿系统医学专家,到魏玛来参加了一场欧洲医学研讨会。会议期间他从歌德散步的园林,到席勒创作剧本的寓所,再到尼采苦思冥想的砖石小巷,以及赫尔德传教布道的广场,穿行于松林间的自然野趣中,罗森默诵起歌德在《漫游者夜歌》中的句子:群峰一片沉寂,树梢微风敛迹……他继而自嘲似的想起自己早年对《少年维特之烦恼》的钟爱与迷恋,他甚至模仿过维特的着装,金色马甲,蓝色燕尾服,举止彬彬有礼。

实际上，小国寡民的魏玛，就像当年的奥地利一样，无意在政治军事上争强好胜，历代君王都喜欢把精力投注在文化艺术方面。除了歌德和席勒，还有如李斯特、巴赫这样的音乐家，他们挥洒在魏玛的才情和音符，奠定了德国古典主义的璀璨背景。

久居魏玛的李斯特说：卡尔·奥古斯特公爵统治下的魏玛，堪称北方的雅典。而安徒生的一生，无不流连于哥本哈根和魏玛。这里的宁静、祥和以及壮丽的花园草坪，深深触动了安徒生。他用童话般的语言赞誉道：魏玛不是一座有公园的城市，而是一座有城市的公园。

没有人可以否认，就连魏玛的空气中，都弥漫着经久不衰的古典主义气韵！

罗森收起目光，他痛苦地意识到，在这片如诗如画的土地上，一度栖居着多么柔软、优雅而强有力的心灵。而德意志历史的深渊，同样属于魏玛。

就在魏玛西北方向的山坡上，布痕瓦尔德集中营肃然而立，铁丝网、瞭望塔、探照灯和持枪哨所，一座不折不扣的人间地狱。这是德国纳粹在全欧范围内设立的大规模集中营之一，关押在此的多半是政治犯、吉卜赛人，以及耶和华见证会成员，甚至有几名中国人。罗森·菲尔也是其中的一员。

仅仅二十年前，第一次世界大战后的德国痛定思痛，试图以文学和人文主义引领未来，甚至幻想把德国打造成一个"歌德式的国家"。魏玛共和国是德国历史上走向共和的一次理想尝试。它承载着德意志民族的殷切希望。1933年希特勒上台后，魏玛宪法被废除，魏玛共和国名存实亡，短暂荣耀戛然而止，狂热、躁动和灾难接踵而至。柏林的"水晶之夜"爆发后，犹太人被成批地投入欧洲各地的集中营。不久，罗森被强行塞上了从维也纳开往布痕瓦尔德的闷罐车。

正是欧洲情势步步紧逼之时，德国党卫军为什么肯释放罗森·菲尔呢？是他具有维也纳医学博士的头衔，还是他脸上常挂的贵族式微笑？希特勒为遍布欧洲的集中营欣然命题：ARBEIT MACHT FREI（劳动创造自由）——能干活就存在，不能干就送你去死。罗森不过是暂且屈从于形势，他每天使出浑身解数，不要命地苦干。除此而外，一个不愿意透露身份的人，几天前向柏林的盖世太保提出申请，愿以个人名义为他保释。

尽管如此，罗森·菲尔出狱的条件是：14天内务必离开奥地利。

这一限令，让罗森一离开集中营，就迫不及待地展开一场与生死赛跑的挑战。

依在闷罐车厢里的罗森，字字句句斟酌着给姑妈的电报内容。他希望纽约的姑妈接到电报后，立刻为他申请前往美国的签证。车子在慕尼黑郊外倒车时，罗森隔着站台，瞅准了一辆蓄势待发的绿皮车，飞快钻入地下通道，而后狂奔到车前。就在车门紧闭的刹那间，他闪身踏上了这辆开往维也纳的列车。

列车不断提速，月台上的白色立柱尸影般纷纷向后倒去，罗森惊魂未定。两年前他被押解到魏玛集中营前，也是在这里中途停车，透过闷罐车的小窗口，他看到有人从车厢里往外抬尸体，而后一个个撂在月台上。

抵达维也纳西客站时，已是傍晚时分。熟悉的建筑和亭亭如盖的菩提树，将罗森的眼睛晃得直流泪。从邮局里发完电报出来，罗森顿感两腿发软，他站在十字路口，怔怔地望着疾行的车辆和人潮，好半天才摸清回家的路。夜幕下，狮子胡同的落地窗看上去支离破碎，罗森在贴有"犹太猪"的廊檐下，伸手叩响了自家的房门。

两年不见，母亲伊丽莎白竟成了寡妇。这让罗森有种恍如隔世的感觉。即便在橘红色光晕下，母亲的脸也失去了柔和与安详，疲惫不堪的神态好似刚刚经过了一段长途跋涉。见罗森安然回到身边，伊丽莎白张开双臂抱住儿子：我的孩子，你可回来了。见儿子用异样的目光瞅着自己，她继续道，自从你被他们抓走后，父亲就患上了前列腺癌，他整夜整夜睡不着觉，我从未见你父亲那样痛苦和焦虑过！

没有送医院治疗吗？罗森不假思索地问母亲。

维也纳的医院早就限制我们进出，私人诊所几乎都是犹太人开的，不是被洗劫一空，就是遭到和你一样的厄运！

罗森的脑中迅疾闪过两年前那可怕的一幕，他闭上眼，颓然倒向椅背。妹妹蒂娜给他端来一碗热乎乎的蔬菜汤，两块夹心面包，然后坐在哥哥对面望着他吞吃，并说：你走后，爸爸日夜煎熬，噩梦不断。就在复活节前夕，爸爸睁着眼离开了这个世界。

罗森的眼泪一连串砸在碗里，内心锥心刺骨。作为享誉奥地利的泌尿科专家，他为多少王公贵族解除过病痛，却在父亲最需要他的时刻，鞭长莫及、爱莫能助。罗森突然被一片洋葱卡住了，他难以遏制地咳嗽起来，一时间脚下的橡木地板，头上的水晶吊灯，无不跟着他的身体颠簸、颤抖，排山倒海，山崩地裂。蒂娜"嘘"地冲过去，将临街的窗子关上，而后搂住哥哥安抚着。这么大动静，一旦被巡警发觉，后果不堪设想。

月亮从教堂的穹顶滑落窗前时，罗森祈求母亲：跟我说说父亲病中的情景好吗？

罗森的瘦弱不堪，让伊丽莎白心酸落泪。她知道丈夫的去世，是身为医生的儿子心中永远的痛，而那些骇人的经历和创伤只会加剧他的内疚。于是，她做了个痛苦不堪又十分豁达的手势，说：都过去了，还是说说你自己吧！

罗森便将自己出狱前后，以及两周之内务必离开维也纳的期限和盘托出。

伊丽莎白呜咽道：你哥哥罗杰斯被抓到波兰修铁路，弟弟约瑟夫去了巴勒斯坦。现在你又要走，并且只有两周期限？

是的，妈妈。否则，我将被党卫军抓起来，再次投入集中营。

蒂娜被这突如其来的消息惊呆了。伊丽莎白用指尖抓挠着胸口，并摊开双手道：有什么法子能搞到别国的签证啊，我的孩子！还有哪个国家愿意收留我们呢？

蒂娜转身上楼，跟跟跄跄地下来时，手里举着一份旧报纸。

罗森若有所思地接过报纸，即刻展读：

> 1939 年 5 月 13 日，931 名犹太难民为了寻求庇护，从德国汉堡出港，乘坐"圣路易斯"号邮轮，横跨大西洋驶向美洲

大陆。邮轮从大西洋沿岸的哈瓦那到迈阿密，从波士顿到圣约翰斯港，拉锯战持续了好多天，始终没有一个国家允许他们登陆。最后"圣路易斯"号一声长啸，掉头转向，拖着浓浓的黑烟原路返回，再次驶入波涛汹涌的大西洋。

2　皮匠胡同

清晨薄凉的空气中，罗森·菲尔及时来到普拉特公园对面的纳粹党办公室，在犹太人名录报到簿上，规规矩矩签了名。从今天开始，他每天都要来这里报到、签名，直到按时离开奥地利。这是罗森走出布痕瓦尔德集中营时，从一名盖世太保冷冰冰的眼神里接受的指令。他已经学会，认真对待盖世太保的任何一条威胁。

普拉特公园的草坡上，几个少年激烈地争抢着一只红色手球，他们大呼小叫地闹着。半空中，硕大的摩天轮在明快的乐曲中不紧不慢地旋动着。普拉特公园是欧洲数一数二的游乐场，也是罗森永不厌倦的乐园。少年时代，他曾执拗地认为，这个地方应该在地球仪上用发光的彩笔标出来。但他至今想不通，普拉特广场上为何立着一具九尺多高的中国人雕像？他正襟威严，胡子下垂，背后提溜着一根黑黝黝的长辫。

天色正好，罗森想到公园的林荫下走一走，而入口处"犹太人禁止入内"的警示牌挡住了他的脚步。刚才争抢手球的几个少年厮打起来，其中的小个子流出了鼻血。罗森本能地有些发怵。他一向远离剧烈而富有冒险的游戏，骨子里的平和节制和与世无争，成就了他谦谦君子的美誉。他喜欢结交优雅绅士，迷恋音乐、文学，远离体力上的角逐。他宁愿坐在小酒馆里与情投意合的朋友聊天、打牌，以替代那些剧烈的身体运动。对于性格暴烈的好战分子，罗森更是敬而远之。

但他依旧恋恋不舍。因为公园深处，有一块属于他和露西娅的秘密城池。

穿过那条梧桐夹道的林荫，他和露西娅一路走到湖边。水鸟、野鸭、天鹅，露西娅常常带着面包，撕成小块，递给湖边的天鹅和野鸭。清风拂面，他们携手攀上对岸的山巅，在瞭望塔前俯瞰维也纳的角角落落。午后的暖阳下，露西娅拽着他的手，并肩躺在毛茸茸的草地上，在无人打扰的爱抚与亲吻中，聆听彼此的呼吸。

"咔嚓——咔嚓——"一辆有轨电车开过来。罗森从冥想中惊醒，正要抬脚上车，一眼瞥见玻璃窗上的"禁止犹太人"字样，赶忙收住脚，黯然后退，不由想起早餐桌上妹妹蒂娜的抱怨：我们所有的乐趣，一样样被禁止。每天都被逼迫着放弃一部分权利，咖啡厅、展览馆、图书室、游泳池、音乐厅，一律都不准我们踏进。如今，连满大街奔跑的公交车，都对我们禁足了。这些令人窒息的限令，让罗森滞闷、愤慨，却又无可奈何。他黯然挪步，下意识朝内城方向走去。

途经城市公园时，罗森在约翰·施特劳斯的八角亭下徘徊了一会儿。多少个花团锦簇的日子，他和露西娅踩着《蓝色多瑙河》的音符，翩翩起舞。音乐的鼓动，令他瞬间加快了步伐，身不由己地朝皮匠胡同奔去。他要去看一眼他的诊所。

他曾是一名充满艺术气息的医生，慕名而来的顾客当中，不仅有富甲一方的地产商，还有名扬欧洲的歌剧演员、指挥家，以及维也纳皇城脚下的贵族后裔。维也纳城堡剧院的当红话剧演员布鲁诺，患有严重的前列腺炎和心理障碍，光彩照人的舞台背后，是难以启齿的苦痛。病痛与治疗，使得演员和医生成了莫逆之交。为了就医方便，布鲁诺后来干脆从外省迁到维也纳内城。每次举办艺术沙龙，布鲁诺都邀请罗森光临，并当着无数名流显贵说：瞧瞧我们的罗森·菲尔大夫，凭他这张百万富翁式的笑容，就能抓住每一个人，并驱散我们心中的病魔！

罗森痴痴地望着自己苦心经营多年的诊所，透过绿色百叶窗，他仿佛看见诊疗室雪白的墙壁，书架上的各类书籍和造型别致的根雕与木刻。他一向喜欢收藏，身边常常充斥着年代久远的油画、雕塑和唱片。那年在佛罗伦萨旅行，他带回了一架老式留声机，作为装饰摆在了诊所的门厅里。渐渐地，罗森发现，他的不少患者之所以频繁光顾诊所，并不完全出于病痛，而是为了坐在他的接待室里，欣赏伦勃朗笔下的少女、夏加尔飘忽不定的村庄和雷诺阿悠闲的青草地。

蒂娜作为医科大学妇产科博士，也加入哥哥罗森的诊所里来。细心而训练有素的蒂娜不仅医术过硬，还为哥哥分担了管理事务。罗森如虎添翼，从而腾出不少时间舞文弄墨，将富有见地的时评和随笔投递给《皇冠报》。面对暗流涌动的时局和不断抬头的纳粹分子，罗森不惜笔墨，用真实姓名在报纸上表达真知灼见。他的直言不讳和对形势的误判，让自己付出了惨重代价。

情况是从1937年暮春急转直下的。那些言辞犀利的时评为他惹来了一场横祸。他的诊所被纳粹盯上了。两个月后的一天早上，光天化日之下，罗森就在自己的诊所被抓走了。他顽强地克制着，竭力避开肢体冲撞。他是那么爱惜自己的身体和声誉，却在被押送途中，受尽侮辱和暴力……

斯蒂芬教堂的钟声轰然响起，成群的鸽子呼啦啦一跃而起。罗森恍然醒悟，他失魂落魄地盯着诊所的门楣，原本刻有自己名字的烫金牌匾，已被狰狞的纳粹图标所替代。不知不觉地，门上突然凹进两个洞，阴森森如饿狼的眼睛。罗森眼前一黑，逃也似的出了皮匠胡同。

3　中国领事馆

1938年早春的一天上午，维也纳气温一反常态，像是刻意为这个气氛诡异的上午增添几分热烈。城市公园的斜对面，一座精雕细刻的巴洛克式楼宇下，中国驻奥地利领事馆的宁静，被一阵喧嚣惊扰。站在落地窗前的何凤山先生，身着浅灰色西服套装，雪白的衣领上打着蓝色条纹领带，正冷冷注视着窗外的人群。

对面的香樟树下，几个臂缠纳粹徽章的奥地利青年，正戏谑着拦住一名犹太老人，勒令他当众剥掉自己的衣装，直到剩下一条内裤。何先生神情凝重地摇了摇头，愤然拉上窗帘，满腹心事地踱回办公桌前。一种潜在的担忧袭上心头。

与此同时，林荫夹道的维也纳环城大路上，一个庞大的车队在40辆坦克的簇拥下，正浩浩荡荡地驶过市政厅、城堡剧院和霍夫堡皇宫，继而驶向英雄广场。敞篷车上的阿道夫·希特勒一身戎装，杀气腾腾，向狂热的维也纳市民挥手致意。民众像中了魔一样发出阵阵欢呼，齐刷刷高举的右臂丛林一般。台上这个气势如虹的人，俨然被当成了救世主，人们心甘情愿地为他发疯，为他献身，为他效忠。当德国纳粹的党旗在英雄广场上空冉冉升起时，整个欧洲都为这个日益膨胀的第三帝国心惊胆战。

何凤山以审慎的目光，打量着这股可怕而高涨的势力。

几天前，德国兵不血刃地侵入奥地利，风卷残云般吞并了这个辉煌一时的前奥匈帝国。当德意志的战车一路跨过莱茵河，碾过德奥边境的崇山峻岭时，士兵们遭遇的不是仇恨，而是盛装欢迎。眉目传情的萨尔茨堡姑娘，雨点般向车里投掷鲜红的玫瑰。维也纳俨然德国的一座后花园，供莱茵健儿们休养生息，赏玩、践踏。姑娘们陶醉于日耳曼青年那琥珀色的肌肤和灼人的蓝眼睛，花前月下，陪伴左右。

德奥合并的现实，随即打破了中国驻奥地利公使馆的格局。原本作为公使馆一等秘书的何凤山，顺理成章地升任为中国驻维也纳总领事。就个人而言，何先生官晋一级，但他对欧洲时局的担忧却与日俱增。因为种种迹象表明，希特勒大规模迫害犹太人的行动正在步步升级。

周末，何凤山和妻女用完了早餐，换上正装。妻子为他抚弄了一下脖颈上的衣领，提醒道：别再忘了，上周答应女儿的事！

何先生会意，轻声道：我先到那边待会儿，很快就回来，你们等着我。

妻子含笑点头。何先生习惯性抿了抿前额，在女儿期待的目光里，走下公寓楼。

花草蔓延的贝多芬广场上，出来遛狗的老年夫妇，一面留心小狗的去向，一面不急不慢地聊着当日新闻。何先生从他们身边经过时，望了一眼神情凝重的贝多芬雕像，而后沿着柏油小马路，径直朝马路尽头的红色尖顶小教堂走去。

幽暗而肃穆的教堂内，几名肤色黝黑的外族妇女正掩面诵经；后排座位上的白发老人，目光低垂，无声地祈祷。没有黑衣神父的布道，没有管风琴伴奏下的圣歌，唯有堂前神情悲戚的耶稣和圣母玛利亚。何先生掏出一枚硬币，丢进樟木箱里，而后燃起一根蜡烛，小心翼翼地插在铁铸的古铜色烛台里。他坐下来，面对圣像，闭上了双目。一阵风从背后吹过来，连绵的往事如同摇曳的烛光，在冷冽的空气里闪闪烁烁。

当年，父亲作为一介儒生，在湖南省城积极参与创办新学的运动，并将求学机会延伸到家乡的贫苦子弟。何父志向远大，身体力行，却在一次深入村舍的摸底考察中，意外染上了不治之症，猝然仙逝。何父壮志未酬身先死，留下孤苦伶仃的孤儿寡母相依为命。那一年，何凤山七岁。接下来的一场滔天水患，更是雪上加霜，将母子二人捉襟见肘的生活再次逼向绝境。

即便生活窘迫无比，母亲也不忘以身垂范，鼓励凤山勤勉读书，将来做国家的栋梁之材。天资聪慧的何凤山，日夜苦读，以优异成绩读完了小学，而后考入当地最好的中学。那个冬天格外冷，何母积劳成疾，身体每况愈下。意识到自己将不久于世，何母拉住凤山的手说：儿子，你要记住，是善良之人挽救了咱娘俩，你将来若能出人头地，定要做知恩图报的善人啊！

母亲去世后，信义学校的外籍牧师大胡子理查德收留了何凤山。牧师的善良与赤诚点点滴滴融入凤山的血液。知识的洞开与滋养不仅塑造了他的人生观，还将人道主义的根深植于他的心底。理查德告诉凤山：播下一个行动，你将收获一种习惯；播下一种习惯，你将收获一种性格；播下一种性格，你将收获一种命运……

爸爸，爸爸，你不是说，要带我去普拉特公园玩吗？女儿幽怨的问话，一下子将何凤山从遥远的回忆中拽回到现实。他恍然睁开眼，妻女正用嗔怪的眼神盯着他。何先生歉意地笑了笑，拉起女儿的手走出教堂，而后拐向普拉特公园的一条主街。

4　露西娅·卡内提

窗前微风吹过，斑驳的树影扫过天顶，影影绰绰地映在露西娅的一张照片上。罗森便想起他跟露西娅度过的最后一晚，正是自己被抓进集中营的前夜。那是黄昏，他斜靠在壁炉前的沙发上，露西娅无声地依偎在他身边，客厅的留声机里流淌着夏里亚宾的《伏尔加船夫曲》，深沉、凝重，继而是意大利男高音卡鲁索悠远而高亢的咏叹调。一阵寒气袭来,罗森双肩微颤,情不自禁地想起那个春天,他和露西娅邂逅的情景。

正是人间的四月天,维也纳的空气里弥漫着花草的清芬,他下了班,兴致勃勃地搭乘电车到斐迪南大街,去欣赏一场由维也纳音乐学院的硕士生演奏的钢琴音乐会。

细碎的月光洒在运河左岸,并延伸到热闹而繁忙的斐迪南大街上。犹太居民的炊烟漫过尖峭的红砖屋顶,袅袅飘荡在运河上空。一街两旁充斥着鳞次栉比的小商铺,服装店、皮草行、咖啡屋、蛋糕房,以及点缀其间的阅览室和音乐厅,喧嚷中透着一股艺术气息。十字街口昂然矗立的犹太教堂,华丽的拜占庭式建筑风格,乳白色外墙绘制的湛蓝而细腻的图案,令人赏心悦目。教堂的高台上供奉着九星烛台,以及穹顶之下金光耀眼的大卫盾章。

露西娅一家居住的白色三层小楼,与高耸的教堂隔街相望。

已坐在音乐厅前排座位上的罗森,凝神打量着台上的姑娘。肖邦、舒曼和勃拉姆斯的旋律,随着姑娘的手指波涛翻滚,水花四溅,如梦似幻。月光从天窗里泻下,掠过古老的黑色三角钢琴,浮在姑娘长及脚踝的白色纱裙上。罗森的情绪波动着,时而激昂跳跃,时而平缓松弛,继而浮想联翩。他目不转睛地望着台上,从姑娘的乌发,到耳垂上的珍珠,及至黑色凉鞋上染了蔻丹的脚趾。一股强烈的爱意,从心海深处跃然而出。余音袅袅中,罗森突然有一种似曾相识的感觉。

音乐会结束了,罗森徘徊于音乐厅外,久久不愿离去。听众们说说笑笑地散去了,最后姑娘亭亭玉立的身影,风一样飘了出来。

罗森微笑着迎了上去。

对于陌生男子的主动搭讪，露西娅不免有些错愕。可接下来，罗森谦和、真诚的自我介绍，驱散了少女隐隐的戒心。直觉告诉她，眼前是一位名副其实的绅士，学识和谈吐都很不俗。因此略有迟疑后，露西娅便接受了罗森的邀约。

周末的普拉特公园，惠风和畅，草木葳蕤，罗森与露西娅如约而至。明媚的阳光下，姑娘看清了罗森的五官，也觉有些眼熟，像是在哪里见过。哪里呢？露西娅不禁有些纳罕。几秒钟过后，他们同时喊道：在阿尔卑斯的滑雪场。

露西娅的父亲卡内提先生，是下奥州一座山上的滑雪教练。卡内提祖上是由南斯拉夫移民到奥匈帝国来的，并在阿尔卑斯的西摩恩站稳了脚跟，世代经营着山上的一片滑雪场。不仅如此，他们还出租雪橇、靴子和滑雪衫，并为不同年龄的滑雪爱好者提供滑雪培训。罗森恍然大悟，小时候跟随父母去滑雪时，参加的就是露西娅父亲经营的滑雪班。而小小的露西娅，正是他冬季时光里常常遇见的那个小姑娘。

时光简直如巨人的魔爪，轻轻一触，便将十几年前的小姑娘点化成眼前楚楚动人的美少女。露西娅也想起少年罗森，一套橄榄色滑雪衫，头戴银红尖角滑雪帽，矫健、迅捷，嘴角时常挂着一抹温厚的笑意。见罗森依旧迷惑，露西娅解释说：那年冬季，父亲患了严重的肾炎，腿脚浮肿，行走极其艰难。他再也无法承担繁重的野外工作，山上环境也不再适合他的健康。于是在伯父的提议下，父亲将山上业务转让出去，一家人就搬到了斐迪南大街，并协助伯父打理他的皮草行。

罗森释然道：我报考维也纳医科大学那年，父母为了方便我和妹妹的学业，放弃了沃勒斯多夫的大宅，举家搬迁到了维也纳内城。

从此，两个年轻人时常坐在运河桥下，神游于维也纳的夜色中，话题如潺潺流水汪洋恣肆。露西娅充满爱意的眸子里满是憧憬，一个眼神定格了时光，一抹微笑留住了岁月。这天一阵激情过后，罗森盯着露西娅，郑重其事地说：毕业后嫁给我好吗？

露西娅晶莹的泪光里，即刻闪出了笑意，对自己的爱人重重点了点头。

然而，骤然变化的时局打破了这一切，美好的憧憬顷刻间化作一场无可追踪的梦境。不期而至的灾祸，使得罗森从高处一下子跌落谷底，他无力庇护身后的这片花草绿荫。梦想还没有开始，就已破灭。突然间，一对恋人走投无路了。

此刻，罗森抚摸着露西娅十指触碰过的已散了架的钢琴，仿佛嗅到了她的呼吸。

斐迪南大街上的犹太教堂，是被一场蓄意的大火点燃的。冲天的火焰吞噬了犹太居民的安稳，炙烤着露西娅家的白色小楼。卡内提用充血的眼睛瞪视着自己顶礼膜拜的圣殿，他的心碎了。由奄奄一息的火焰预感到犹太人的厄运，卡内提当机立断，用毕生房产换回一笔现金，带上妻女离开维也纳，沿多瑙河投奔塞尔维亚的远亲去了。

露西娅一家离开维也纳之际，罗森正在魏玛集中营里接受严格的身份登记和造册。之后无论男女，一律被剃成光头，脱得精光，他的右臂上被烙上了编号16505。

5　蒂娜远行

该怎么办呢？罗森握着姑妈的电报，失望中透着无奈。申请前往美国的犹太人早已人满为患，美方断然停止了向犹太人发放签证。横渡大西洋投靠姑妈的梦想，随着美国政策的收紧骤然破灭。两周的期限，在无望中一天天流逝，一家人被这个最后的期限牵动着，每一天都过得战战兢兢。

听说出高价能搞到伪造的出国许可证，并由此申请购买远行的船票。罗森否决了这个念头，他不敢轻易冒险。他是个中规中矩的人，一想到那些可怕而有失尊严的后果，罗森便惶惶不可终日。母亲说，期限到了万一还没有着落，就找个地方躲起来，等情况好转再现身。不久，成批的犹太人被从地窖里拖出来，推推搡搡地上了开往波兰的闷罐车。在持续滚动的报道中，奥地利当局大肆表扬那些告密者和线人，以便让民众明白，协助当局搜捕犹太人，可以得到奖赏。

焦虑中的罗森开始另辟蹊径。这天他到法国使领馆来碰碰运气，一大早挤进长长的队伍，而后在日头下直等到天黑。可他一句话没说完，办事人员就强行打断了他，罗森脸上的笑意顿时僵住。他无权埋怨，只能在心里诅咒被上帝抛弃的命运。

次日天刚放晴，胡同里的犹太人家就把所有的贵重物品拿出来，一一摆放在街上待售。水晶吊灯、骆驼骨雕、铜质画框镶嵌的油画，还有各种首饰和工艺品。伊丽莎白将自己的项链、胸针和毛皮大衣，摆在铺着雪白桌布的立柜上，望着行色匆匆的路人，她目光躲闪地叫卖着。站在窗前的罗森，隐隐听到母亲的叫卖声，尊严如干涸的皮肤，在母亲的脸上层层退去。罗森的心里翻腾着绞痛。

蒂娜从外面回来说，她的好朋友尤利娅一家，昨天夜里被无缘无故抓走了。形势越发危急。伊丽莎白便催促女儿，不妨也找条出路，赶紧离开维也纳吧。于是，蒂娜像罗森一样，汇入了东奔西走的洪流。她希望能到英国去，哪怕做家政，或者家庭护理都行。她是一名医学博士，响当当的妇产科医生，可为了被接纳，蒂娜情愿放低身段，只为能踏上英国，哪怕做清洁工都可以。

这天蒂娜来到欧根亲王大街，当她看到旅行社橱窗里明晃晃贴着代售的两张船票，三步并作两步，头上的血直往上涌。就在她踏上台阶的瞬间，一位高个子女人抢先扑了上去。女人拿下船票后，一屁股坐在地上，像是停止了呼吸。

工作人员感叹道：算你走运，这两张船票的持有者，被盖世太保枪杀了。

蒂娜交了一笔订金后，没想到次日竟接到了通知。机会来得猝不及防。说是今晚七点半，一批犹太儿童要离开维也纳前往伦敦，急需一名女护理。身在英国的犹太医生诺依曼教授因常年给王室成员治病，得到英王特许，从而赢得120个奥地利犹太儿童的监护权。旅行社老板的口气不容置疑，他不耐烦地催促道：走，还是不走？

机不可失，蒂娜看了一眼母亲和哥哥，含泪答应了。

这晚罗森送走了蒂娜，从车站回来的路上，偶遇盖世太保的军车，正横在一栋豪华别墅前。他赶忙收住脚，正要后退，突然被一只强有力的手拽住，不由分说将他拖到教堂背后的门洞里。他惊惧中抬起头，一双锥子似的目光正射向他。就在这时，一阵乐曲从天而降，是巴赫的协奏曲。罗森循声望去，那优美的和声从教堂的彩色天窗里飘出，仿佛天堂洒下的福音。罗森的眼泪夺眶而出。他看了对方一眼，刚好与那双锥子似的目光相撞。罗森心里一凛，恍惚中不知身在天堂，还是一脚踏进了地狱的门槛。

6　回望慕尼黑

地狱之火，是从德国柏林一路烧过来的。

1938年11月9日这晚，柏林街头宁静如常。一群化装成平民的希特勒青年团、党卫军和盖世太保，手持棍棒和铁锤，对柏林的犹太人住宅、商店和教堂等，疯狂打砸和掠夺。犹太居民在睡梦中惊醒，他们苦心经营的数以万计的商店橱窗，顷刻间被砸得稀烂，满街的碎玻璃伴着剧烈的猝响，在月光下发出水晶般的光泽。

这便是举世瞩目的"水晶之夜"。

"水晶之夜"的导火线，是由巴黎的一个偶然事件引爆的。刚满17岁的犹太裔德国青年赫舍·格林斯潘，早年随父母从波兰移民到德国。1938年秋，金黄的叶片铺满巴黎的香榭丽舍大道时，赫舍接到了妹妹的一封信。前不久，德国当局毫无来由地将定居在德国的数千名波兰犹太人驱逐出境。妹妹在信中说：我和父母被强行塞上一辆破烂不堪的闷罐车，而后住进波德边境的难民营。这里脏乱不堪，食物短缺，疾病到处蔓延，还动不动遭殴打……

震惊不已的赫舍，一股脑跑到德国驻法国大使馆，找到使馆秘书冯·拉特先生，恳求他为自己的家人提供帮助。冯·拉特斜视了他一眼，当众拒绝了他。性格暴躁的赫舍恼羞成怒，一想起亲人在难民营里的处境，他便如坐针毡。他想不通，风度翩翩的德国外交官为何如此冷漠无情，并对他的祈求无动于衷。

日夜煎熬中，犹太少年设法搞到了一把左轮手枪，藏匿在身上的黑色风衣口袋里，一阵风就出了门。他压低帽檐，守在德国使馆的对面，用阴鸷的目光紧盯使馆门前。天擦黑时，冯·拉特不紧不慢地迈下台阶，朝他的黑色奔驰走来。这时赫舍跳出阴影，冲外交官喊道：拉特先生！拉特先生！随即掏出口袋里的左轮手枪。

次日早上，冯·拉特在巴黎的中心医院不治而亡。这件事点燃了德意志民族对犹太人的仇恨，并成为德国纳粹反犹行动的导火索。格林斯潘少年轻狂，他试图以一名德国外交官的鲜血来唤醒整个欧洲对犹太人命运的关注，结果不仅适得其反，反而雪上加霜。一夜之间，仇视犹太人的大火，从柏林急剧蔓延到维也纳。

晨雾如洗，阳台上的何凤山，面朝曙光打了一会儿太极拳。妻子墨兰走过来，她知道丈夫书房的灯又亮了一夜。墨兰是个善良而敏感的女人，维也纳街头时常发生的暴力事件让她不忍卒睹，迷惑中问丈夫：到底是怎么回事，犹太人会招致这样多的灾祸？

身为外交官，何先生早想对妻子解释个明白，可这一切，太过复杂。而面对妻子的屡屡询问，他不能再回避了。墨兰将煮好的咖啡端上小方桌，这是夫妻俩最惬意的时光。何凤山神情悠远，而后带着浅浅的笑，跟妻子讲起了他在德国的经历。

1929年深秋，何凤山作为一名中国公派留学生，在德国慕尼黑大学攻读政治经济学。他无心贪恋巴伐利亚迷人的风光，而是一门心思钻研德国政治和经济学。雪霁之后一个晴朗的早晨，巴伐利亚笼罩在一片冰清玉洁的天地里。突然一阵脆响，隔着一层冰花，人高马大的同窗好友马库斯冲他做了个喝酒的动作。连日来苦读苦熬地准备论文，何凤山早已头昏脑涨，就顺从了马库斯的召唤。

一个是朴实单纯的巴伐利亚后生，一个是勤勉稳健的中国学子，两人同桌四年，相互信赖，彼此敬重。两个好朋友并肩走出校舍，踩着奶油似的积雪，来到慕尼黑最古老的一家传统啤酒馆前。刹那间，土豆、酸菜和烤肘子的香味，盈满窜入凤山的鼻孔。两人对坐在靠墙的一条长凳上，端起扎啤响亮地碰着，随即就喝起来。

凤山环顾左右，感觉这里的德国人一改往日的严谨和刻板，每张脸都冒着热气。他们的话题从艰难的论文答辩，到教授病态的严苛，再到日益膨胀的时局，马库斯突然涨红了脸，指着前台一张长桌说：知道吗，著名的"啤酒馆风波"就发生在这里。见何凤山一脸惊愕，他解释道：当年，希特勒从维也纳闯荡到慕尼黑，就是在这里掀起了一场轩然大波。十年过去了，他成了一位了不起的人物。

这位了不起的人物，就是刚刚登上德国总理宝座的阿道夫·希特勒。德国在第一次世界大战失败的屈辱中始终苦苦挣扎。巨额的战争赔款，席卷世界的经济大萧条，导致数百万人流离失所。严酷的现实，为希特勒乃至纳粹的崛起，创造了千载难逢的机遇。

马库斯吐出一口酒气，对老同学抱怨起自家的穷困和不堪。没有卫生间，没有洗澡设施，跟父母和妹妹挤在一套平房里，就连父母做爱都没有独立空间……

后来呢？墨兰听得专注而投入，见丈夫一下子沉默，迫不及待地追问道。

何先生摸出一支烟点上，对着枝繁叶茂的板栗树吐了口烟圈，说：在德国，有数以百万计的马库斯这样的追随者，民众无条件的拥戴，助长了极端民族主义的膨胀。一个热衷艺术的淡漠的世界公民，何以转化为一个狂热的反犹分子？昨天夜里，我从希特勒的《我的奋斗》这本书里，找到了答案：

> 犹太人是一种逐渐蔓延的瘟疫，一种比黑死病毒更甚的瘟疫。我发誓，要把犹太人从这个地球上赶尽杀绝，铲除犹太人，是上帝交给我的任务和使命！

墨兰杏眼圆睁，不由问丈夫：你那位老同学马库斯呢，他现在人在哪里？

何凤山伸出食指，顶住右侧的太阳穴说：那年春天，马库斯的论文答辩很不顺利，他没能获得慕尼黑大学的博士学位。分别那天，我和马库斯紧紧拥抱，并问他接下来的打算。没想到马库斯两眼发光，踌躇满志地说：我加入了德意志青年团，明天就出发去柏林，我要为元首效力！

也许是为了摆脱自身的困惑和压抑，也许是想做点什么证明给移情别恋的女友看，马库斯毅然离开慕尼黑，去了柏林。墨兰悚然一惊，手里的杯子差点滑落在地。

对于热衷秩序、威严和荣誉感的德国人来说，青年团冲锋队那种华丽的制服和徽章，连同那种极具视觉冲击美感的队列、仪仗和凯旋的队伍，对德国青年有着致命的诱惑。何凤山叹了口气，说：从一个人的疯狂到集体疯狂，仅仅一线之隔。

战争已变成了光荣和浪漫的传说，变成了课本里的故事。里面尽是穿着漂亮制服的英勇骑兵，在战场上迅疾如风，不费一兵一卒，就取得了胜利。他们以为战争是一场慷慨豪迈的冒险，是一次美妙刺激的经历。所以，他们才欢呼雀跃地坐上了开往前线的列车。

——奥地利作家斯蒂芬·茨威格写在一战爆发前夕

7　一处楼宇灯火犹亮

奥地利是欧洲第三大犹太人聚集地，有近20万犹太人遍布奥地利大小城镇，其中的九成集中在首都维也纳。犹太人善于经商理财、精打细算，咖啡、首饰、医药、皮货、服装等，各种生意都打理得异常红火。有了充足的财富，犹太人在欧洲大陆站稳了脚跟，日子过得殷实而高雅。当柏林针对犹太人的暴力活动不断升级时，维也纳的纳粹分子纷纷效仿。昔日生活的乐园，瞬间变得烽烟四起，动荡不安。

一夜之间，犹太人成了过街老鼠，人人喊打。

起初，国际社会对于法西斯势力的抬头并非视而不见。1938年夏，由美国总统罗斯福召集的犹太难民国际会议，在瑞士与法国的边境小镇埃维昂召开。三十多个国家的高官在香槟缭绕的氛围里东拉西扯，侃侃而谈，不是强调自身困难，就是惧怕希特勒的淫威。总之，会议不了了之。此后，整个欧洲便朝着不可知的凶险方向滑去。

英国哲学家柏克说：恶人得胜的唯一条件，就是好人的袖手旁观。

四面楚歌中，犹太人个个如惊弓之鸟。不得不走出家门时，总是低头盯着自己的脚尖，就连拐弯抹角时，也生怕搅扰起空气中的尘埃。从公民资格被剥夺，到禁止从事任何职业，再到资产被侵吞，接下来，就是肉体的彻底消亡了。为了逃离死神的威胁，犹太人挖空心思，找寻着通往他国的一切途径：美国、英国、瑞士、北非乃至中东，要么无人接纳，要么客气地记下你的姓名。仅此而已。

伊丽莎白睁开蒙眬的双眼，见罗森带着一身汗气回到家。她读懂了儿子的沉默与晦暗。在外奔波了一天，罗森再次无功而返。她把手放在儿子的手背上，轻轻拍了两下，无声地安慰着他。一周过去了，她每天目睹儿子可怜巴巴地拖着疲惫身躯失望而归，伊丽莎白的脸上已没了表情。她见多了一家家的离散，生命的无奈和惨烈被她一点点揉进了日益空洞的目光。

月亮陡然间掉到塔楼上，在天幕下闪着迷惘的光。罗森呆立窗前，突见布满绿苔的墙上趴着一只蜥蜴，它瞪着一双暴突的瞳仁，看两只壁虎在暗影中厮杀，直到一只被另一只咬得遍体鳞伤，落荒而逃。罗森的神经一下子被触动了。许多国家就像这只蜥蜴，眼瞅着自己的同类，只是作壁上观。

你怎么了，我的孩子？伊丽莎白见罗森双肩颤抖，脸色煞白，慌忙走过来问。

罗森颓然倒向沙发。这时门铃响起，原来是罗森的表弟艾诺来了。

艾诺激动地说：你有救了，我亲爱的表哥。中国领事馆在给犹太人发放签证呢，你快去递交申请吧。

罗森缓缓直起身。艾诺补充道：艾里希跑了五十多家领事馆，全都被拒，可他今天收到了中国领事馆发放的签证。我亲眼看见他为自己的亲戚领回了二十份中国签证。

罗森苦笑道：别开玩笑了，你不是在讲天方夜谭里的神话吧？

伊丽莎白的眼里，却射出了一道稀有的光。她认真地说：我的孩子，上帝有眼，你明天一早就去申请，不能再耽搁了。

怎能等到明天呢，我的姨妈！中国领事馆的门前，每天都是长长的队伍。他转而对罗森说，你现在就得去排队，争取明天早上，把申请材料递上去。

黑暗中的维也纳约翰内斯大街上，一处楼宇灯火犹亮。人们潮水般涌到瑰丽的建筑下，在中国领事馆门前排起了长龙——等待签证的犹太人队伍。在狼藉的血腥和死亡中，他们目不转睛地盯着楼上的光亮，犹如盯着黑暗中的一颗明珠。

等待的时光，罗森对古老而神秘的中国展开了一系列想象。遗憾的是，万能的摩西课本上也未出现过这个国家。为了得到更多有关中国的知识，罗森努力搜寻着，任何蛛丝马迹都让他欣喜若狂。他突然想起以前的一次餐桌上，身为奥匈帝国军人的父亲米哈伊，提到了遥远的东方，有一只了不起的红色队伍，走过了"二万五千里长征"！

罗森侧过头去，问父亲：什么红色队伍，什么是长征？

米哈伊显然听到了那部风靡全球的 *Red Star Over China*（《西行漫记》）。这是美国记者埃德加·斯诺写的一本书。罗森怎么也想不到，当他若干年后远渡重洋来到上海，在一位好朋友的家里，竟与这位美国记者不期而遇。

二万五千里长征是一个东方人的传奇。米哈伊比画着解释道，脑中隐隐闪出摩西带领族人出埃及的奇迹。摩西受上帝之命率领希伯来人入红海，蹚沙漠，走旷野，历尽艰辛和磨难，终于抵达流着蜜和奶的迦南之地。而远在中国，刚刚崭露头角的共产党和他的队伍，绝境中穿越大半个中国，峡谷河流，雪山草地，最终来到牛羊成群的陕北高原，从而起死回生。

8　德国集中营里的华人

正当罗森想方设法，在历史与现实的接口中寻找中国以及中国人的踪迹时，他无论如何也想不到，令自己饱受摧残的布痕瓦尔德集中营里，依然晃动着几个中国人的身影。眼下的罗森热切期盼着远赴中国的通行证，而集中营里的华人正苦苦挣扎于死亡的边缘。在魏玛郊外的采石场上，罗森和他们甚至擦肩而过。

不远万里的中国人，是如何成为德国集中营里的囚犯的呢？

19世纪末到20世纪初，一艘艘满载东方古国的丝绸、瓷器和茶叶的欧洲商船，频繁往来于中国东南沿海和德国汉堡港之间。一个萧瑟的深秋，满载而归的商船里走下来一群黑头发黄皮肤的中国男人及其家属。他们随德国商船在海上漂泊了大半年，囚徒似的扎进船舱做燃煤工、供暖工、机房工和洗衣工。在德国人眼里，这些勤勤恳恳的中国人远比他们从非洲劫掠来的黑奴还要任劳任怨。他们的女人就在船上做饭、熨衣、打扫卫生，为船员们缝缝补补，同时解决性问题。

这一年，抵达汉堡后的船员和他们的女人，因疾病或生孩子，无法登船返航，就遗落在码头。这些人在港口的圣保利区，或结伴合租房屋，或共同搭建窝棚，彼此照应，抱团儿取暖，久而久之便长期滞留下来，并且越聚越多。

1921年，中国在汉堡正式设立领事馆时，圣保利区首饰街上的华人已超过两千人。他们靠着生命换来的积蓄和五花八门的手艺，在码头开起了餐馆、茶楼、杂货店和洗衣房等，随着人气的兴旺，舞厅夜店赌场和鸦片馆也应运而生。中国人的店面里喜欢敬奉佛像、菩萨和关公像，用来驱鬼镇妖，招财进宝。因了神秘的东方色彩，汉堡首饰街被德国人誉为"唐人街"，其规模虽然与同时期的伦敦、纽约和洛杉矶唐人街难以匹敌，但中国饮食兼西方娱乐，连同鲜明的异域风情，已演变为享誉全德的一道风景。

德国著名作家路德维希·于尔根斯（Ludwig Jürgens）在他的《中国城》（*Chinesenviertel*，1930）里，如此描述他眼中的汉堡唐人街：

> 圣保利的中国依然是一副安静、平和、永远微笑的面容，但没人能确定这到底是不是它的真面目。首饰街边的房舍全是黄种人的家，每一个地窖墙壁或者大门上方，都透着一种奇异的感觉。窗户紧闭，偶尔射出一束狭窄昏暗的光，或者一个人影转瞬即逝，但没有丝毫声音传出。一切都半掩在神秘的面纱背后。他到底是沉浸在鸦片的迷幻中，还是跑去赌博，没人知道。

在众多族人的拥戴下，德国历史上第一个中国协会"水手馆"成立。与此同时，中德之间的贸易额高达3.48亿帝国马克，中国成了德国在远东最大的贸易伙伴。希特勒上台后，跟中国有过一段相交甚好的蜜月期，不断扩张的德国急需中国的钨铁锰等战略物资，而中国政府需要德国的枪炮和技术来加强军需装备，两国间的互访和军事合作也在有条不紊地展开着。德国专家马克斯·鲍尔上校赴华考察投资，并在广州被蒋委员长任命为高级顾问。

希特勒本人对中国文化也颇为赞赏，即便不像对待日本人那样赋予其"荣誉雅利安人"待遇。他鼓励从中国留学生和船员当中精选一部分骨干，进入帝国服役大军，让他们在军官学校里接受正宗的军事训练。南京国民政府一直聘用德国军事顾问来辅佐军务。蒋介石认为，要加速中国的国际化进程，务必学习和借鉴德意志历史经验，他誓言将自己的警卫全部训练成普鲁士式的保镖，除此之外还把儿子蒋纬国派去德国，接受正宗的德意志军事训练。

这样的大环境下，汉堡官员自然对唐人街刮目相看，不仅热心为华人提供各种便利，还着力改善那里的基础设施。不少金发碧眼的德国女子甚至避开种族偏见，甘愿嫁给唐人街上的中国商人。

然而，随着德日《反共产国际协定》的签订，以及法西斯联盟的缔结，日本以其军事上的野心和优势取代中国，成为德国在远东最重要的合作伙伴。中德之间的友好关系随之破裂，随后发生的日本侵华战争，更是将中德关系推向了深渊。

1938年，希特勒悍然抛出"纯净德国血统"政策，使得大批在德华人遭遇了和犹太人一样的厄运。秘密警察开始在唐人街四处巡视，那些嫁了华人丈夫的德国女子被逼迫离婚，以免"玷污日耳曼人纯正的血统"。丧心病狂的希特勒在《我的奋斗》中写道：(你能想象)一个黑鬼或者中国佬能变成一个德国人，就因为他学过德语；将来因为他能说德语，就可以对德国政党投票吗？

之前，柏林的中国留学生中，多半具有左翼激进政治倾向，其中不少日后都成为中国共产党的重要人物，如朱德、廖承志，以及专门来柏林从事革命活动的周恩来。其中一些，还加入了德国共产党，并在柏林创立了"华人左翼知识分子沙龙"。

德国人针对亚洲人的种族歧视一直都在，加上唐人街隐约出现的黑帮和走私活动，德国媒体公然将中国移民称为"黄祸"。随着愈演愈烈的纳粹种族歧视，他们大肆围剿对立派，拥有左翼政治倾向的德国华人也成了纳粹打压的目标。加上中德关系交恶，导致中国领事馆撤出，在德华人失去了最后一层合法保护。盖世太保的秘密警察和海关人员动辄对唐人街上的中国店铺突击搜查，刁难掠夺驱逐变得明目张胆。

"水手馆"的陈老板人脉广，他从警察朋友那里得到风声——华人即将大祸临头，于是火速通知街上的族人和同胞快逃。不少人闻风而动，由汉堡逃往巴黎、伦敦、鹿特丹和阿姆斯特丹等港口，进而横跨大西洋到纽约、旧金山。大批华侨和中国留学生选择了回国，部分左翼激进人士前往西班牙，加入内战中的马德里国际纵队。

1939年春，当罗森在布痕瓦尔德的采石场上埋头苦干时，几名中国人被押进了集中营。他们是一批嗅觉迟钝的中国人。一方面穷家难舍，迟迟不愿收拾行囊离去；另一方面，他们一厢情愿地认为，德国当局不会无缘无故地加害于他们。

德国北部的冬季，一群中国人被勒令脱掉衣服，光溜溜地站在早晨的院子里，哗啦啦的冷水从头浇到脚。折磨、虐待和严刑拷打之下，中国人咬牙承认了自己"在德国从事非法间谍活动"。接下来不是倒头死去，便是精神失常，最后仅剩下了四名。

陈盛是四名幸存者中的一个。他万万没想到，若干年后，就在自己的家乡山东抗日革命根据地，居然和集中营里的难友——奥地利医生罗森·菲尔不期而遇，并将他从死亡线上拉了回来。

9　中国领事馆被封

这个早上，雾蒙蒙的。罗森经过两天的煎熬，终于等到了这一刻。

罗森洗了澡，刮了胡子，换上一套整洁的西服，领带打得一丝不苟。他在穿衣镜前精心修剪指甲的时候，伊丽莎白点燃蜡烛，对着天边的朝霞默默祈祷。

取回了签证之后，罗森在路上想，他就可以名正言顺地到黑山旅行社去，为自己订一张上海船票。想到这里，罗森脚下生风，眨眼工夫就来到了约翰内斯大街上。

奇怪，长龙似的签证队伍不见了，人们在使馆门前挤成了一疙瘩。只见他的族人，神情沮丧，交头接耳，不祥的荫翳直抵脑门。罗森好不容易挤进人群，却见棕褐色的大门上，交叉贴着奥地利警察字样的封条。大门紧闭，人去楼空，罗森的内心一阵恐慌。他手脚冰凉，四下里张望，只见廊檐下的立柱上有张告示，红纸黑字，分外刺眼："犹太人，一个贪婪、卑劣而无耻的民族，连上帝都不允许他们有自己的国家，只能满地球行骗。让他们滚出去，死无葬身之地！"

一股透彻骨髓的寒气，冰雹似的砸下来，罗森身子发软，呼吸不畅，心脏一阵阵刺痛。他面无血色地滑向墙角，混沌的意识强行伸向一片空旷之地。有个名叫托尼的年轻人，正踩着冰雪一步步朝他走来。托尼来自神学院，和罗森睡上下铺。托尼受不了集中营里的酷寒，十指害了冻疮。可他的无名指上戴了一枚不起眼的戒指，罗森问他，可是婚戒？托尼点了点头，眼睛里同时射出一缕青光。没过多久，托尼的左手因冻疮而坏死。罗森建议他把手指锯下来，托尼目光僵直，摇着头说，那是爱人亲手给他戴上的。当托尼的整条胳膊已坏死，他再也动弹不得了。有天夜里，罗森凑近托尼奄奄一息的身体，他嚅动的嘴唇里，说出了最后一句话：上帝死了！

罗先生！罗先生！您醒醒好吗？

罗森猛睁开眼，发现托尼站在跟前，不由心惊。可定睛看时，发现不是托尼，而是一位挺拔俊朗、金发碧眼的陌生青年。他定了定神，吃力地辨认着。

罗森先生，我叫理查德·傅莱，在医科大学的公共课堂上听过您的演讲，还看过您的临床示范呢。年轻人将地上的包捡起来，递到罗森的手上，并嘱咐他拿好。

年轻人，你也是来取签证的吗？罗森顺便问。

小伙子耸了耸肩，刚要回答罗森的问题，对面街上戛然停下一辆黑色小车。车窗摇下，车里人伸出头大声喊道：Richard, Richard, schnell!（理查德，快上车！）

我马上来，爸爸！理查德握了握罗森的手，说了句珍重，随即冲到马路对面，拉开车门，绝尘而去。

罗森回过神来，不禁想：到底发生了什么，我该怎么办呢？此刻，一墙之隔的中国领事馆内一片狼藉。何凤山由于不断为犹太人提供签证，给自己惹来了大麻烦。实际上，针对总领事是否非法从事签证买卖的秘密调查，两周前就既已展开。面对走投无路的犹太人全世界都退避三舍，只有中国领事馆向他们伸出了援手。对于命悬一线的犹太人来说，中国签证几乎成了他们唯一的救命稻草。为了给绝境中的犹太人提供生机，何凤山来者不拒，甚至放宽了签证条件——无需提供经济担保。

这无疑引起了国民政府的强烈不满和质疑。何凤山的顶头上司、时任中国驻德国大使陈介，勒令他立刻停止给犹太人发放签证，以免有损两国关系。在此情况下何凤山仍义无反顾，始终对犹太人网开一面，大开绿灯。何凤山的特立独行不仅受到国际社会的孤立，也让国民政府有些难堪。内外交困之下，何凤山感到举步维艰。继续给犹太人发放签证，将冒着被革去官职的风险；停止发放，却要面对良心的拷问。这个时候，大胡子牧师理查德的话犹在耳畔：生命不仅仅属于自己，还属于那些急需我们帮助的人。幼年成长道路上得到的救助、牧师倡导的普世价值，早已融入他的血液，滴水之恩当涌泉相报的中国理念，也是他善行的动力。强权之下，当全世界都选择了沉默和自保时，何凤山开始了一个人的行动。他用自己的力量，为绝境中的犹太人敞开希望之门，义无反顾地为犹太人发放一个又一个生命的签证。

与此同时，调查结果也出来了：一切都是捕风捉影，无中生有。何先生用不容置疑的事实澄清了自己，从而顶住了来自上司的压力。可他却无法躲过纳粹当局的阴谋。德国盖世太保见一计不成，又生一计，以中国领事馆属犹太人房产为由，强行没收了何先生的办公地点。

此时，排犹之风甚炽。许多犹太人的店铺、寓所，都被纳粹的黄衣挺进队打毁。老板和房主被捕入集中营。奥地利国籍的犹太人，大多想离开奥国前往美国，然而美国容纳移民的数目有限，并且条件苛刻。所以，大多数来中国领事馆申请签证前往上海的犹太人，实则心存观望。他们等待的依然是美国，或者英国的签证机会。我国对犹太人的签证态度不一致，其后因此而发生了种种问题。

——时任中国驻奥地利总领事何凤山

10　惊魂一刻

一场突如其来的大雨，浇透了维也纳的大街小巷。雨中的人们急慌慌奔到沿街的橱窗下避雨，犹太人战战兢兢地躲进来，却被身旁的人怒目呵斥。身着褐色制服的冲锋队员冲过来，干脆将他们揪到雨中，拳打脚踢。

在基督、人文和古典理性的地盘上暴行肆虐，罗森的焦虑和恐惧已扩散到每一个细胞。午间，突然有人拉响了楼下的门铃，接着送上来一封信。信上的内容是：中国领事馆已搬到贝多芬广场背后的咖啡馆办公，机不可失！

罗森的周身像通了电，一阵战栗。这消息是谁送来的呢？他反复打量信封和落款处，均无署名。母亲在一旁说，这是好心人在帮你呢，天无绝人之路啊！

刻不容缓，罗森几经周折，终于见到了这位传说中的中国签证官何凤山。

从咖啡馆出来时天已放晴，被阳光温暖过的森林蒸腾出的水汽，在绯色的天幕下闪出刺眼的光芒。罗森手捧签证，仿佛捧着自己霍霍直跳的心脏。这是世间最美的文字！罗森端详着签证上的中国方块字，觉得那奇妙的组合里，似乎隐藏着某种神奇的密码，在向他发出莫名的召唤。这时成群结队的犹太人已陆续找到这里，顷刻之间在咖啡馆门前排起了长队。

就在死亡期限到来的最后一天，罗森·菲尔提上行李出了家门。教堂的钟声富有节奏地响起，悠扬悦耳，间或带着一丝淡定，犹如通往远方的召唤。

伊丽莎白躲在窗帘背后，目送儿子的背影一点一点远去，直到彻底消失。最后一个亲人也离她而去，一个幸福安详的六口之家就这样散了。从此，她将独自面对所有的厄运。伊丽莎白伸手抹去脖颈里的泪水，恍恍惚惚地来到餐厅。她垂下身子，亲吻儿子余留的体温，一种无法言说的痛苦几乎要了她的命。跟儿子告别时，她强忍悲痛，没有将昨天接到的通知告诉罗森。通知上说：从星期五开始，她必须搬出宅子，到犹太人隔离区的集体宿舍去报到。

一只绿嘴乌鸦嘎嘎地叫着，声音幽怨而克制，像是为罗森送行。他放慢脚步，带着隐痛，跟熟悉的街道房舍和斯蒂芬大教堂一一告别。不知谁家的窗口里，一台老式留声机正释放出他心爱的曲子——跑了调的《蓝色多瑙河》。

寻觅、逃奔、抗争，在生死之间足足徘徊了两周，破碎的家园，撕裂的文明，他最终难逃流亡的命运。多少年来他谨小慎微，勤勉努力，自以为融入了帝国的精英阶层，为了维护一份精致而舒适的生活，他远离是非，拒绝暴力，只愿做个殷实而体面的绅士。想到这一层，罗森的心一阵抽搐，猛抬头，维也纳西客站已近在咫尺。

抬脚迈上西客站的青石台阶时，他被纳粹警察和两只蓄势待发的杜宾犬挡在了门外。罗森脑门上的血直往嗓子眼儿涌，他赶忙掏出中国签证，恭恭敬敬地递上去。

纳粹警察潦草地看了一眼，慢悠悠地说：你的签证是假的！

罗森身子一颤，箱子重重砸在地上。惊惧从他的胸膛溢出，绝望中本能地左顾右盼。假如这个世界还有上帝，罗森愿意五体投地，用生命祈求上帝的灵光乍现。

这时，人群里走出一个人来。他坦然来到纳粹军官面前，语气平和，却不容置疑：这位先生的签证，是我亲手签发的。说完，随手亮出了自己的证件。

仿佛纳粹铁蹄下的生命使者，何凤山及时赶来。近日，纳粹党卫军从一名犹太人手中搜出了假证件，因而从当天起提升了对犹太人出关的检查——即便有合法签证，也会遇到麻烦。预感到事情不妙，何先生一大早赶来，并以中国驻奥地利总领事的身份，为手持签证的犹太人保驾护航。

在场的警察有些意外，继而交头接耳，窃窃私语，对于是否立即放行，有些举棋不定。这时，立在玻璃门内的党卫军军官冲这边挥了挥手。那意思，相当明白了。

罗森压抑着松了一口气。他用含泪的目光朝何先生投去感激的

37

一瞥，迅速提起行李箱，穿过戒备森严的大厅，朝月台方向走去。

何先生一个机灵，猛然感觉这位德国军官好生面熟，其神态举止都叫他想起老同学马库斯。真的是他吗？何先生不敢确定，他一个箭步跨过去，正要朝大厅内探个究竟时，德国军官迅速抽身，留给他一个轩昂而熟悉的背影。

第二章
船过索马里

11　热那亚

早晨的阳光，剑一般刺破云层，继而射向码头上的人群。意大利"波士坦"号邮轮，像一座移动的城堡，众目睽睽之下驶离了热那亚港口。纷乱的人群里晃动着礼帽、围巾和手帕，甲板上一片哭泣。船舱的小圆口里伸出一张张不舍的脸，与岸上的亲人凄然对视，渐行渐远，直到离岸的波涛与甲板上的呜咽，氤氲成一团模糊的深蓝。

立在船尾的理查德·傅莱，盯住那双与父亲血脉相连的手，高声呼喊着，叔叔，再见！再见！直到彼此的对望，擦着水墨色的云团，融化在海天相接的虚空中。

大船进入地中海，与西西里岛擦肩而过时，理查德依稀望见岛上火焰一般蓬勃的柠檬和柑橘林，风卷浪起，波峰鼓荡起他的思绪。他想起小时候跟随父母横渡大西洋的情景。那时他刚满13岁，对世界的认知还一片混沌。一家三口在自由女神的俯视下登上纽约，而后驱车前往芝加哥，去探望生命垂危的大舅公。相见后的次日，舅公安详离世，一周后他们再次乘船返回欧洲。到底是大西洋，风浪凶险多了，邮轮在巨浪滔天的洋面上起伏，鲨鱼的白肚皮数度翻上来，与大船齐头并进。他们坐的是头等舱，居高临下，风急浪高时晃动幅度相当大，母亲惊叫着搂紧他，眼泪都出来了。

想不到，再次远涉重洋，却是他孤单单一个人。

理查德此行坐的是三等舱，位于船体的水下部分。父亲苦心经营的咖啡生意，在帝国"水晶之夜"被砸了个稀烂，他们在维也纳内城的三家连锁店无一幸免。除却多瑙河边一栋完好无损的大别墅外，家里的生意一落千丈。因而在他出发前，父亲歉意地说：委屈你了，我的孩子，只为你搞到三等舱的铺位！

弦月西挂，节节后退的波涛欲念般谱写成流动的诗行，在海面上无休止地吟诵着。理查德走出船舱，昏黄的灯影下映出一名身着旗袍的东方女子。她云鬓蓬松，曲线优美，月白旗袍外搭了条紫色披肩。女子听到动静，回眸看了他一眼，理查德说了声对不起，径直向船头走去。

不知怎的，理查德想起了马可·波罗，以及那部轰动一时的《马可·波罗游记》。那是一部诞生于13世纪的天方夜谭，一度启蒙了欧洲人对东方的兴趣，并为欧洲大陆开辟了一个新时代。像许多人一样，理查德也这么想：马可·波罗真的到过中国吗？

那个时候的人们，一直相信世界是个平面，只有哥伦布和几个离经叛道的人，坚信地球是圆的。没有人能够轻易否决马可·波罗的经历，这个胆大包天的威尼斯冒险家，在日后的游记里写道：我在神秘的东方帝国——中国，受到当朝皇帝忽必烈的隆重接见。离开中国时，中国皇帝还诚恳地托我给罗马教皇带回来一封信。

翌日醒来，理查德发觉自己的三等舱有着显而易见的优越性：稳健，沉实，晃动幅度小，不怎么晕船。这让他感到清醒、饱满，甚至充满了新生的力量。住在他对面的，是一位猜不透年龄的干瘦的亚洲人。目光相撞时，这人含胸点头，神态迷茫而猥琐。也许是因为不会讲英语，他从不开口讲话。每天早上男人要做的第一件事，就是在地上铺一块线毯，面朝东方匍匐在地，嘴里念念有词。也许对他来说，每一天都掌握在神的手里。理查德断定这是位发了财的爪哇人，因为他细瘦的腕上戴了一款价格不菲的Stowa牌手表。

出门用餐时，理查德与隔壁的男女相遇。女人用法语向他打了声招呼，是甲板上常见到的一对法国夫妇。他们习惯顺着栏杆散步，吸足了阳光便跳进泳池，而后懒洋洋回到卧室里缠绵。那夸张的动静伴着女人的呻吟，常常穿透墙壁，登堂入室。舱房里的爪哇人听了，死人一样躺着，两只耳朵一颤一颤的。

船上是另一个世界，每个人都可以在这里逃离过去，并借助这个梦幻般的空间脱胎换骨，转换角色。夜晚舞池里的爵士乐，有一搭没一搭地响着，昨天还在忧国忧民的男人，拥起一位裙摆飞扬的女子，忘却一切地旋转起来。

坐在厅外的理查德，望着舞池里摇曳的人影，想起自己曾经读到的一段话：

> 千万不要单独乘船旅行，因为在船上待三天，人就会变。除了海，最初的新鲜感消失之后，人不仅被单调的景色所包围，还会被潜滋暗长的性欲所困扰。郁闷，烦躁，惴惴不安，总想释放和发泄，完全不是登船前所期许的那样轻松惬意，多姿多彩。面对灰蒙蒙的大海，不久前还与妻子依依惜别，信誓旦旦，几天后便难耐寂寞和沉闷，把目光投向船上风情万种的女人。

12　甲板上的呼救

每天的甲板上既托举着重量级人物，也晃动着无名小卒。华丽宅邸里的银行家、虔诚的教堂执事、罗马的哲学教授、巴黎的诺贝尔奖获得者、维也纳歌剧院的指挥、巴塞罗那的酿酒师、出殡时专门为人哭灵的妇女、手艺高超的洗尸工人、高尚艺人、智者贤人。当然，最多的是犹太流亡者。

天色破晓，大船甩出一溜浓烟，穿过苏伊士运河，而后平稳行驶在红海沿岸。甲板上的男女沸腾起来，他们举着望远镜，翘首眺望金字塔的雄姿。侧立一旁的理查德，无意间看到了那位穿银色旗袍的女子。

1.92米高的理查德，即便隔着众人，也能对远方的景致一览无余。他仿佛看见尼罗河上那条顺流而下的三角帆船，和一群展开双翼贴着河面飞跃的白色水鸟。少年时代，爷爷曾带他畅游尼罗河，从南部的阿斯旺到埃及首都开罗，沿途的名胜古迹无数。记得为他们撑船的，是一位皮肤黝黑头上盘着棉布的努比亚人。他喜欢扯开嗓门高唱古埃及的歌谣，粗犷的语调惊起一片水鸟，水鸟踏着声浪，云彩似的翩跹于江边芦苇。尼罗河是埃及的生命之河，如果没有尼罗河，埃及只会是一片干涸的沙漠。就是那次航行中，爷爷跟他讲了祖人摩西带领犹太人逃离埃及的故事。

一阵寒意掠过甲板，烈日烘烤的热气消散了。突然间传出了一声男人的嚎叫，紧接着，船上的高音喇叭用英语和意大利语求助道：亲爱的旅客们，船上有位孕妇，情况危急，请旅客中的医生前来协助！

甲板上一片静默。人们像是焊在了原地，相互传递着忧虑的眼神。想必是船上的医护人员也无能为力了。理查德下意识将自己放在医学天平上衡量着，众目睽睽之下，他一个转身，朝指定舱房奔去。待他推开舱门，人影绰绰的孕妇旁边，站着一位穿白大褂的医生，正有条不紊地忙碌着。他个头不高，沉着稳健，干练中透着一股不容置疑的专业精神。理查德迟疑了一下，立在他身边，随时准备提供帮助。

夜深了，一声婴儿的啼哭，撕心裂肺地向这个世界宣告了他的降临。候在门廊上的孩子父亲，听到孩子的哭声，一下子冲进来。当这个满脸斑痕的印度人看到医生手里那团血淋淋的骨肉是个男婴时，又是哭，又是笑。逼仄的舱道里响起一阵喝彩，所有亲属都为这个早产儿拱手祈祷，并为母子平安大松了一口气。

穿白大褂的医生，如释重负地摘掉口罩，理查德惊喜万分，是罗森·菲尔博士！

再次回到甲板上，理查德连续做了几个深呼吸，试图把淤积体内的紧张和浊气释放殆尽。一阵轻微的脚步声从背后袭来，穿旗袍的女子微笑着走过来。女子体态轻盈，落落大方地用英语道：这是您的围巾，刚才您走得急，围巾滑落在地都没感觉。

理查德探身接过，十分恭敬地向对方伸出手来，自我介绍道：我叫理查德·傅莱，来自奥地利维也纳。

女子莞尔说：我叫何书眉，从法国转道而来。您真了不起，那对母子能够化险为夷，平安无事，多亏了您的协助啊。

理查德谦和的笑意，瞬间化作一股羞惭。他坦诚道：很抱歉，拯救那位孕妇的不是我，而是一位名叫罗森·菲尔的奥地利医生。

也许是出于年轻人的自尊，抑或是莫名的信任，理查德涌起一股冲动，他想把自己的医学生涯和关键时刻未能如愿获得医学博士的苦衷倾诉给对方。

强劲的海浪蛮横地撞向船舷，突然发出狂傲的轰鸣。何小姐身子一抖，她裹了裹身上的披肩，温婉道：天太晚了，希望改日再聊。道了声晚安，翩然离去。

沉甸甸的夜雾如细雨蒙蒙，模糊了何小姐亭亭的背影。理查德低头凑向围巾，深吸了一口，顿觉芬芳入脾。联想到女子刚才对他的敬重与关切，不觉脸红心跳，一股隐隐的惆怅，连同自己答辩时的遭遇和尴尬，夜雾般浮上心头。

13 维也纳美泉宫

那是三月，维也纳春情荡漾，绿意盎然，在医学专业已经奋战了六年的理查德，终于迎来了他学业上至关重要的时刻。依照导师的安排，他将于当天上午十点半，在维也纳大学主楼的博士厅，接受马丁·霍夫曼教授主导的论文答辩。马丁是他多年的导师，一直把他当作最得意的门生。这给了他十足的信心。正如几位教授预测的那样，他将毫无悬念地跻身于维也纳医科大学医学博士的行列。

早饭后，理查德穿上母亲特意为他备好的银灰色西服套装，淡金色条纹领带，雪白的衬衫。出门前父亲庄重地送上祝愿，并给了他一个热烈的拥抱。阳光穿过悬铃木树冠，映在维也纳大学巴洛克式的门楣上，他既踌躇满志，又忐忑不安地迈上主楼的云石台阶。从台阶望上去，他看到自己的前方，是一条华丽上扬的曲线。

时间还早，理查德放慢脚步，凝望着走廊上的一尊尊雕塑，这是本校十几位诺贝尔奖获得者的头像。他这才意识到，自己就读的维也纳大学是如此古老，如此辉煌。创建于1365年的巴洛克式教学楼，大厅庄严，天顶瑰丽，海顿的《创世纪》第一次就在这里奏响。十几分钟后理查德缓步走进答辩厅，在后排中间坐了下来。当他抬起头，目视前方，惊愕地发现讲台中央挂着一条大红标语，上面写着：犹太人，滚出去！

他的脸唰地就红了，慌乱之中迅速转过头去，寻找导师马丁的身影。

一向欣赏和关爱他的马丁·霍夫曼教授却一反常态，他正襟危坐，目不斜视，好像从来就不认识他这个学生似的。尴尬、羞惭和无助，霎时击中了理查德脆弱的心。他鼻子一酸，收拾起书包，逃也似的出了大厅。

自打来到这个世界，他一直生活在优渥的环境中，从小学中学乃至大学，都在欧洲数一数二的学府中就读。作为众人眼中的宠儿，他似乎一下子沦落为这个世界上最低贱的一族。理查德切身体验到了什么叫作屈辱。他盯着自己的脚尖，快速穿过长廊，闪身隐入校园背后的树荫里。

透过树荫他看到园子一头聚满了教师和学生，校长费舍尔的衬衣上系着大红领带，他举起右手讲道：亲爱的同学们，从今天起，奥地利就和德国融为一体了，请大家到英雄广场去吧，到欢迎的队伍里迎接我们的领袖吧，嗨，希特勒！

理查德正要转身，一个声音从背后传来：理查德·傅莱，你没事吧？

这是位脸颊丰满、眼波柔媚的女生，走到他跟前说：你好，我叫瑞娜。

女孩显然认识他。理查德怔了怔：你也是医科大学的学生吗？

不，我是心理学研究生。你刚才在博士答辩厅里的遭遇，我也碰到了。

同是天涯沦落人。理查德对眼前的女孩儿，陡然产生了一丝亲近感。

他们迎着光线不知不觉出了校园，在对面的贝多芬故居前坐下来。两个人的话题，由心理学到医学，由去年的论文选题，到眼下岌岌可危的犹太人处境，越说越激愤。瑞娜突然"嘘"的一声，提醒他小点声。于是就把音量压到只够两人听见的程度，头尖儿对头尖儿，聊得亲厚而私密。要告别了，理查德盯着瑞娜的眼睛，试探道：明天放学后，我们到美泉宫去吧？

幽居于维也纳西郊的美泉宫，是一座名满欧洲的皇家花园，这里林木葱茏，神像林立，自神圣罗马帝国以来便为皇家避暑胜地。炫目的巴洛克式金色殿宇，层次分明的法式园林，一直有"小凡尔赛宫"之美誉。理查德和瑞娜并肩而行，他们绕过喷泉池，攀到山巅，在凯旋门前俯瞰如诗如画的美泉宫。

在奥匈帝国的史诗中，这片园林宫殿曾扮演过举足轻重的角色。它辉煌过，也窘迫过。当年拿破仑横扫欧洲后，曾下榻于此，并给奥地利留下一份屈辱的《美泉宫条约》。依照条约，奥匈帝国赔地赔钱，连玛丽·露易丝公主也赔上了。世事难料，后来拿破仑兵败滑铁卢，玛丽公主拖着他们的小儿子回到娘家，再次住进美泉宫。

从此，理查德和瑞娜几乎每天下午都到这里来。雨后初晴的这个午后，美泉宫轻雾弥漫，他们再次来到山上。课堂上的文学阅读课、艺术欣赏课统被取消了，只剩下几句干巴巴空洞的政治口号。瑞娜皱眉说，他们只教育我们如何为国家去死，而不是为国家去活，连姑娘们都想去做冲锋队员了。维也纳的课堂演变成了一个个战场！

夕阳笼罩下的紫杉，看上去神秘莫测。坐在石凳上的瑞娜，预感到什么，直视理查德问，学校走廊里的传单是不是你散发的？

面对瑞娜透亮的双眸，理查德难以回避，但他不想让瑞娜担忧。这是一场生命攸关的冒险。而预感一旦得到证实，瑞娜果然变得焦虑起来。她爱理查德，并对他们的未来满怀憧憬。可父亲在早餐桌上的警告犹在耳畔：我们家可不能招一个共产党女婿。共产党加犹太身份，比什么都危险！

理查德本想将自己参加共产党的实情和盘托出。瑞娜是自己心爱的人，有权分享他的秘密。可一想到自己曾发过的誓言，就犹豫了。瑞娜善解人意地说：我爱的不仅是你的血气方刚，还有你的正义感和反抗精神。其实我也想这么做，只是……理查德一把攥住她的手，低声道：我早就认定了，你是危难时期上帝赐给我的一个姐妹。

很快到了夏秋之交，理查德急约瑞娜到山上来。他反常的举动让瑞娜深感不安。山上静寂无人，理查德庄重地说：昨天夜里，组织上通知我，三天内必须离开奥地利，到中国去！

瑞娜脸色发白。她不敢相信恋人的话。为什么？告诉我！

我的名字已被列入盖世太保的黑名单，他们随时都可能把我抓进集中营。

那么，这是我们最后一次相聚吗？理查德含泪望向天边。瑞娜猛然抱住他，仿佛自己的心上人瞬间便会消失得无影无踪。

落日将近，理查德捧起瑞娜的脸深情凝望，欲言又止。瑞娜的泪水一涌而出。她是家里的独生女，背负着沉重的家庭负担，父亲的心脏病时有发作，母亲患有严重的帕金森病，动不动就迷糊，根本离不了人。否则，她真想跟着他远走高飞。

夕阳将美泉宫的池水染得血红，一对激情燃烧的恋人，在心事重重的玫瑰色光环里，不顾一切地拥吻着，从花草间滚落到密林深处。月光乍泄，星辰寥寥，被欲火炙烤的躯体痛苦地扭曲着、挣扎着。在这无人的夜晚，青春如随风起搏的韵律，跟着生命的节奏一路狂奔，狂奔，将没有答案的人生甩向脑后，丢给四野。直到晨雾弥漫，两人被山雀和布谷鸟的鸣唱唤醒。

14　船过索马里

船过索马里，风云骤变，巨浪呈山洪压顶之势，毯状的泡沫劈头盖脸地压过来，看海的人惊呼着退回舱室。在这条全球最繁忙的国际航线上，索马里海域是必经之地，也是海盗猖獗之境。攫取来往商船上的物资和赎金，似乎是极端贫困的索马里人唯一可靠的致富途径。海盗们三五成群，携带原始的自制武器，神出鬼没，打劫、勒索，令各国商船头痛不已。但对实物的觊觎和截获才是他们的首要目标，因而对过往客船睁一只眼闭一只眼。大船扫过亚丁湾时，沿海的男女扭动身躯，招手致意，大呼小叫，竟表现出稀有的善意。

午后的阳光下，大船如海豚一般滑向印度洋，而后大幅度划开，仿佛要为船上的人辟出一个崭新世界。海浪以摧枯拉朽之势撞击着船头和船腹，到底是印度洋！

黎明的海上现出一道奇观：一面是如镜的明月，一面是旭日初升的朝霞。罗森·菲尔看得出神，心头一震，仿佛预感到，希望和他之间仅仅隔着一片印度洋。

对不起博士，您还记得我吗？理查德终于瞅见罗大夫，实际上他一直在寻找他。

罗森怔然抬起头，恍然大悟：几天前，在维也纳中国领事馆门前取签证时，就是你吧？他将摊在膝盖上的笔记本啪的一声合上，示意理查德坐下说话。

真要感谢婴儿的那一声啼哭，您摘下了口罩。否则，我真不敢相信，给产妇做手术的会是您。可我不明白，您是有名的泌尿科专家，怎会精通妇产科医术呢？

罗森谦和地笑道：我是从妹妹蒂娜那里无意中学来的。她是妇产科博士，我的诊所是跟妹妹共同经营的，泌尿科与妇科兼顾，我着实积累了不少助产经验，甚至钻研过堕胎手术。

这正是罗森的过人之处。连他自己都未曾料到，他这项拿手技能，不仅在日后的上海派上了用场，也在中国内地的抗日战场上发挥了意想不到的作用。

理查德两眼发光，他忍不住说：罗先生，十年前我入高中时，父亲带我参加了您的医学博士授予典礼。当时父亲敦促我说：记住，罗森·菲尔博士就是你学习的榜样，将来无论走到哪里，医生的优势都是毋庸置疑的！

罗森一阵感动。昔日的懵懂少年，竟然和自己搭上了同一艘轮船，并且奔赴同一个目的地。真是不可思议。转而问，那么你后来考取了医科大学？

当然。可遗憾的是，我完成博士论文并做好了答辩准备，却在关键时刻失去了资格。记忆执拗地回到那个三月，理查德怅然道，正当我铆足了劲儿，在博士大厅的圣殿前准备踢出临门一脚时，突如其来的现实击碎了我的梦。

罗森毫不怀疑眼前的年轻人是个才华横溢的人，医学的后起之秀。他当然清楚，无数犹太子弟的锦绣前程，都葬送在那一刻。它们像一个个碎片，在黑暗之下彼此相连，如同刻在他右臂上的黑色监狱序号。

于是，罗森拍了拍理查德的手，真诚地说：知识不只靠那顶博士帽，你已经有了真才实学，照样可以成为医生，会有机会的。

理查德心头一热，他瞅了瞅罗森手里的笔记本，好奇地问：您是在写日记吗？希望我没有打扰您。

罗森摇了摇头，说，写日记是我的老习惯了，即便在监狱里，我都想方设法留下点文字。船上时间充足，刚好可以捋一捋思路。这时，轮船一声长鸣，罗森望着风平浪静的海面感慨道：人只有在流亡的过程中，才能真正找回自己。

15　西班牙骑士

月光鬼魅似的逡巡在黑漆漆的海面，穿艳红紧身短裙的罗马尼亚女人，在缥缈的月光下斜倚栏杆，一双倦怠的眼神毫不掩饰地传递出热辣辣的欲望。刚才的晚餐桌上，女人留意到罗森——这个郁郁寡欢的绅士，于是主动搭讪，邀罗森跳舞，身上释放出浓郁的酒精与烟草的气味。

对于这样的女人，罗森除了送去礼貌的笑意之外，全然无动于衷。大船的前方，时而风急浪高，时而恬静温顺，罗森想起不知名的未来，内心的怅惘不绝如缕。无意间看到门厅里的电影预告，他跻身于二层娱乐厅看了场电影。单纯的男欢女爱过后，加映了一段德国大阅兵时的宣传片。希特勒那张狰狞的嘴脸，冷不丁地闪现在荧幕上。继而是德国挺进奥地利的场面，沸腾的英雄广场，狂热的奥地利民众，装甲车仿佛朝着他的脑门儿碾压过来。冷！罗森失口喊道，紧绷的神经铅块般砸在胸口。

记忆如同监狱，阴惨惨横亘眼前。瑟瑟寒风中一面是毫无悬念的死亡，一面是生不如死的劳役，而铁丝网外的不远处，是一片打理整齐的果园，青葱的草地上，晃动着慵懒肥硕的牛羊。一股肉体烧焦的怪味，在良田沃土间弥漫开来……

罗先生，罗先生，您没事吧？

大汗淋漓的罗森赫然睁开眼，以为是理查德，定睛看时，发觉唤醒自己的是位戴近视镜的陌生人。这人目光柔和，文质彬彬的。见罗森恢复过来，他自我介绍说：我叫弗里茨·严森，也是一名医生，我认识您。刚才您牙齿打战，浑身哆嗦，把我吓坏了。

罗森恳求年轻人，陪他到咖啡厅坐会儿，并说，我喝杯热咖啡就没事了。

船顶的露天咖啡座上，罗森突然想起什么，问，您也是从维也纳来的吗？

不，我是从伦敦转道而来的。前几年我就离开维也纳，去了马德里。

一提到马德里，罗森马上想起如火如荼的西班牙内战。在德、意法西斯政权煽动下，西班牙的佛朗哥挑起反对共和国的内战，一时间国际人士纷纷奔赴马德里，组成西班牙国际纵队，共同抵抗法西斯。当时，小弟弟约瑟夫就闹着要去西班牙，但他刚入大学，被父母劝阻了。罗森带着极大兴致：说说看，西班牙的情况怎么样？

话匣子一经打开，弗里茨镜片后的瞳仁灵动起来，他伸手扶正鼻梁上的镜框时，动作敏捷而活泛。我是1936年夏天放弃医务投奔西班牙的，一开始就遭到了不测。我们的船从巴塞罗那登陆时，被意大利潜艇击中，船上两百多人全部落入海中。波涛翻滚中我抓住了一只救生艇，黑压压的海面上全是人。大家情不自禁地唱起了

《国际歌》，不同的语言汇聚成一股洪流，在海上漂浮滚动。那一刻，所有的恐惧都消失了。

真了不起！罗森发自内心地赞叹道。他仰起头望着天际的浮云，竭力想象着那钢铁般的鸽子飞渡重洋，在西班牙战地的钟声里，日夜盘旋于马德里的血岩山谷。

弗里茨眉峰耸动，激情难掩地说：我在西班牙第八国际纵队组建了一支医疗队，纵队里有加拿大医生白求恩、匈牙利摄影师卡帕、英国作家奥威尔、荷兰导演伊文思，还有美国作家海明威。弗里茨说着，率真的眸子里充满了藐视一切的神情。

罗森的情绪为之高涨，他似乎看到眼前的年轻人，身披盔甲，挥舞剑戟，纵马奔驰于火光冲天的伊比利亚战场。忍不住打趣道：骑士，你是来自维也纳的一名骑士！

弗里茨转而说，我们的国际纵队里还有中国人呢。他是一名水手，从上海经马赛去的西班牙，他随身带了一面足有一人高的锦旗，上面用黄色字体写着："中西人民联合起来，打倒人类公敌——法西斯！"落款是朱德、周恩来、彭德怀同赠。

后来呢？罗森追问道。弗里茨叹口气，你知道，战争最终以失败告终，所有国际纵队都撤往了巴黎。我被他们关了三个月，后来我设法逃到了英国。在伦敦时，我听到了白求恩医生在中国的事迹。当然，还有我妻子，她是引领我到中国的天使。

啊，你的天使呢？她在船上吗？罗森迫不及待地问。

弗里茨笑着摇头，灵动的眸子里一丝自豪和诡秘：她在香港等我呢！

16　马六甲棕榈

马六甲海峡的棕榈在甲板上婆娑时，理查德与何书眉对坐在船顶茶室，一度横生的忧心和不快，随着袅袅的茶香渐渐消失。空气湿润、黏稠，透着淡淡的海腥味，他们像两条南亚的热带鱼，若即若离地畅游于海风椰韵当中。

理查德庆幸自己，冗长而单调的旅途中，能遇上何小姐这样高雅出尘、见识不凡，并且可与之攀谈的中国女性。他尤其欣赏的是，何小姐身上毫无东方女性那种惯常的拘谨与羞涩。连日来的交流，他甚至觉得，何小姐含蓄得体的谈吐里，似乎隐含着说不出的神秘。这神秘带着一种魔力，无声地吸引着他。

像是猜透了理查德的心思，何小姐瞄了一眼盘踞于海上的祥云，而后盯着桌上的绿茶，嘴角漾起一丝显而易见的微笑。实际上，船过苏伊士运河那会儿，何小姐便隐然觉得，迟早有一天他们会坐到一起，甚至可能会走到一起。她相信自己的直觉。

理查德坦然注目女人含笑的双眸：可否问一下，何小姐是学什么专业的？

说来话长，我曾被父亲送进上海圣约翰大学攻读法律。因为家父早年在日本早稻田大学研修法律，留日归来后被内务府杭州织造局请去，担任首席政法顾问。我愿意顺从家父的愿望，可法律对我来说太枯燥了，因此大学未念完我就跑到了北平，在燕京大学专攻英文和俄语。

理查德听得饶有兴致，不禁问，那后来呢？

后来嘛，何小姐笑而不答。实际上，在京城那会儿，她因学识和勇气受到了左翼人士的关注，被秘密吸纳为中共地下党员。燕京学业刚结束，她即接受任务远赴莫斯科，而后转法国里昂协助开展工作。可这些，只在何小姐的脑中盘旋，未说出口。

也许是心有灵犀，理查德联想起自己少年时代做红小鬼的经历。第一次世界大战后，奥地利因经济萧条和法西斯势力膨胀，导致了一场声势浩大的内战。争取民主自由的社会民主党人和劳工阶层，与奥地利政府军展开了激烈对抗。在一次巷战中，坚守在马克思大院里的革命军中有一个红小鬼，他操着稚嫩的声音，积极帮着运送弹药，这个红小鬼就是15岁的理查德。激战伴随着流血牺牲，最后是血腥镇压。内战平息后，理查德秘密加入了奥地利共产党。但计划中的宣誓仪式因出现意外而被迫取消。

天涯相遇，一见如故。两人的眸子里霎时流淌着勃发的激情、好感、信赖与爱意，水草般潜滋暗长。而这时，何小姐告知理查德，两天后她将在香港登陆。

理查德听后心一沉，脸色悄然起了变化。陌生世界，踽踽独行，刚刚结识了一位可爱的中国女人，却不日离去，理查德的失落不言自明。

何小姐若有所思，道：我想给你介绍一个朋友，上海的洋和尚"智空法师"。

上海还有洋和尚？理查德十分诧异。

可别小看这个洋和尚，他聪明绝顶，神通广大，能操好几国语言。智空是英国籍匈牙利犹太人，是上海大亨杜月笙的座上宾呢。

也有人说他是国际间谍，但此人很有正义感，日本大肆侵略中国之时，他公开发表文章谴责日本的侵华罪行。见理查德听得专注，何小姐补充道：到了上海，你可以去找他，或许在工作上能给你一些帮助。

天遥地远，一切都前途未卜，理查德仰头喝了口雪莉酒，目光忧伤而感激地看着何小姐。小乐队启动了，曼妙的乐曲随之飘荡起来。理查德恍然意识到，这是他跟何小姐共处的最后一晚。想到这一层，他起身走到何小姐跟前：请你跳个舞好吗？

海上清冽的月光下，相拥着的男女有一种超然世外的感觉。她已不再是那个矜持而内敛的东方女子，紧身旗袍被一袭剑兰色飘逸长裙所取代，领口开得很低，乳沟隐约可见，宛如红消醉醒后的一缕晨梦，妖冶而性感。夜色渐渐变得黏腻而暧昧，空气里裹挟着化不开的情欲。身体的幽香和亲密无间的肢体触碰，让理德从局促到坦然，紧盯女人的目光触电似的。他还是第一次如此忘情地贴近一位东方女子的肉体，在对方鼓励的眼神里，窘迫不再。温暖的气息依着澎湃的海浪汹涌着。不知过了多久，疲惫中睁开双眼的女人，梦呓似的轻唤他的名字，一头秀发埋入他滚烫的胸膛。

17　船到香港

早餐桌上，服务生走过来，顺手递给罗森一张报纸。隔日刊出的这份船上小报，有时下流行的新闻，有船上的活动安排，以及沿途民俗的知识普及。除此之外，还有上海犹太人赈济委员会的珍贵信息。

罗森展开报纸，一位名叫鲍里斯的上海犹太作家的文章，顿时吸引了他的眼球。

上海，1841年由英国人开埠，从而谱写出小渔村变大都会的惊人传奇。这个世界上最丰富多彩的都市生活，以它的风云际会，光怪陆离，烟火阜盛，令人神往。繁忙的都会景象里，无处不在的古建筑及绿化休憩空间，与欧洲的某些地方似曾相识。

接下来，鲍里斯又罗列了许多有趣的细节，告诫正在前往上海的同胞们：

生活中的细枝末节，务请同胞们注意。比如：在中国不要喝未经煮开的凉水，吃水果前要用热水冲洗。最好随身携带几粒传染病药等。普通中国百姓是没有握手习惯的，如果你向他们脱帽致意，他们很可能对你磕头作揖。在社会文化、宗教礼仪和生活习俗上，中国人与我们相差甚远。不管怎样，中国是一个别样的世界，别样的民族，有惊无险且友善的群体。

这些文字平易亲切，又很实用。罗森回味着，感觉自己跟上海已近在咫尺。

这是个阴郁的早晨，一群海鸥盘旋着追逐大船，嘎嘎的欢叫声不绝于耳。据说，海鸥是航海安全的谍报员。因为它们惯常沿港口飞行，群飞鸣噪，每当大雾弥漫或航行迷途时，不熟悉海域的舵手便将海鸥的飞行方向作为寻找港口的依据，甚至把它们当作流动的灯塔。富有经验的船长更是清楚，海鸥常常着落在浅滩岩石乃至暗礁周围，这对航海者无疑就是提防撞礁的警示。

难不成大船要靠岸了吗？罗森极目远眺，视野内隐隐现出一片模糊的大陆。

维多利亚湾已在眼前。邮轮似乎抖擞了一下，徐徐傍岸，大船上下一片欢腾。

何小姐转瞬间像换了一个人，她秀发盘起，一身银红短旗袍，与理查德道别时，一字一顿地说：我要下船了，希望你远行一路平安！

理查德心下一紧，极力按捺住一涌而起的失落，盯着她问：我们还能再见面吗？

何小姐目光躲闪，飘忽不定。前方的浅水滩，有条红色乌篷船靠向了码头。她预感到，那是迎接她到港的一条摆渡船。于是她大大方方地与理查德拥抱，并借机轻声对他耳语说：把你钱包里的那张照片送给我好吗？

高高的甲板上，罗森如同从山顶俯瞰一场人间大戏——拥塞的船坞，错落有致的建筑，以及乌泱泱前来接船的人群，好似从浮世绘里一下子涌进现实人间。旅客们挤挤挨挨地出舱了。岸上的人群里有出租司机、执事警察、单挑脚夫，还有举着各种文字招牌的接客者。他们扰攘着朝船上做着手势,大声呼喊着亲人或朋友的名字。

罗森从人群里捕捉到了弗里茨·严森的身影,他穿一件咖啡色风衣,刚刚办完了进港手续,动作敏捷地沿扶梯上岸。接船队伍里突然冲出一位中国女子,齐耳短发,一袭绯色短旗袍,扑向了弗里茨怀抱。罗森暗暗称羡,他的天使降临了!

迎接何小姐的是一位中年男子,戴了顶鸭舌帽。他接过何小姐手里的皮箱,殷勤地引领着她登岸。何小姐扭过头来,朝理查德挥了挥手,而后绕过长堤,登舟而去。

呆立船舷的理查德,顿感自己像是航行到了地球的尽头。再次寻望时,何小姐亭亭的背影,荧光般消失在水汽潋滟的海面。恍然间,他觉得自己似乎回到维也纳车站那个没有星光的夜晚,还没来得及体味离别的滋味,心已随斗转星移,刹那间飞向了神秘的远方。夜雾中的瑞娜连同父母那羸弱的身影,一点点被黑暗所吞噬。

汽笛一声长鸣,如泣如诉。铁灰色的天空下,大船踉跄着再度起航了。

不知前方的大上海,将会带给自己怎样的命运?理查德不敢想下去。此刻他悬着的心,仿佛倒映在岸边的灯火魅影,斑斓、飘忽、拥堵、下沉,纠缠厮杀,难解难分。汪洋中陡然升起了一缕白光,在大船的前方闪跃不定。

理查德旋即转身,奋不顾身地朝舱顶攀去。

第三章
上海，我的诺亚方舟

18　诺亚方舟

　　1939年秋，黄昏时分。意大利"波士坦"号邮轮在海上漂泊了一个月后，折身穿过细浪翻滚的黄浦江，稳稳停靠在上海吴淞口的江边码头。罗森·菲尔提着偌大的行李箱，随汹涌的人潮迈出舱门，踏上舷梯的这一刻，他紧紧抓住栏杆，举目远眺。夕阳正从天边泼洒下来，港口上空布满玫瑰色的晚霞。

　　"圣路易斯"号在大西洋沿岸的悲惨遭遇，并没有发生在他们身上，罗森由忐忑不安转而惊喜万分，他终于结结实实踏在了中国的土地上。背光处泊着稠密的船坞和窝棚，破败不堪，沧桑重叠，像是中世纪油画里的某个欧洲货运码头。他还是第一次近距离看到这么多的码头工人，瘦弱的身体半裸着，个个肌肉凸起，青筋毕现，黄蜂般围着一艘灰绿色大船忙碌着。他悚然发现，船上迎风飘动的像是日本的太阳旗，罗森这才意识到，素有"东方巴黎"之称的远东国际都市上海，正处在日本侵华的战争之中，这里已被日本人的铁蹄横冲直撞，恣意践踏两年之久。

　　上海，一座围困中的孤岛。然而，就是这样一座孤岛，当整个世界都对犹太人关上大门时，上海是唯一的例外。

　　罗森盯着疾步前行的同胞们的背影，感觉夕阳纷披、云蒸霞蔚的正前方，好似上帝铸造的一艘方形大船，避开了仇恨、杀戮和一个个灭顶之灾，傲然穿行于东方彼岸的芸芸众生之间，为颠沛流离走投无路的犹太人升起的"诺亚方舟"。

　　上帝为你关上一扇门，就会为你打开一扇窗。死亡是从欧洲来的使节，对于登陆的犹太人来说，上海之行不过是无奈中的一次冒险，本以为踏上的是一座满是草莽、佛塔和篱笆竹屋的中世纪城池，可呈现眼前的却是如美国曼哈顿般恢宏而繁华的外滩。

突然，一个身着蓝布大褂的人，迎面朝罗森冲过来。原来是计程车车夫。

罗森十分歉意地朝他摇了摇头。他不是没有钱坐车，只是不忍心坐在由人类拉着的车上。与此同时他看到了"上海犹太人临时避难所"的招牌。在同胞们的引领下，罗森快步上前，登上一辆敞篷车，当他在车上左顾右盼时，嘈杂的人群里似乎有人在喊他的名字。循声望去，一个穿米色风衣的高个子，正拖着行李箱，急速朝这边奔来。

是理查德·傅莱！之前约好了一起出舱的，可船一靠岸，人们便慌不择路地拼命往外挤，打乱了他们的计划。大家七手八脚地将理查德和他的箱子拽上车，未及站稳，汽车高调响了两声，像一条满载而归的渔船，瞬间滑入夜幕下的大上海。

次日早晨，罗森和理查德从拥塞的虹口集体宿舍睁开眼。他们排着队领到一份简便的早餐，用餐的同时竭力打听发电报的地方，以便向亲人报个平安。宿舍里一阵骚动，不知是谁弄来了一张《上海犹太早报》，人们争相传阅着。一个消息如晴天霹雳，让这些刚刚脱离了险境的登陆者顿时惊恐万状。

德国纳粹以"闪电战"侵入东欧。德军长驱直入，陆续占领了波兰、立陶宛、拉脱维亚等，第二次世界大战全面爆发。眼下，没有一支欧洲军队能够有效对抗德军的猛攻。欧洲情势越发紧急，犹太人的处境雪上加霜……

三百多人的集体宿舍里，空气沉闷而浑浊，罗森翻来覆去难以入睡。他仰躺在铺位上想着白天已然发出的电报，不知母亲何日能读到，更不知哪天能收到母亲的回音。他从箱子里摸出妹妹蒂娜在伦敦的地址，打算明天也给她发封电报。蒂娜人在英国，跟母亲联系起来毕竟便捷些。这时，与他一床之隔的女人在布帘背后做起了祷告，喋喋不休。一束光突然从小天窗里泻下，晃动在他的眉心上，罗森翻身坐起，憋足了劲向上猛推，小天窗居然开了。他探出头去，天窗外的灰色屋顶层层叠叠，尖塔一样伸向夜空。那火柴盒似的小窗格里，闪烁着微弱的光亮，这就是中国人居住的地方了。罗森进而觉得，高楼大厦的背后租界林立，暗流涌动，中国人的日子同样水深火热。

蹲在墙角抽烟的老男人，压抑的咳嗽声打断了他的思索。有人扑通一声跪倒在地，捂住胸口哽咽起来，熟睡的孩子们被吵醒了，接连哭起来，悲怆的气氛在宿舍里一圈圈膨胀放大，眼看就要爆炸了。

趴在床上给瑞娜写信的理查德停下笔来，他略为犹豫了一下，从高处的箱子里抽出一把小提琴。他在黑暗处定了定神，不动声色地抽动琴弓，娴熟、深情而又婉转的旋律，月光般洒满了房间，从《小夜曲》到《摇篮曲》再到《柔美如歌》，继而是《乘着歌声的翅膀》，清澈、缠绵、炽热，有人不知不觉地跟着琴声唱了起来：

乘着这歌声的翅膀，亲爱的随我前往

去到那恒河的边上，世间最美丽的地方
那绽放着红花的庭院，被安详的月亮渲染
玉莲花在安静地等待，等待他心爱姑娘的到来
……

琴声如诉，一如千万人的内心独白。在这耳熟能详的歌声里，人们似乎回到了遥远的家园，回到优渥而宁静的生活。风光旖旎的莱茵河畔，幽蓝婉转的多瑙河水，以及点缀在两岸的小镇、古堡和郁郁葱葱的葡萄园。往昔与当下，故国与现实，在每个人的脑海中交织盘桓，希望犹如隔窗闪烁的满天星辰，霎时点亮了每个人的心扉。在这熟悉与陌生、喧嚣与混沌的上海之夜，他们抹去泪痕，安然走进异国的梦乡。

靠墙的小姑娘贝蒂没有睡，她海蓝色的眸子在黑暗中透出一股倔强而深沉的光。自从跟随父母远离柏林，踏上异乡的逃亡之路，她那颗早熟的心便察觉到，不再妄想回到德国重拾已经丢下的家园，继续往日的梦。琴声弥漫之际，贝蒂就着窗前的一缕月光，在粉红色的笔记本上写道：故乡回不去，异乡的路前途未卜。从前的一切都失去了，而生活正在以我们想象不到的方式全速改变着。

19　智空和尚

午后的天光下，罗森在宿舍一角的方桌前，提笔向露西娅倾诉道：

我们在这里每天都可以得到三顿饭，这是源自上海犹太社团和纽约伦敦犹太赈济会的捐赠。尽管是粗茶淡饭，量很小，但足以维持生命了。好些天没吃到经过处理的肉类，但我学会了吃中国人蒸的包子和上海葱油面。吃包子是不需要用刀叉的，只需用四根手指捏起来，直接送进嘴里。中国汤面也不用汤盘，而是盛在一个花盆似的小瓷器里，用两根细长的竹竿往嘴里挑，哧溜一声就吸进了胃里。中国人很友好，他们总是用好奇而善意的目光，远远地打量我们。虽然这个地方不尽完美，却是这个世界能够提供给我们的最好的地方。

理查德在给父母的信里，讲述了一件令他抓耳挠腮又无可奈何的事。

在上海吃的问题还好解决，最大的苦恼是蟑螂和臭虫。这些顽强的小虫子一到夜晚，便在宿舍里一统天下。它们神出鬼没，上蹿下跳，把我们骚扰得不得安宁。

记得小时候，父亲亲口给我讲过，参加一战时，在野战军的帆布篷里，是如何有效对付过这些小东西的。就是在床腿放一桶火油，熊熊燃烧，臭虫们便望而却步。可我们的宿舍里没有火油，我便用肥皂和消毒剂替代。然而跟臭虫们玩了几天调虎离山计，它们又钻了出来。这些小虫子不仅可恶，还传染疾病。有人因此感染了病毒，患了伤寒。为避免病菌蔓延，不得不把患了伤寒的人安置到一间临时传染病房里去。

这天早上，罗森和理查德从宿舍里出来后，在一个十字街口各奔东西。

理查德揣着折叠成蝙蝠状的字条，默念着上面的地址，而后搭乘一辆有轨电车，兜兜转转了小半个上海。下了车，他误入一条迷宫似的里弄，后经一位讲英语的上海人的指点，才得以找到霞飞路。高大的悬铃木下，有数百家犹太人开的店铺，杂货店、首饰店、锁匠铺、裁缝店，还有药房和门诊等。明晃晃的橱窗上，坦然悬着犹太人的蓝色六角形标志，理查德的精神为之一振，心情豁然开朗。

丛林似的商铺中间，理查德小心翼翼地打听着一个叫智空的洋和尚。一抹淡淡的脂粉香悠然飘来，他不禁回头。身穿玫瑰色短袖旗袍的东方女郎，漫不经心地走过去。理查德这才发现，茂密的树荫下有烟馆、舞场和按摩店，以及德、法、俄式大菜馆。虽没有见到智空和尚，但从一位首饰店老板那里，他得到了智空的确切消息。

两天后，他在一家基督教青年会堂的茶馆里，终于见到了这位传说中的智空法师。依照何小姐传授给他的提示，理查德做足了心理准备，可一见面，他还是大吃一惊。眼前的智空法师宽眉深目，鹰钩鼻，一袭黑色长袍，光脚穿了双方口布鞋，双手捻着胸前的一串棕色佛珠，嘴里念念有声——一个不折不扣的中国和尚！

听明理查德的来意，智空双目微闭，念叨完之后，即刻袒露出一见如故的友好和欣喜。他们干脆用德语交谈，话题从布拉格到维也纳，从柏林到布达佩斯，还聊起了维也纳歌剧院，不经意间他那深陷的眸子里袒露出一丝难得的柔情。如果不是被突如其来的一位访客打断,他们的交谈一定会持续得更晚。

理查德意犹未尽地起身告辞,智空随递给他一张字条,约他三天后再来相见。

回来的路上,智空的每一句话都在理查德的耳畔回闪,心里的种种谜团,街灯似的此起彼伏。一个从布拉格皇家艺术学院走出的欧洲人,何以来中国出家当和尚?一个天马行空的冒险家,怎会在中国的土地上遁入佛门潜心法事?况且,这人的谈吐和见识,全然不是看破红尘超然物外的出家人心态。

江边的风呼呼地吹着,冷冽的空气里夹杂着腥味。理查德裹紧围脖,竖起衣领,谜一样的上海,深不见底的智空,在他脑子里跳闪不定。蜷缩在街灯下的一个乞丐仰起头,用哀求的眼光盯着他,把一只脏手伸过来。理查德下意识摸了摸口袋。可仅有的一点钱,还要用于明天的交通费。离开维也纳时,母亲藏匿在他琴盒夹层里的两枚戒指,还未来得及兑换。

直愣愣立等主人掏钱的乞丐,见他耸耸肩没有钱给,迅速扭身朝向下一个目标。

月亮从外滩的高楼大厦慢悠悠跌落在黄浦江面。理查德停下脚步,感觉眼前的上海,不仅建在外滩、广场和林荫道上,还弥漫在街头人的眼神里,他们像夜灯一样微弱而不知疲倦。而江边散步的戴礼帽穿黑袍的人,让理查德一眼就辨认出,这是他的族人。于是脑中闪出智空的一段话:中国是历史上从未出现过反犹思潮和行为的国家。一代又一代落难的犹太人,不仅在这里找到了生存之地,并且发展壮大。他们本能地向我们伸出援助之手，尽管他们自己同样风雨飘摇……

明灭不定的霓虹灯下，黄浦江在晃动，江边的人在晃动，马路上的楼房像是新的，江水却是旧的，如梦似幻，一个不真实的世界。一阵莫名的香味扑鼻而来，理查德身边霎时多了一个浓妆艳抹的女人，白皮肤，黄头发，血红性感的嘴唇吐着一连串法语。他折身拐向街头，伸手拦了辆出租，迅速消失在夜雾里。

20　霞飞路

欧洲难民的涌入，使得已然拥挤的宿舍更加拥挤了。一个新来的三口之家，孤儿寡母的无处安身，罗森和理查德就把自己的铺位让给了这一家老小，他们则在水泥过道上打起了地铺。为了缓解慈善机构的压力，尽快找到一份工作成为当务之急。

两人持续走出宿舍，早出晚归，频繁穿行于上海的大街小巷。

在罗森眼里，上海是座多变而不同寻常的东方大都市，充满了色彩、气味和喧嚣。脏乱与绚丽，摩登与老迈，前卫与保守，外来绅士与本土富豪，在这座城市交相辉映，各显神通。这可真是个迷人的地方，所有元素都那么生动鲜活，眼花缭乱，而外滩的欧美建筑群下，公然驻扎着日本兵营和军队，他们肆无忌惮，专横跋扈，犹如这座城市真正的主人。在夹缝里生存的中国人，看上去茫然、怯懦，楚楚可怜。

一个多云的早上，太阳无精打采地掠过江边，阳光洒在纵横交错的巷弄里。一辆崭新的黑色丰田小轿车，旋风般穿过街道，戛然停在虹口犹太人集体宿舍的门前。从车上走下一位肩宽背阔的美国人，人称维滕·贝格博士。他是来接奥地利医生罗森·菲尔的。

贝格先生在霞飞路上有一家十分考究的医科诊所，多年来在欧美人中间享有盛誉。人在上海的贝格念及大洋彼岸的一份旧情——罗森姑妈曾是他大学时代的挚爱，后来贝格为了在纽约创办自己的医科诊所，不得不接受父母对他的婚姻安排，从而违逆自己的心愿，娶了曼哈顿富商的女儿。怀着一份愧疚，并对罗森在医学方面的造诣深信不疑，贝格先生遂将罗森安排在他的诊所，并为他提供相应的住宿。

这让罗森立刻走出嘈杂不堪的集体宿舍，从而开始了他挚爱的工作。

凭借深厚的医学功底和临床经验，罗森干净利索地处理了两例高难度的外科手术。贝格大喜过望。因为患者都是上海滩有头有脸的人物，正在愁眉不展之际，不料罗森轻而易举就替他挽回了面子。原本，贝格不过是救人于水火，想不到罗森的医术如此精湛。幸运之星就这样照临了罗森，他通过一系列成功手术，不仅让自己名声大噪，还由此赢得了丰厚的报酬。

不出半年，在贝格先生的支持和提携下，罗森的独立诊所挂牌营业。从此霞飞路125号就多了一块金字招牌——奥地利医生罗森·菲尔博士，医疗范围：胸外科、泌尿科，以及妇产科。实践证明，罗森在处理女人的流产、难产方面也是行家里手。

战乱年代，医生是急需的职业之一，街上的犹太人看到霞飞路上的新招牌，又领教了罗大夫的精湛医术，自是奔走相告。不仅如此，罗森在为人处世方面的谦和、诚恳也赢得了大家的尊敬和爱戴。不少中国患者隔着几条街慕名而来。要说中医，在若干领域都可与西医匹敌，但要针对那些务必动刀子才能铲除的疾患，就显得力不从心了。为了克服语言上的障碍，罗森在办公桌上摆了一个裸体女人像，患者可借助雕像，指出自己身上哪儿不舒服，由此而判断出来访者的病源。

消息传到维也纳，一直担心和思念儿子的伊丽莎白喜极而泣。她用颤抖的手握住笔，给远在上海的罗森写道：你的命，就像欧洲旷野里钻出的五叶草，沐浴在中国的阳光下，每一片叶子都是吉祥……

罗森的处境顺利而愉快，简直前途无量，这让母亲无比欣慰。生活已经不成问题了，罗森每天只要接诊一两位患者，就能在上海衣食无忧。何况他的患者络绎不绝呢。在众多欧洲流亡者工作难寻，不得不靠变卖衣物首饰度日的窘迫中，罗森竟能赢得每月一千元上海现洋。他抽出其中的一部分，定期汇给远方的亲人。

有了稳定而丰厚的收入，罗森内在的审美情趣和艺术需求便由维也纳带到上海来了。久违了的舒适、安逸和富足，在平稳中一点点复苏。音乐戏剧电影美食以及风雅人士，连同昔日的威望和尊严，在上海一一找了回来。咖啡馆西餐厅歌剧院小酒吧，再次成为他生活的一部分。

早年移居上海的奥地利美食家里玛斯克先生，开在霞飞路上的酒店闻名遐迩。这里有罗森钟爱的牛肉汤和香煎鱼排,酒店的装潢考究,奥地利画家克里姆特的金粉女人跃然墙上,还有弗里德里希的奥地利山水。他们都是奥地利艺术家中的翘楚。每当坐在酒红色靠椅上,品尝纯正的维也纳风味,罗森便情不自禁地想起与家人共度的美好时光。门厅下端坐的维也纳钢琴家斯托克,有着一头漆黑的卷发,他神情忧郁,低头弹奏着莫扎特、舒曼和贝多芬,这熟悉的场景,梦幻似的,让罗森热泪盈眶。

去国别乡,无意中踏上中国人的生活领地,却仍旧享受到这般馈赠。前日,他在上海大光明影院看了一场刚刚荣获奥斯卡奖的影片《翠堤春晓》(*The Great Waltz*,1938)。影片再现了奥地利"圆舞曲之王"约翰·施特劳斯的传奇与辉煌,熟悉的宫殿楼宇、森林湖泽,尤其那首《蓝色多瑙河》,更是他梦牵魂绕的主旋律。

圣诞来临,罗森在舟山路上的波西米亚裁缝店里,为自己定做了一套浅棕色毛料西服,之后便成了这里的常客。当手艺精良的裁缝店老板将一套崭新的西服套在罗森身上试穿时,收音机里骤然播出了一条消息:欧洲的犹太人正在被德国纳粹一车车遣送到波兰的犹太人定居点……罗森心颤神迷,恍然看到举步维艰的母亲和下落不明的哥哥。一时间,悲从中来,身上的西服陡然滑落在地。

21 小维也纳

霞飞路上,理查德握着智空和尚留给他的地址,寻找维也纳咖啡馆时，发现临街的建筑式样、楼堂馆所，以及店面的玻璃橱窗，都有些似曾相识，若不是阳台上晾晒的五花八门的中式衣裤，他真以为自己一脚踏进了维也纳内城的玛利亚大街。

他健步走进咖啡馆，只见柔和的水晶吊灯下垂挂着淡金色缎面窗帘，奶油色丝绒板壁，一尘不染的绿面沙发椅。殷勤备至的欧仆，如同奥匈帝国时期的宫廷侍卫，而邻座贵妇那优雅从容的姿态，更是唤起他遥远的记忆：母亲神态安详地坐在晨光下，从白色餐桌上端起细瓷托盘，一面享用咖啡甜点，一面眺望窗外矮坡上的葡萄园。

先生，您来点什么？金发碧眼的欧仆，捧着绿色皮面饮料簿探身问。

理查德从错愕中醒悟，反问道：您是从维也纳来的吗？

侍者含笑摇头，用德语回答：我来自圣彼得堡。但我祖母是奥地利人。

理查德正自纳罕，身着长袍的智空一阵风卷了进来。他极有风度地撩起黑色长衫，在理查德对面坐下。这时，窗外法国总会屋顶阳台上的交响乐队缓缓奏起一支风情别样的曲子。一个身穿银红凤尾旗袍的女子，以绵软而亢奋的嗓音，悠然唱道：

Rose, rose, I love you
玫瑰，玫瑰，我爱你
……

歌声飘荡，智空半睁着眼说：这是德国科隆的犹太音乐家奥托·约阿希姆根据中国人的一首歌词谱写而成的,经过这位上海歌手的独特嗓音,已风靡到了香港。

理查德感觉那甜腻腻的旋律中,隐含着男欢女爱的情调,便抿了口咖啡,问:上海《犹太早报》上说,上海的犹太人特别多,他们都是些什么样的人呢?

智空轻抚念珠,如数家珍般娓娓道来:上海的犹太人大致可分为三类,一类是经商发财的巨富,以塞法迪犹太人为代表,也就是来自印度的沙逊家族、伊拉克的哈同与嘉道理家族;其次,都是些普普通通的生意人和谋生者,以俄国犹太人居多,他们大多从俄国经西伯利亚跑到中国东北,而后辗转来上海的;第三类,就是最近几年,为了逃避纳粹迫害,从欧洲大陆漂洋过海而来的。

理查德心想,我属于第三类。智空眉峰耸动,补充道:你一定见过上海外滩的沙逊大厦,那是沙逊家族矗立在远东的标志性建筑。还有上海的百老汇大厦和俗称"十三层楼"的华懋公寓,都是沙逊家族名下的楼宇。这些英国乔治时期建筑风格的殿堂既是财富的象征,又彰显出不凡的艺术品质。欧洲商业王朝嘉道理爵士和哈同,是上海犹太社团最有影响力的领袖、上海滩的风云人物。

听说上海最大的私家花园,也出自犹太商人之手?

你指的是哈同花园吧。哈同是犹太族裔的商业奇才,远东首富。早年他便购地三百亩,花费七十万两银元,兴建了私家花园爱俪园,人称"哈同花园"。花园建筑宏丽,曲径通幽,典型的中国园林,雄踞沪上私人花园之冠。哈同虽胸无点墨,可他眼光独到,且喜欢附庸风雅,不仅迷恋中国古典文化,还热衷收藏、出版等业务，广交中国各界名流，投身慈善活动。他在园内创办的仓圣明智大学堪称大手笔，中国的大学问家如康有为、王国维、蔡元培等，都在此登上讲台，著书立说。早在1920年代初，孙中山先生和夫人就是哈同花园的座上宾。

一道刺眼的光线隔着纱帘照过来，智空回过神来，端起咖啡一饮而尽。理查德从沉思中抽离出来，说：刚才我在路上寻找咖啡馆时，就像走在维也纳的某条街上。

这条街就是有名的"小维也纳"啊！因为此处的犹太人主要来自奥地利。你知道，犹太人一向喜欢扎堆儿，自成一体。眼下仅上海一座城市所接纳的犹太人，就超过了北美、大洋洲和东南亚的犹太人总和。他顿了顿，继续道，中国人并不懂得犹太人的那句名言：拯救一个人，就等于拯救了一个世界。他们只是出于本能，不忍心看着别人走投无路。实际上，中国人接纳犹太人的历史，从一千年前就开始了。

一千年前？理查德的蓝眼珠差点迸出。他身体前倾，聚精会神地等着下文。

前不久在我遍访中国古刹时，特意去了趟中国的宋朝古都开封。那里竟有一批居住了上千年之久的犹太人，但他们的语言习俗连同体貌都已彻底汉化。智空将两手搭在胸前，怅然道：两千多年来我们的家园一次次被毁，圣殿一座座坍塌，没有国家可以护佑我们，也没有一丝荣光供我们回望。开封这批人是源于古代以色列王国失踪的十支派，他们从两河流域的波斯、巴比伦，沿丝绸之路风餐露宿跋涉到开封，向当朝皇帝敬献花纹棉布。皇帝龙颜大悦，遂下诏:"归我中夏,遵守祖风,留遗汴梁。"

中国皇帝的包容与接纳,使得那批犹太人大为感动。而彼时没有汉姓,就无法参与科举考试,定居开封的那批犹太人便放弃族姓,自愿采用汉姓,以便通过考试成为各级文武官吏,一举成名天下知!这可是世界文化史上空前绝后的先例,避免了宗教带来的诸多麻烦。到了明代,来开封的犹太人已发展到五千多人。犹太人本是世界上宗教目的和凝结性最强的民族,不会轻易改变自己的信仰,即使被迫改宗,仍笃信本族信仰。然而,开封犹太人竟完全融入了汉民族,他们不信上帝,信孔夫子,不再姓施泰因,而是改姓艾、白、高、金、石、赵、张七大姓,并且在当地购置田产,娶妻生子,落地生根。真不晓得,中华民族究竟有什么法力,让他们轻而易举就改变了自己的信仰和姓氏。我曾问他们,还想不想回归犹太族裔?他们摇着头答道,不想!

理查德感觉自己在欧洲都没搞清的知识,竟在这一刻得到了普及。他沉吟着,对智空的钦佩之情油然而生。

智空捻了捻胸前佛珠,似乎想起什么,说:你不是要找工作吗?有家意大利纺织品公司需要一名外销员,你愿意去吗?

贸易公司,我能做些什么呢?

协助老板处理欧美订单和出入关手续,工作不算太辛苦。

辛苦倒不怕,我的顾虑是就此下去,我的医术恐怕会荒废掉。

一张弓如果一直绷着,即使是钢做的,也会失去弹力。先干着,骑驴找马。不过,智空冷峻的脸上绽出一丝温情说,有朝一日,你会当上医生的!

22　吃紫叶甘蓝鸭的女人

罗森约了汉斯·希伯,到霞飞路上的玛斯克饭店来吃生煎鱼排。下了班正待出发时,汉斯打来电话说,他正赶写一篇快讯,要比预定时间晚会儿到,请罗森谅解。罗森看了看晚霞普照的大街,换上西服,按时出发了。

进了玛斯克饭店,罗森照例坐在靠窗的位子上。他要了杯开胃酒,而后取出汉斯送他的《太平洋事务》杂志,饶有兴趣地浏览着。两周前,罗森是在南京路上的莎莉文酒店,与汉斯·希伯邂逅并一见如故的。他们来自同一块土地,操同一种语言,重要的还在于,他们天涯相遇,志同道合。实际上早在维也纳时,罗森便阅读一个叫"亚细亚人"的文章,想不到这人是汉斯·希伯的笔名。

汉斯十几年前就来到上海,以记者和《亚细亚》杂志撰稿人的身份工作,足迹遍布中国的半壁江山。有关他在中国的经历,汉斯曾说:我是带着青春的冲动来到上海的。而浑浊的黄浦江边,迎接我的不是远东乐园的妓媚,而是租界英军的铁蹄和杀戮。我为"五卅运动"的血腥而震惊,为大革命的澎湃而兴奋不已。

汉斯的东方之行,日后演变成《从广州到上海1925—1927》这部德语畅销书,为全欧洲的读者打开了一扇探秘东方的窗口。由此,汉斯还意外收获了一份爱情。

这时酒店的门敞开了,走进来一位端庄贵气的女士,罗森不由凝神:黛蓝色丝绒旗袍,象牙白披肩,黑而亮的头发优雅地绾在脑后。女士坦然落座后,年轻的欧仆捧着菜单走上前去。只见她歉然含笑，用娴熟的英文告诉侍者，还是老规矩，一份紫叶甘蓝鸭，外加油焖青笋和一碟五香烤麸。女士讲话时眉目舒展，温婉和气，一派安详。

罗森正自嗟叹，厅前的钢琴师奏起了舒伯特的《冬之旅》。那高亢的旋律仿佛从天际飘入平川，裹挟着孤寂与叛逆的气息，动人心魄。罗森回过神来再看时，女士正埋头细品着鸭块，桌上没有酒，而是一壶红茶。她举止那样文雅、内敛，和着缭绕的钢琴音韵，罗森联想起莫奈笔下一位贞静娴雅的法国贵妇。

不知过了多久，汉斯终于来到。罗森吩咐欧仆迅速上菜。红酒当然不能少，今晚要敞开了喝。猛然发现那位女士不见了，罗森不禁面露失落。汉斯忍不住询问，罗森的情绪中带着留恋，并说那是他从未见过的仪态万方！

没想到，汉斯笃定地说：中国人能够时常出入玛斯克酒店，并且如此高贵而恬淡的女士，唯有"宋氏姐妹"。怪不得，我刚才看到一辆雅布罗纳的黑色敞篷马车，在酒店门前一晃而过。定然是孙夫人！

孙夫人？罗森心下迷茫。是的，你刚才遇见的那位女士，是中国民主革命的先驱孙中山先生的遗孀宋庆龄女士。紧接着，他将下颚伸向罗森神秘道：远东第一个国际马克思主义研究小组，就是在她的支持和亲自操办下组建起来的。

可她一点也不招摇，一个人坐下来默默用完了餐，连个随从都没带。

这就是孙夫人，而不是她的胞妹蒋夫人。也许你还会遇到蒋夫人，姊妹俩同时在美国学习生活过，并且都喜欢这里的紫叶甘蓝鸭。但蒋夫人出行则是另外一番阵仗，没有两排全副武装的车队护佑是不可能的。

见罗森好奇，汉斯进一步解释道：蒋夫人才情卓著，是丈夫的得力助手。借助太太的魅力和宋氏家族的威望，蒋先生如虎添翼，得以在强手如林的大上海稳扎稳打。

罗森忽地想起奥地利《皇冠报》上的一篇报道，题目叫作"西安事变"。汉斯得意地说，那篇报道是我写的。讲述1936年圣诞前夕发生的那件事，时任中国武装部队总司令的蒋介石，被坚持抗日的手下软禁在西安的骊山脚下。那张学良也是个人物，曾到欧洲游历，拜会过墨索里尼和希特勒。他去欧洲还有个目的，戒掉自己多年的鸦片瘾。

一轮弦月垂落在窗前，两人约好了下次再见的时间，便一前一后出了饭店。

正是炎炎夏日，许多人把草席摊在街上，仰面对着天上的星星睡觉。仅仅隔了一条街，只见高耸气派的露天阳台上，衣着华美的男女，在凉风习习中享用美味佳肴，手捧威士忌，对着璀璨的夜景吞云吐雾。罗森不禁感慨，一面是摩登而现代的豪华别墅，另一面是苦力栖身的简易窝棚。同一座城市，奢华与贫穷，是如此触目惊心。

浑浊的月光下，印度女人听到了脚步声，黑袍拖曳地快速隐没在廊檐下。罗森沿着朱红色楼梯，轻轻迈上阁楼时，一抹栀子花的香味，伴着上海女人那纤细的问候，从回廊上传过来，罗森脱帽致意礼貌回应着。屋顶上消夏的人们，不紧不慢地闲聊着，邻家的大花猫噌地一下爬上树干。罗森猛然意识到，无论他愿意还是不愿意，都已闯入了中国人的生活领地，分享着他们的活动空间，却从未遭到丁点冷遇和排挤。

23　天外来函

午后的大洋贸易公司办公室里，理查德接到邮递员送来的一封信。他满腹狐疑地打开，浅棕色牛皮信封里，袒露出一张英文信笺，内容简短却刺目：

鉴于你所掌握的医学知识，本院经过研究，决定吸收你为内科见习医生，收到信件后，请于三天内到医院来面试。

国立上海医学院内科行政办公室

理查德的心差点跳出来。他做梦也想不到会有这样的好事！是谁为自己赢得了这千载难逢的好机会？理查德抬起头四处打量，仿佛写信人正端坐在公司的某个角落，目不转睛地盯着自己。冥冥之中他总觉得有股潜在力量，在不断推动他，神助似的。

傍晚回到住处，理查德仍在思索这股神秘力量的源头。

他不由联想起智空和尚，种种迹象表明，也许只有他具备这个能力，并且知晓自己的心愿。他于是拨打电话，试图搞明白这份医院的工作，是否真的来自智空的暗中帮助与提携。可电话那头，屡屡无人接听。智空仿佛石沉大海。

夜空高远，寥落的星光闪烁不定，谜一样的上海，神秘莫测的智空。但有件事理查德至今想来，仍懊悔不已。大约一个月前他们在"小维也纳"霞飞路见面时，他向智空提出了一个如鲠在喉的问题：千百年来，犹太人为何始终遭受排挤和被驱赶的命运呢？

智空目光深沉：许多人都觉得犹太人是世界上最邪恶的人，一肚子鬼主意。这跟犹太民族的宗教教义和择群而居的风尚有关。有人将犹太人跟那些击鼓鸣笛、载歌载舞的吉卜赛人相提并论，大错特错也。他觉得那不过是一群吃喝玩乐、纵情声色之徒。

理查德盯着智空胸前的念珠，脱口而出：那么作为犹太人，你为什么在中国剃度出家，削发为僧呢？

海涅可以接受基督教的洗礼，我为什么不能皈依佛门呢！

说完，智空深陷的眸子里射出两道闪电，一下子变得阴森森的。理查德心想，糟了，也许是我的问题太蠢，触动了他的某种隐痛。总之，两人不欢而散。天已黑透了，理查德走至街口，突遇虹口宿舍的老室友萨莫儿。他像是站在那专等理查德的到来，并且劈头盖脸质问：你怎么跟他来往，你了解智空吗？你知道他是多么危险的一个人吗？萨莫儿血脉偾张，无名火起，如同智空前世的冤家。

危险？理查德一脸诧异。

无论是在欧洲还是亚洲，这人都神出鬼没，形迹可疑。他儿子因为在伦敦倒卖情报，被英国当局逮捕并处了死刑。他恨透了英国人，一心一意找机会报仇雪恨。

理查德只听说智空是坚定的反犹太复国主义者，正筹划将上海以外的犹太人统统引到佛教国土上来。也许是对英国刻骨铭心的仇恨，让他产生这种古怪念头吧。因为犹太复国主义的目标，就是将犹太人安置到英国托管的巴勒斯坦去。智空誓死抵制。

萨莫儿突然伸出右手，在理查德跟前飞快做了一个尽人皆知的手势（纳粹见面礼），并诡秘地说：智空跟"这种人"有来往！这种人，你懂吗？

理查德一屁股蹲坐在街边石凳上，顿时目瞪口呆。

24　西摩路林荫深处

周末罗森用完了早餐，出门穿过租界区后，刚巧赶上一辆有轨电车。天南地北的乘客们挤在同一列电车里，肤色迥异，背景千差万别，各自操着家乡话。站在车里的罗森，感慨之余不禁猜测着，这形形色色的人群里有乘兴来淘金的，有不得已来避难的，一并受到这座城市的接纳和包容。

下了车，罗森在街边花店里买了束康乃馨，而后沿梧桐夹道的西摩路，按图索骥地寻找着。忽而见茂密的树荫下，掩映着一栋青砖灰瓦的西式二层小楼，这便是汉斯·希伯的家了，于是按响了门铃。见罗森到来，汉斯高兴地将他迎进客厅。

客厅清爽整洁，没有太多装饰。秋迪听到声响，忙从厨房里出来，笑吟吟接过罗森捧来的康乃馨，插在方桌上的竹叶青花瓶里。

她一大早便烤了甜点，咖啡也刚煮好，端过来为罗森和丈夫斟上。明媚的阳光倾斜而入，汉斯看着妻子的背影，对罗森说：秋迪在德国学的是营养学，眼下在上海英租界一家综合医院里做护士。

罗森说了声太好了，不禁想起汉斯曾跟他讲起的夫妻俩的爱情奇遇。彼时的秋迪刚刚走出大学校门，被书店橱窗里一本署名"亚细亚人"的书所吸引。她当即买下，并在菩提大道旁的草地上翻阅起来。不知不觉地，秋迪跟着"亚细亚人"的足迹，步入神秘的东方古国，进而踏遍中国大地。从此，"亚细亚人"成了秋迪心中挥之不去的一个梦，这梦带着七彩光环，在情窦初开的少女心中泛起层层涟漪。有一天，他们终于在柏林的勃兰登堡大门下聚在了一起……

你们的结合，简直是一则爱情童话！罗森由衷地赞道。

那个时候，汉斯说，我虽然接受了爱神的指引，跟秋迪携手走进婚姻，却无法享受舒适的一日三餐，柏林的每一天我都像是处在火山口上，心里躁动不已，难以安宁。远方大革命的浪潮在招引着我，"中国之谜"还没有揭开，我无法臣服于宁静的小日子，时时刻刻想重返中国。

于是，上海西摩路的梧桐背后，就多了一对相亲相爱的异国情侣。罗森总结道。

日复一日，罗森渐渐成了这里的常客。有一次，天色阴暗，四望一片萧疏，而埃德加·斯诺的出现如一道阳光，瞬间点亮了客厅。这位首次深入中国红区采访的美国记者神情优雅，活力四射，他带着戏谑的口吻，描述了自己冒死深入延安的经历。那可真是一段奇遇，斯诺感慨道：当时我从北平出发时，医生给我注射了一堆疫苗，天花伤寒霍乱鼠疫等等，坐在咔嚓作响的破车厢里，我一直神情恍惚，魂不守舍。

还有一次，法国记者考文斯刚坐下，就迫不及待地说：你们知道吗，昨天夜里，我从英国俱乐部采访回到酒店，推开房门后，一位穿和服的日本姑娘正睡在我的床上。我立刻叫来仆役，问是怎么回事。姑娘睡眼惺忪地问我，你是史密斯先生吗？是史密斯先生打电话招我来的。

众人笑倒一片。从此"史密斯先生"，就成了考文斯的绰号。

实际上，貌似普通的家庭聚会，已成了约定俗成的国际时事研讨会。在缭绕的咖啡浓香里，新西兰的路易·艾黎、美国的史沫特莱、奥地利女记者魏璐丝，以及开进步书店的荷兰人艾琳·魏德迈女士等聚在一起，那些远在欧洲的局势、美国政界的思潮，以及当下中国共产党的主张、中国抗日革命根据地的发展，都成为激烈讨论的话题。在这里，罗森感到了前所未有的新奇，他甚至想，龙潭虎穴般的十里洋场不知承载了多少人的淘金梦，而这些人怀揣的不是淘金梦。一场席卷世界的反法西斯狂潮将东西方紧密相连，并将一个个富有理想的人，不分语言和国籍地聚在一起，并与上海的中共党员、民主人士有着广泛接触和共识。

这日午后，门铃骤然响起，汉斯神秘地说：我要给大家介绍一位新朋友。

想不到跟着汉斯进来的"新朋友"，是"西班牙骑士"弗里茨·严森！罗森大喜过望。而弗里茨身后，跟着一位黑发圆脸，温润里带着一股书卷气的女士。罗森主动伸出手来,说:在香港码头我见过您,我们的中国天使!

汉斯和秋迪不禁笑道:这下好了,大家都是老朋友了。

席间,大家不自觉地谈起了西班牙,弗里茨镜片背后的目光顿时活泛起来。他话锋一转说,你们可能想不到,当时的西班牙国际纵队里还有日本人呢,他叫白井·多郎,是一名担架兵。众人不禁一阵唏嘘。弗里茨补充道,他是出生在北海道的一名孤儿,日本人在亚洲发动的侵略战争,让他对自己民族的行为所不齿,就自告奋勇奔赴西半球,加入抵抗法西斯的战斗。

这是一种自我救赎。汉斯总结道。晚上离开时,汉斯宣布,下周请各位都来,我要给你们介绍一位中国朋友。

25　今晚,他值夜班

不管怎样,理查德在这家医院的工作,很快就得心应手了。

这天轮到理查德值夜班。院部通知他,女护士密斯宋将和他一起看护病房。待他忙完了一切,已是下半夜,病人们安然睡去,病房里静悄悄的。理查德伸了个懒腰,迷迷糊糊打起了盹儿。这时有人悄然走来,在他对面落座,并递过来一条热毛巾,示意他擦把脸,清醒清醒。理查德擦完脸,顿觉清爽,感激地看着对面的女护士。

这时,密斯宋缓缓摘掉捂在脸上的口罩,继而摘掉头上的护士帽，长而黑的头发瀑布般披散在肩上。理查德大惊失色，不觉喊道：是你，何小姐！

嘘——！何小姐侧过脸来，意味深长地看着他。好一会儿，她伸出手，轻抚了一把理查德额前那缕被汗水打湿的棕色卷发，欲言又止。

难怪，每天穿梭于病房长廊，理查德总觉得有双眼睛，似乎在暗中打量他。医院很大，医生和护士多得不计其数，加上千奇百怪的病号，已让他眼花缭乱，除了埋头做事，实在无暇他顾。你不是去了香港么，怎么来到了上海？理查德回过神来问。

何小姐觑了他一眼，轻声道：来日方长，有机会我再向你解释。这时，走廊上传来了急促的脚步声，由远而近。何小姐十分利索地将长发绾起，正要戴上口罩，那脚步声渐渐远去。她于是抿了抿嘴唇，认真道：有件事，我想和你商量。

理查德眉峰高耸，迫不及待。何小姐眼神一抖，收起笑容，一字一顿地说：中国游击队已渗透到上海郊区，不断打击驻扎在沪的日军，接下来将对日军的敏感地区实施重创。我们的同志秘密打入了南京政府，截获了不少有价值的情报。

我能做些什么呢？理查德似乎听出了弦外之音。香港分手后，他曾思考和猜测何小姐的真实身份——从中国到莫斯科，再到法国里昂，眼下又潜回到上海，自然不是等闲之辈。想到这里，理查德的内心一阵惊喜，心里咚咚直跳。

月影西斜，淡淡的树影晃进来，映在何小姐的眉骨上。她警觉地扫了一眼窗外，直截了当地说：这位同志把情报传递给我，我再转送到急需情报的人手里，但这样做，容易引起怀疑。为了保险起见，我们需要一个中间人，来协助我联络。

你想让我做这个中间人，周转情报，对吗？

何小姐郑重地点了点头。又补充说：当然，如果你愿意的话？

我愿意！理查德像失足落水的人，陡然间抓住了一只手，再也不肯松开。他深吸了一口气，大胆与何小姐对视，突然发现女人的眼神里，有一轮他不曾见过的皓月。

但请记住，我是密斯宋，不是何小姐！女人叮嘱道。

接下来每隔几天，情报便从一根牛肉香肠里传给他。拨开香肠取出情报，理查德就将它带到医院的病房里来，趁人不备，夹在医务室药柜顶端，一本落满灰尘的俄文字典里。何小姐总会不失时机地把它取走。如此这般工作持续了近三个月，他始终与何小姐单独打交道——香肠从哪里来，又传到哪里去，他一概不知，也从来不过问。

初秋时节，上海的天光凝重而紧缩。理查德跟罗先生见了几次，当面告诉他自己现在的工作情况，但秘密传递情报的事，理查德只字未提。这是纪律。

这天值完了夜班，他和密斯宋一前一后走出病房，沿舟山路进了一家小吃店。太阳刚刚跳出海面，静谧的街上逐渐蠕动着市井的喧嚣。在靠窗的一个角落里坐下后，密斯宋要了两份小笼蒸包，外加一碟三鲜烤麸和水煮花生米，两人吃得津津有味。晨光隔了梧桐树叶，洒在他们之间的小餐桌上，密斯宋冰蓝色的水渍纹旗袍一闪一闪的。她发后的那对珍珠耳钉，清雅如月，理查德出神地看着，有一种波光粼粼的感觉。密斯宋的脸颊不觉飞红，赶忙让侍者来为自己添杯红糖薄荷茶。

周末他们像恋人一样，踩着黄昏的影子来到外滩。江边有位画家，正目不斜视地为一个摩登女郎画肖像，细长的旗袍，优美的腿，画家签名时，理查德定睛一看，竟是奥地利画家希夫！就顺便买了本他的画册，送给密斯宋。首页上是一位上海姑娘的水彩画，旁白十分有趣：

Me no worry. Me no care. Me go marry. Millionaire! If he die, me no cry! Me go marry other Guy!

密斯宋忍俊不禁，随即将这半生不熟的洋泾浜英文翻成沪语：妾无烦恼，妾无担忧。妾身要嫁，百万富翁。如郎殒命，妾不哭泣，妾再嫁个，如意情郎！

夕阳正浓，火烧云无遮无拦地映在江面上，有一种血淋淋的感觉。理查德无意间看到街头的一张《纽约时报》，题目让他大惊失色——《智空法师毙命上海滩》：

英国籍捷克人智空法师，因病在仁济医院动手术时，不治身亡，死因不详，于昨天上午安葬在上海第一区公墓，送葬队伍浩浩荡荡。有关这位洋和尚的死因，众说纷纭，莫衷一是。有人说是死于情杀，也有人说与上海的英国使馆有瓜葛，更有甚者说，智空和尚的毙命，是汪伪"76号"所为。

26　跑马场上天女散花

周六的上海跑马场上，人声鼎沸，1940年10月的英国赛马活动，在万人瞩目中即将拉开帷幕。骑在马上的参赛者英姿飒爽，个个身着猎装，脚蹬长筒靴，一副蓄势待发的态势。看台上聚满了千姿百态的洋人，他们一手举着望远镜，一手捧着雪莉酒，兴高采烈地等待着那激动人心的时刻。

上海的西方侨民一如既往地迷恋户外运动，热衷纵马狂奔和赌博下注。坐落在上海公共租界的这所最大的跑马场，每年春秋两季的赛事，犹如狂欢节一样，成为西方人趋之若鹜的活动。然而，正当众人屏息静气聆听那一声发号施令的枪响时，天上突然飘下了雪片似的传单，天女散花般纷纷落在观众席中。

人们惊呼着伸手接住纸片，并好奇地阅读着上面的内容：

上海所有的雅利安人，都要抵制犹太商人，不要跟他们打交道，倘不合作，你们的名字和照片将被送往柏林纳粹总部，以便采取适当措施。后果如何，请自行想象！

罗森也接到了传单，并注意到传单背后附带列出的270家犹太商行和雇佣犹太职员的英美商行名录。这些行业涉及皮货、珠宝、服装、鞋袜、皮包、美容、餐馆和夜总会等，除此之外还有药房和私家诊所。传单来自上海国际饭店的楼顶，这座24层的远东第一高楼，月租2500美元的豪华套房内，已成为反犹组织的纳粹大本营。

自登陆上海后，罗森在这座充满魔力的城市获得了无限的发展空间。他一直谨慎乐观地筹划着自己的未来。积累多年的医学本领，让他在陌生之地游刃有余，他甚至想把弟弟约瑟夫招来做贸易。眼下他的好日子才刚刚开始，却突然亮起了红灯。生活的无忧，职业的前景，与号称"小维也纳"的短暂繁荣，犹如昙花一现，黯然失色了。

晚间，罗森和理查德相约在维也纳咖啡厅里。理查德对罗森说：近来德国驻上海领事馆，在德侨集会的广场上公然行起了纳粹礼。他甚至听说，一项残害犹太人的计划，即将通过日本人在远东推行。

罗森忧心道：昨天下午，成百上千的犹太人在大市场处理手中的物品，鹿皮大衣、手工西服、风景油画、珍贵药品等。也有人囤积货物，打算日后通货膨胀时高价出手。有个犹太朋友诡得很，跑遍全上海去收购带拉链的服装。说是这种服装拉链机已绝迹，将来适当时机拿出来卖，定能大赚一笔。都什么时候了，还一心想着发财！罗森对自己同胞首次流露出深深的鄙夷。

理查德的心神游弋在昨夜的一场舞会。灯光摇曳，男人的目光追随女人疯癫的舞步，仿佛在上演一场末日狂欢。没有人真正沉浸于音乐和舞蹈，不过是在发泄心中的绝望。女人凑近他说，日本人发现了一家抗日兵工厂，你猜怎么着，为工厂提供技术支持的，是你们犹太人。

直觉告诉罗森，理查德长时间行踪不定，甚至有些诡秘。作为师友，罗森提醒他道：上海形势错综复杂，你可要多加注意啊！

实际上，罗森自己的诊所开张那会儿，曾邀请理查德来诊所协助工作，但由于两人的专科不一样，并且年轻人有自己的志向，乐意凭借一己之力，兀自闯出一个新世界。便也由着他去了。

理查德垂下眼帘，而后不管不顾地说：德国正依赖日本在远东借尸还魂，实现他们称霸全球的野心。英法租界的外国人最近疯狂开派对，拼命喝酒、逍遥，留声机通宵达旦，似乎想一夜之间把贮存的佳酿喝完，仿佛在跟上海做最后的告别！

罗森眉头紧锁。记忆像一副手铐，将他铐在戒备森严的铁丝网里。仅仅一年半前的那个早上，罗森千方百计逃出维也纳，站台上一名肥胖的盖世太保军官，冷笑着对他说：不管你走到哪里，即便是世界的尽头，老子照样能收拾你，小心点！

夜间的小阁楼上，军车的嘶叫忽高忽低，床上的罗森犹如枕着惊涛骇浪。雪片似的传单像火山口上冒出的白烟，在眼前飘呀飘。警车的长啸不时刺破夜空，一种箭在弦上的动荡与不安，促使他重新思考自己的路。一想到再次面临抉择，罗森的腹部一阵痉挛，继而隐隐作痛。警笛的鸣叫又一次划过夜空时，罗森翻身吐了一地。

27　人间蒸发

深秋已临，理查德期盼已久的瑞娜的信函，终于来到了他的手上。没想到，瑞娜的信是从苏格兰发来的，理查德狐疑着展开信笺：

> 亲爱的理查德，我已来到英国北部的苏格兰。妈妈去世后，爸爸神志不清，我别无出路，就嫁给了英国籍商人威廉斯。因为他答应我，可以带上爸爸同来……

读到这里，理查德如遭当头一棒，眼冒金星，半天没缓过神来。往事历历，沮丧、失落和痛楚的情绪，如冷厉的海风，带着苦涩和咸味。他继而想到，时局变迁，个体命运如沧海一粟，只能随波逐流。再炽热的恋情，也抵不过压顶而来的血雨腥风。自己之所以远走他乡来到上海，不也是为了保全性命于乱世吗？

两个月过去了，又到了值夜班的时辰。周围宁静如常。理查德盯着密斯宋常坐的那把椅子，直到后半夜，她的倩影都未出现。焦虑之中，他习惯性扫了一眼窗外浮动的树影，见病房左右并无异样，于是走到药柜跟前，伸手取下那本俄语字典。不想里面夹着一张字条，一行秀丽而潦草的字迹跳了出来：快走，尽快离开上海！

这是密斯宋的亲笔字。理查德心里一凛，到底发生了什么，她还在上海吗？

就在昨晚，两人从江边的一家小吃店里出来后，并肩走至街口，密斯宋本能地感到有人在跟踪，并与他们始终保持几十米距离。前方便是平安戏院，密斯宋灵机一动，紧拉理查德的手，双双融入戏院门前的人堆里。

散场后，理查德一路护送她回寓所。楼下分手时，彼此道着晚安，身子却一动不动地站在原地。密斯宋忽地甩掉披肩，拥着他迈上楼梯打开房门，跟跄着入了自己的卧室。虚飘飘的空荡里，理查德俯下身来亲吻她的脖颈,微凉有棱的栀子花的香味儿直抵心脾。剧烈的心跳,痴迷的气息,困厄已久的肉体即刻绞缠在一起,沉寂中他千万次喊着她的名字。风驰电掣的警笛声破窗而入,震耳欲聋,却抵不过情欲的高峰。穿透生命的呻吟与呐喊中,失落的家园,失散的灵魂,似乎如愿以偿得以靠岸……

幽暗中,理查德一遍遍回味着与密斯宋的和风细雨,泪水不知不觉滚落下来。海关大楼的钟连敲了几下,月光如霜,白惨惨凝结在心头,理查德感觉脚下的土地在陷落。离开上海,我能到哪里去呢?一种心乱如麻的感觉,仿佛前世与她立下过生死之盟。坐立不安中,他出门拦住一辆黄包车,朝密斯宋的公寓楼疾驰。

到了楼前,正要下车,却见那扇熟悉的窗子里闪出一个诡异的人影。预感到情况不妙,理查德让车主调转方向,迅速离去。

行至"高塔"公寓楼下时,被荷枪实弹的日本宪兵拦住。所有过往行人一律站住,供这些裕仁天皇的徒子徒孙们验明正身。日本兵气势汹汹,对其中一个中国人扬手就是两个耳光。有个年轻人高昂着头,袒露出不肯驯服的样子,日本兵端着刺刀就捅了过去。可怜那人还未来得及喊出声,就倒在了血泊里!

理查德的心缩成一团。如果他来捅我,那我就跟他拼了。这时小个子日本兵慢悠悠踱到跟前,理查德的血液从天灵盖顶起,他下意识攥紧拳头。小个子凶巴巴地问,哪里的干活?而当他接过证件清晰看到"德国"字样时,白眼仁翻了翻,扭身走开了。

在世人眼中,他是不折不扣的德国人,并且被日本人视为同类和帮凶,由此而躲过一劫。虽然躲过了这一劫,但他丝毫没有如释重负之感。在世人眼中，他俨然是德国人，并且被日本人视为同类和帮凶，这是何等尴尬而耻辱的身份！

乌云持续霸占着沪上天际，理查德满怀痛楚地来到摩西会堂，一个转念，他没有进会堂，而是折身拦住一辆黄包车，直奔龙华寺。

长袍老人见这个金发碧眼心事重重的年轻人，主动上前问：先生可有什么困惑？

我的父母被困在远方，我的女朋友杳无音信，生死未卜，我担心他们处境危险。

请接受一炷香吧，当你在佛祖面前点燃它时，默念亲人们的名字，想象着对方的模样，菩萨会保佑他们平安无事。理查德照老人的话做了。他点燃香烛，心里一一默念亲人的名字，祈愿所有的困扰随风飘逝。忽然间，一股祥瑞之气由大殿中央袅袅升腾，扭头看时，长袍老人已不见了。

28　风声鹤唳

一场大雨过后，湿漉漉的空气里除了闷热，还夹杂着群蝉的聒噪；插着日本国旗的车子，响着高分贝的喇叭穿城而过。罗森来到西摩路时，已是满头大汗。汉斯将他迎进屋，罗森一眼看到，客厅里有位穿青布长衫戴细边眼镜的中国人，这便是汉斯上次提到的中国朋友沈其震。

沈先生是留日归来的医学博士，汉斯在上海结交最早的中国人。与罗森握手致意时,沈先生讲一口流利的德语。两人是同行,且没有语言障碍,于是便一见如故,相谈甚欢。实际上,沈的秘密身份是新四军卫生部部长,当年汉斯到皖南拜访新四军军长叶挺时,就是他引荐并陪同前往的。一片阴云飘过,沈先生的话题转到了刚刚发生的"皖南事变"上。这个不幸的消息,让现场气氛变得有些低沉。汉斯悲愤道,面对残暴,语言是苍白的,只有付诸行动,光学不做没有用,必须想办法做点什么。

眼下日本人已封锁了上海的水电邮局和交通,还摧毁了一艘英国军舰,船上数百名水兵被抓。大批犹太人的不动产被没收,沙逊大厦和哈同花园也被他们偷梁换柱。汉斯沉吟着,用食指戳了一下墙上的世界地图,指着莫斯科说:德国已发动了新一场战争,威力波及远东。听说崇明岛上的日本人配合德国纳粹筑起一座集中营,他们要在上海实施针对犹太人的"最后解决方案"。

任何灾难来临,总是先拿犹太人下手!罗森慨然道。

三人相视无言,目光充满了无言的默契。这时美国记者鲍威尔来了,他笑容可掬地与各位握手致意。沈先生遂问:你们的邮轮已泊在黄浦江码头,专程来接美国侨胞的,你是否随船撤离上海?

我太太和儿子已先行离开,我的中国同事还在,我不能走。刚才我去医院看望洛克曼先生,他病得很厉害,他决定留下来,并表示:与其死在海上,不如死在上海!

众人听后,一阵沉默。鲍威尔是个乐观之人,他话锋一转讲起随法国公使拜访杜月笙的杜公馆的情景。哪里是公馆,简直是一座兵工厂!满眼都是持枪的保镖,足有几百号武装兵丁。

汉斯刚到上海那会儿也采访过杜月笙，便说：上海的杜月笙如同意大利的政治掮客，或芝加哥早期贩卖私酒的不法分子。这个人既心狠手辣，又仗义疏财，白道黑道商界政界无不如鱼得水。他还配合政府军抗击日本侵略，不惜血本地保护上海呢。

鲍威尔猛抽了一口烟斗，仰天道：上海的混乱无序所带来的文化、自由和丰富性，既斑斓，又颓废，各种风情轮番登场，堪比纽约！

春申门下三千客，小杜城南五尺天。这是当时下野的大总统黎元洪赠给杜月笙的对联。还有人送过他一个绰号，有本事，没脾气。是个奇才！作为本土人，沈先生更为了解。

当晚，罗森躺在床上，若有所思地回味起沈先生深沉的眼神。夜间的风穿透围墙，将他的醉意吹散了。德国纳粹在欧洲凌辱我们，这还不算，还要把我们赶尽杀绝——即便来到世界的尽头。一股灼心的火焰炙烤着他的心。刚刚为自己设定的人生蓝图就这样搁浅了吗？罗森一阵悲愤。尽管自己没有心怀天下的勇气，但从来都不缺少热血和悲悯，必须为自己也为灾难深重的中国人做点什么。想到这里，罗森喷出一口酒气，对着天花板大喊：我再也不能听从法西斯的摆布！再也不能！

29　外白渡桥

沪上三月，薄寒轻暖，苏州河下游的外白渡桥头，日本兵重兵把守，戒备森严。百余米外，戛然停下来一辆黑色福特，车门拉开,一男一女从容走下车来。男人高鼻深阔,头戴礼帽,簇新的灰蓝色西服,一派绅士;女人云鬓高耸,气质如兰,十分亲近地挽起男人的右臂。两人步履款款,朝外白渡桥的入口处走。一阵晓风从对岸吹过来,掀起女人的藕荷色水渍纹旗袍一角,银狐搭肩滑落了下来,男人弯腰牵起,小心翼翼地为女人搭在肩上,一种夫唱妇随的和谐与默契,不言而喻。

上海素以苏州河为界,分成两个截然不同的天地。苏州河北岸,伴随着恐惧、死亡与日本人的刺刀;而南岸,灯红酒绿,歌舞升平。外白渡桥,这座外媒眼中"最坚固的桥梁",已成为日本人手中的堡垒,哨兵林立,铁丝网纵横交错。罗森望着桥下,陡然想起了两年前那个黄昏,正是从这里,他走下了漂洋过海的"波士坦"号邮轮。

想不到,时隔两年,再度启程。

还是在汉斯的客厅里,罗森对沈其震说:我要参加新四军。沈先生瞅了瞅他身上做工考究的西服,心想,一个温文尔雅的欧洲绅士,怎么可能放弃眼前的安逸,到中国农村去,并且冒着生命危险。他不假思索道:你受不了的,那里的艰苦你无法想象!

你能去,我为什么不能去?罗森望着沈先生的西服领带,反问道。

我是土生土长的中国人,老家就在农村,对中国乡下生活的原始和简陋再熟悉不过。可那里的情况,对你不合适。

对我来说重要的是帮助中国人抗日。不消灭法西斯,大家都没好日子过。我曾在集中营里遭受过德国纳粹的折磨,地狱般的生活我都挺过来了,还有什么不能忍受?

乡下住的是土坯房，有许多传染病，卫生条件相当差，很危险的。

正因为如此我才要去，我是一名医生，如果没有人生病，还要我干什么？

沈先生沉默了。原以为罗大夫不过是一时冲动，实际上是他深思熟虑的抉择。作为新四军卫生部部长，沈其震当然清楚罗森的价值。一名训练有素的奥地利医学专家，对于大山里的抗日将士来说，无疑雪中送炭。尤其这支军队刚刚遭遇了一场大劫难。

一封密码电报从日本占领的上海，飞速发往苏北新四军总部：一名外国名医即将启程，请各地做好接应准备！

外滩的钟声连敲三下，惊起水面成群的鸥鸟，上海地下工作者慕兰下意识碰了碰罗森。一波接一波的人走至桥头时，无不向镇守桥上的日军脱帽行礼，稍有不慎即招来拳打脚踢。有位欧美模样的男人，也被拦截了下来，无条件接受日军的盘查。罗森的心一阵狂跳。

还好，第一道关卡顺利通过，接下来是桥段的心脏部位。

慕兰的脑中迅疾一闪，上海全面沦陷后青帮头子黄金荣退隐归家，杜月笙远避香港，只有张啸林鬼迷心窍，铁了心要做汉奸。那天一早，张啸林应日军头子之邀，欣然前往。却在过桥时，被日本海军陆战队的哨卡拦下，在桥中心足足等了三个小时。由此，张啸林投靠日本当汉奸的消息像长了翅膀，满世界飞。这是日本人故意耍的阴损花招，目的是逼迫张啸林就范……耳畔一声断喝，慕兰最担心的事发生了。

日本哨卡盯着两人身后的大箱子，勒令即刻打开来，检查！

罗森的心里哐当一声碎响，如同心脏爆裂，手上汗津津的。为了这口箱子，沈先生跟他有过好一番争执。出发前沈先生来到他的寓所，陡然发现罗森身边立着一口偌大的行李箱，断然道：像个活棺材，走在路上会招惹麻烦的，放弃了吧。

罗森说什么也不答应。多少年这口箱子与他风雨同舟，沐浴过地中海的温润，埃及的阳光，印度的季风，而今随他漂洋过海来到中国。一如他生命中的保护神，箱子在，他在。即便把自己丢了，也不能丢下箱子。何况里头还残存着亲人爱人的气息，并藏有一架小型膀胱镜和工艺精良的手术器械。奔赴远东最后一个战场，与中国人携手战斗，不带上这口箱子，他宁愿死在上海！

面对罗大夫的决绝，沈先生让步了。

突然一阵骚动，日本宪兵端着刺刀围拢过来。眼看箱子就要被打开，千钧一发之际，只见慕兰抖了抖狐皮搭肩，轻盈上前，她操一口爽利的日语跟日本宪兵打了声招呼，并随手掏出一份杂志，展开自己与日本驻沪领事馆领事和武官的合影，与此同时亮出一份耀眼的通行证，举手投足一派淡定。

杂志是日本使馆和海军总部联合主办的，其来历和名望，上海的日本人无不知晓。这时，目光锐利的日本哨兵，发现罗森的西服口袋上别着一枚纳粹"卐"徽章，"啪"的一个敬礼，立刻做出恭请放行的姿势。

第四章
北戴河谍影

30　巴普洛夫约见

1941年仲夏，热辣辣的风里释放出浓烈的腥味，黄浦江边更繁忙了。热浪滚滚的码头上人潮涌动，此刻的上海不只热，还黏湿湿的，焦躁中的理查德身上像着了火。午后时分，他终于等来了苏联驻上海总领事馆的回函，邀请他前去面谈。

理查德刻不容缓地走下楼去，在街口拦住一辆出租车，朝苏州河对岸驶去。

几天前，德国向苏联发动闪电战的消息让理查德惊愕万分。他清楚地意识到，德军兵临城下，直逼莫斯科，苏联的生死存亡，就是欧洲的生死存亡，激愤之余，他给苏联领事写了封信，迫切要求前往苏联，加入苏军的钢铁洪流，用血肉之躯抗击德寇。为了表明决心，他回顾自己当年参加奥地利共青团的战斗经历，并用苏联诗人列别杰夫《神圣的战争》来渲染自己的斗志：

> 起来，巨大的国家，做决死斗争，
> 要消灭法西斯恶势力，消灭万恶匪群，
> 让高贵的愤怒，像波浪翻滚，
> 进行人民的战争，神圣的战争！

车子很快驶抵苏州河，隔岸望去，苏联总领事馆的绿色塔楼闪烁在云端里。那昂然耸立的塔亭，犹如巨人的头盔，盔缨上的旗帜随风狂舞，火焰般点燃起他的激情。

确定身份后，理查德被引入楼上一间豪华接待室，一身戎装的巴普洛夫从偏门走出，他气宇轩昂，干练中透着不容置疑的自信。理查德再次表明自己加入苏联红军的强烈愿望，希望苏方能接受他的请求。巴普洛夫摩挲着下巴上的金色胡茬，未置可否。在这个老克格勃眼里，理查德清纯、明澈、俊朗，有一种与生俱来的艺术气息。

夕阳漫过高大的梧桐树巅，在古铜色的圆桌前留下一道暗影。理查德轮廓鲜明的五官，因一腔热血而涨得通红。巴普洛夫当然清楚，德军的战车已碾过苏联边界，并以锐不可当之势向前推进，莫斯科危在旦夕。可他拍了拍理查德的肩，一脸慈祥地说：年轻人，你愿意为苏联效力，这很好。但不一定要到前线去，不妨利用你的优势，协助我们收集情报，这比到战场上舞刀弄枪更有威力。

事实上，苏联驻外特工在1938—1939年期间被大批召回了国内，特工人员的短缺，严重影响到远东战略的部署。国内战争突发，苏联高层急需摸清德国死党日本关东军的动向。而理查德的出现，对于驻守中国的苏联情报站来说适逢其时。此前，骁勇善战的德军将领和前普鲁士高官，都曾死心塌地为苏联充当过间谍。

理查德听出了弦外之音，他眉峰一抖：去哪儿，要我做什么？

巴普洛夫胸有成竹地说：你的身份得天独厚。我们在天津有个情报站，你愿意到那里协助我们开展工作吗？至于具体任务，等你到了天津，自会有人与你联系的。

苏联曾以共产国际的名义，在上海创建了远东情报站，由各国共产党选派骨干力量加入，形成广泛的国际反法西斯统一战线。当前战争形势异常严峻，只有攫取可靠的日军情报，苏方才能决定是否从东线调兵遣将,支援莫斯科。因此,进一步摸清日军在远东战线的意图,成为当务之急。

两年前,理查德在上海大世界参加过一个小型聚会。其中一位波兰人,聊起共产国际远东领导人牛兰夫妇在上海被捕时引发的轩然大波。牛兰是苏联功勋卓著的高级间谍,而他早期的谍报生涯是在奥地利展开的,牛兰和太太的相识和结合就发生在维也纳。

理查德从未奢望过自己能够成为英雄,但他的英雄主义情结和浪漫情怀,从来就没有泯灭过。只要能抗击纳粹,曲线救国,无论以何种方式,他都万死不辞。

31 天津德华医院

黎明的薄雾中,一艘中型客轮将理查德·傅莱载到中国北方的渤海沿岸,踏上天津新港的这一刻,他的脑中不停地惊现走出黄浦江的那一幕。往事依稀,不知不觉地,他在中国的土地上已度过两年时光。此刻的理查德,看上去成熟、稳健,除此之外,他那沉静的眉眼下,还多了一丝警觉。

理查德眼下的身份是天津德美医院内科助理兼X光室主管。

这是海河沿岸一座灰墙红瓦的欧式建筑,典雅、富丽,引人注目。主楼、配楼连同病房,从主街一路延伸到绿荫深处。几乎所有的医疗设备都是清一色的德国货,医院的诊疗水平和优越条件,在天津首屈一指。院长艾维特·穆勒是位严谨热忱的胸外科专家,来华之前，他曾在德国巴伐利亚一座侯爵御医院任职多年。

抵达天津的次日，理查德如约走进德国医院院长穆勒的办公室。隔着一簇剑兰，穆勒先生看到理查德的第一眼，似乎被晃了一下。随后，在回答院长的提问时，理查德谦恭有礼，不卑不亢，脸上一直挂着沉思般的微笑。意想不到的是，穆勒先生的医学博士也是在维也纳医科大学攻读的，他是理查德名副其实的校友兼前辈。这样一来，计划中的面试变成了一场叙旧，话题亲切随和，宛如久别重逢。穆勒先生那惯常的严谨与刻板，在和理查德的交谈中不见了，他身体前倾，频频点头，对眼前的年轻人表现出异乎寻常的兴趣。他甚至亲自带理查德到一墙之隔的陈列室里来参观。陈列室内挂满了匾额、条幅，年代久远雕刻精美的瓷器、玉器，更是应有尽有。一阵风从对岸吹过来，穆勒先生突然提议道：年轻人，跟我到后花园里走一走如何？

时值盛夏，园子里花木扶疏，清爽宜人，空气里流溢着丁香花的清芬。穆勒指着医院的大小建筑，讲起了早年创建医院时的历程。他是随一支德国科考队来华的，在奥匈帝国时期的天津租界，巧遇一位功成名就的犹太富商，两人在马可·波罗广场上一拍即合，定下了联手创建医院的同盟。于是在海河沿岸的一块荒地上，规划、置地、雇人、盖楼、买设备，仅仅用了六万美金，一座豪华无比的医院就落成了。

穆勒先生不胜感慨：那个时候的物价之低廉，真是不可思议啊！

来之前理查德便有所耳闻，穆勒先生不仅医术精湛，还以奉行人道主义而声名远播。即便在德国任御医期间，他也不曾怠慢过百姓，及至到了天津，他医名远播。病人从京津到华北，有达官贵人、满清遗老、社会名流，以及天津租界和京城使领馆的外国官员。为了照顾百姓的难处，医院特设基金和诊室专为穷人治病。这些都让理查德由衷地钦佩。他庆幸自己在维也纳路德维希医院见习期间，走遍了各大科室，包括X光室。记得有一天，瑞娜的表姐生病，瑞娜带着她到医院来找理查德。表姐是维也纳有名的电影明星，性情爽直，美艳动人，无论走到哪儿都像磁铁一样让男人目不斜视。表姐痊愈后，为了表达感谢，请他和瑞娜在多瑙河边吃鱼。席间，瑞娜留意到理查德的眼神，嗔怪道，别看了，我表姐已经有男朋友了！

茵茵的草地上，理查德顺着穆勒先生的指点，但见瓦蓝的天空下，一幢三层楼含蓄地隐蔽在树篱背后。伸出的白色阳台上，爬满了凌霄和藤蔓，远远望去，小楼像一只凌空欲飞的鸽子，在苍穹下扑打着翅膀。这时一串柔和纯净的小提琴曲，从阳台的窗子里飘出。理查德停下脚步仔细聆听，而后自语道：是门德尔松的传世之作《e小调小提琴协奏曲》，这支曲子的演奏难度很大，节奏很不好把握。

穆勒一惊：到底是维也纳出来的，说实话，你觉得拉得怎样？

这首曲子清纯、忧伤，难度在于情绪的把握，能拉到这种程度，已相当不错了。但是，他实事求是地说，刚才有两个音节，出现了差错。

你是名副其实的专家啊。穆勒不吝赞词。

我外公担任过维也纳爱乐乐团的首席小提琴手，我六岁那年，外公把他那把珍贵的巴蒂斯塔小提琴作为生日礼物送给了我。漂洋过海来中国时,为了带上这把小提琴,我放弃了一件大衣和一双皮鞋呢。

好极了!穆勒说完,伸手按响了门铃。不大一会儿,走过来一个十四五岁的女孩儿,披着一头金色长发,乳白色短纱裙。她打量着父亲身边的陌生人,一双多汁的蓝眸,发出碎玻璃般的光泽。

来,宝贝儿,跟我们的维也纳小提琴家打个招呼。

您好,我叫捷西卡。听到小提琴家的称谓,女孩儿的双眸一亮。

理查德这才意识到,拉小提琴的是院长的千金,不禁面露羞涩。

知道吗,他可是位了不起的小提琴手,你以后就有老师了。

捷西卡嘴角翕动,欢喜道,那么周末请您来参加我的生日派对好吗?

理查德下意识瞅了一眼院长,穆勒大喜:太好了!请带上你的巴蒂斯塔,让我们见识一下。而后自嘲道,当初若不是迫于父亲的压力,我可能不会进维也纳医科大学,而是去音乐学院吹单簧管。说着将双手架在胸前,做了个潇洒的吹奏姿势。

32 维多利亚咖啡厅

在天津的生活和工作安顿下来之后,理查德开始了对周边环境的明察暗访。

离开上海前,理查德在苏联方面接受了短暂而必要的秘密培训。内容不仅关乎谍报性质,还涉及天津城的前世今生。一头雾水的他曾发问，为什么要选择天津呢？老克格勃出身的巴普洛夫不紧不慢地说：地缘政治的要害之地，向来是谍报发育的催化剂。战争的胜败，取决于信息的准确与否，情报越多胜算越大。一次世界大战后，天津晋升为远东谍报中心，号称"华北谍都"。此外，天津乃日本人最为活跃的地盘。

利用业余时间，理查德很快摸清了这座城市的布局和脉搏。天津东临渤海，北依燕山，蜿蜒流淌的海河穿城而过。虽说开埠时间晚于上海十几年，但天津作为华北重镇、通商口岸，尤其濒临昔日皇城北平，在时代的催逼下早已被撞开了大门。强占地盘开设租界的国家之多、面积之大，在中国独占鳌头，因此有"万国租界"之称。

连续几天，理查德下了班即换上他那套米色西服，打上深蓝色领带，若无其事地穿行于金融街、第五大道，以及大街小巷。有一次，他攀上意大利文艺复兴时期高耸的塔楼，将英租界的沉稳、法租界的华丽、奥匈帝国的雍容尽收眼底。海河两岸树影葱茏，突兀的哥特式教堂、宜人的苏格兰乡村别墅、罗马立柱希腊线条新古典主义拱券，与古色古香的中式亭榭茶馆酒楼交相辉映。理查德不禁感叹，天津在融贯中西的建筑与文化氛围中，实在是独领风骚！

周末的维多利亚咖啡厅宾客熙攘，作为欧洲人社交往来的高级场所，大厅里备有各式冷热饮和西式甜点。临街的落地窗前垂挂着厚重的窗帘，将繁华与喧嚣隔在了外界。理查德抬脚进来，未及落座，欧仆匆匆走来对他说，先生，穆勒先生请您过去。

理查德抬眼望去，只见咖啡厅隐蔽的角落上，院长大人正笑吟吟地朝他招手呢。

早晨好,院长!想不到您也在这里。理查德恭恭敬敬走上前。

穆勒兴致勃勃,举着咖啡道:我可是这里的常客,只要没有特殊情况,我每周日必来这里用早餐。而后欣喜地说,我要感谢你对捷西卡的指点,她的琴艺大有长进啊!

捷西卡冰雪聪明,又非常勤奋,她会成为一名出色的小提琴手。

谢谢。怎么样,来天津一段时间了,对这里的印象如何?

理查德沉吟道:我觉得天津和上海像一对双胞胎,一南一北守在中国的东部沿海。它们有着共同的国际性,但天津似乎多了一点味道。什么味道呢,我也说不清。

你现在的感觉,跟我十几年前初来天津时很相似。天津有九条河,这里的螃蟹比大米都便宜。也许你所说的味道,是海派文化之外的一股京味。中国的最后一个封建王朝倒台后,不甘寂寞的官僚政客和北洋大佬,以及昔日宫廷里的遗老遗少们,一窝蜂跑到天津来置房兴业,试图追寻他们的皇室梦。据我看,跟上海相比,天津多了一层皇室文化的色彩。不信,你到前面的园子里去走一趟,简直是紫禁城的一座后花园。你也许知道,中国的末代皇帝溥仪被赶出宫后,在天津的日租界一住就是七年。

在日租界?七年?理查德直愣愣盯着穆勒,不胜惊讶。

对。末代皇帝和皇后的生活,曾经是天津城里的一道奇观。虽然帝制被废除了,但皇帝在日本人的供养下,仍摆足了架子,并且对舶来品情有独钟。十多年前,我在天津著名的起士林西餐厅,亲眼见过这位年轻的皇帝,他穿西服,执手杖,戴礼帽,吃西餐,身上弥漫着古龙香水，金龙领带上插着钻石胸针；而皇后新式烫发，美艳动人，身着名贵的法式晚礼服。在他们身上，中国皇室的传统文化符号，已了无踪迹。

理查德唏嘘不已，继而轻声道：听说天津有许多间谍，真的吗？

天津是中国最大的商埠之一，国际邮轮三天两头开过来，新港码头风搅长空浪搅风，鱼龙混杂，尤其苏德战争爆发后，职业间谍像猫一样，敏锐嗅探着战争的气息，战争暗箱的密码或许就藏匿在天津城的某个角落里。

理查德心里一动，遂道：这里好像有不少德国人。

是啊，虽说租界在一战后撤销，但德国人对天津仍恋恋不舍，把这里当世外桃源。你大概不知道，天津的德语学校是一流的，这也是我让捷西卡留在这里的缘故。

突然一阵骚动，几名美国大兵大大咧咧走进来。穆勒努了努嘴：天津城里蹲着一所美国兵营，上千号大兵驻扎在港口，吃喝玩乐，繁荣了这里的酒吧、妓院和舞厅。

理查德想起在上海听来的一句话，因而笑道：美国兵最大的能耐，就是把任何一个默默无闻的地方，变成灯红酒绿纸醉金迷的十里洋场。

33 "朋友"现身

正是大暑天，太阳不可一世地灼烧着天津的大街小巷。海河下游的湾口上漂浮着苇叶、垃圾和泡沫，散发出隐隐腥臭。拥挤不堪的码头船坞密布，货来人往，挂着苇帘的窝棚下，人们穿着短裤衩、无袖衫，一手托着煎饼馃子，一手呼啦啦摇着大蒲扇。

按约定，理查德今天要和一位"朋友"会面。他一大早便出了门儿，绕道而行。途经几座摩登大商场，通天扯地的橱窗内摆着洋酒、洋装、洋罐头，以及五花八门的进口化妆品。人头攒动的大饭店里，飘出了罗宋汤的浓香。迎面一位白俄老妇人，手提白桦条大篮子，用纯正的津腔津调吆喝着：卖糖堆儿瓜子儿面包牙粉胰子喽！

漫过了几条街和两处十字路口之后，便到了这家号称"小白楼"的咖啡馆。理查德临窗而坐，等待的光景，他看到对面楼前的商铺招牌上张挂着醒目的德语字母。米黄头发的小男孩儿，在胡同口把玩着手里的铁环，一不小心，铁环滚到马路沿上。胡同里登时窜出一条猎犬，叼起铁环，摇头摆尾地冲向穿长袍马褂的主人。街口的太阳底下，一位戴破毡帽的白毛老头儿，半睁着眼打盹，或在梦境里遥想他圣彼得堡的豪宅？

眨眼工夫，静坐门旁的一个大胡子，细高个儿，巡视左右后，从容来到他对面坐下，继而掏出提前约定好的见面礼，与他准确无误地对接了暗号。于是两人热烈拥抱，老友重逢般寒暄起来，随后要了几个菜，对杯畅饮，低声而绵密地叙谈着。

理查德把玩着大胡子雅克递给他的一枚蓝色徽章，心里豁然明朗，这是一枚犹太教堂的标识。这位天津北站国际情报小组的组长，不仅是"朋友"，也是同族。无形中两人拉近了距离，话题自然而然多了一丝亲厚。

按规矩，理查德不应多问，但他有些忍不住，问：天津似乎有很多犹太人？

雅克的眼里顿时流露出谨慎的笑意，仿佛在说，这还用问吗！但他喝了口冰红茶，略作解释：20世纪初，沙皇被赶下台，大批白俄经西伯利亚大铁路来到中国东北，不少人从哈尔滨转到天津，其中的三千多人是犹太人。现在的天津市场上，经营地毯、皮货、干果、西药、珠宝和房地产的，多半是犹太商人。说到这里，雅克故意耸了耸肩，提高音量说，我就是一个生意人啊！

如同面对智空法师那样，理查德从雅克这里了解到犹太社区的许多细节。雅克告诉他，天津的第五大道和小白楼一带，那些朴素并带着异域风情的巷弄，便是天津犹太人聚集地，如同上海的霞飞路和舟山路一样，街连街，门挨门，门牌号码首尾相接。难得的是，中国人包容、温厚，即便隔着语言也能将感情和人情味释放出来。所以天津城里的犹太人，日子过得还算安稳，与当地市民一样，清晨享一轮朝阳，夜晚供半边明月，九方杂居，相安无事。顿了顿，雅克指着窗外一面褚红色砖墙说，建筑背后的一条街上，有所正宗的犹太人学校，专门讲授希伯来语、哲学、文学和宗教，并兼具各类基础学科。

理查德不禁心潮起伏，颇为感慨道：家父很早就告诫过我，我们的祖先对教育有着宗教般的执着和神圣感，只有装进脑袋里的知识，才是真正属于自己的财富，恺撒、强盗和洪水都夺不走！

"学校在，民族存"，这是我们坚守不懈的信条。不过，生活在

115

天津的犹太人，大多能操一口纯正的天津话，为了生存，已然融入了当地文化。

貌似平淡无奇的漫谈中，理查德的工作任务和下次的见面方式，也已铭记在心。与"朋友"分手后，理查德不慌不忙地踱出饭店，在街口处登上一辆人力车。回去的路上，理查德提醒自己要谨慎，但因有了下一步行动目标，他有些跃跃欲试。

车子在一座棕褐色教堂前经过时，他一眼看到会堂尖顶的大卫盾章，在阳光下光彩夺目，无声地点缀着天津城一角的天空。他知道这里有数量可观的犹太人，出于精神需要，常常到这里交流、聚会，连同婚丧嫁娶。这时教堂的门开了，从里面走出几个黑头发的少男少女，他们目光纯净，穿戴整洁，如果不是肤色和典型的犹太人脸型，他们与大街上奔跑的中国孩子并没有显著区别。

34　仲夏夜之梦

德国商会酒楼的海河庄园里，象牙色藤制桌椅和小凉亭设于花木葱茏之间，在傍晚的微风中营造出一个个私密地带。飘忽不定的彩灯，航海灯塔似的，迂回映照在一款款风情各异的晚礼服上，日本女人高耸的发髻与锦缎和服，不时闪烁其间。前台的弦乐四重奏小乐队，是特地从布拉格请来的，正在演奏普契尼的《蝴蝶夫人》序曲，那熟悉的咏叹调高亢曲折，撼人心扉。

理查德和捷西卡好似一对金童玉女，陪伴穆勒左右，闪亮出场。歌剧片段之后，是巴赫与舒曼的小夜曲。当空气里流溢贝多芬的《月光曲》时，气氛热烈的冷餐会拉开了序幕。理查德略显含蓄地与前来搭讪的人举杯交流，真诚、自然、恰到好处。

在场的不少嘉宾，看到穆勒身边的靓男俊女，无不投来艳羡的目光，都心照不宣地把院长身边的理查德，当作了穆勒先生的乘龙快婿。没有人会想到，这个温文尔雅混迹于德国人中间的年轻人，正肩负着斯大林的秘密使命，想方设法为德国的敌人效力。

酒会接近尾声时，一个肉墩墩的矮胖子径直走到穆勒身边，毕恭毕敬地用含混不清的英语说：久仰了！您是位了不起的医生，我最近身体很奇怪，非常不适，希望得到您的帮助。矮胖子说完，"哈伊"一声，标准的90度大鞠躬。

"矮胖子"名为景山一郎，是日本领事馆的武官。侵占了大半个中国的日本，在政治上似乎也实现了他们"脱亚入欧"的美梦。因此，欧洲人各大俱乐部里，总晃动着日本人的身影。何况眼下，德、日正密切合作，处在外人眼中的蜜月期。

穆勒目光深邃，探身打量景山一郎的脸色。凭直觉，他认定对方的身体虚张声势，肥得十分可疑。又瞧了一下他的舌苔，更是明白了几分。于是让他抽时间到医院来做个检查，并暗示理查德是自己的助手，先做个X光照，再进一步确诊和治疗。

大约过了半个月，景山的病症明显好转。完全康复之后，景山特意来到医院，见了穆勒"啪"一个日式军礼，而后双手递上一把雕有樱花图案的日本军刀，作为谢礼赠予穆勒。并且态度恳切地说：我太太和女儿正在北戴河度假，恭请穆勒先生及家人，到我的私人别墅来度周末,我和太太将不胜荣幸!

周末来临之际,穆勒和理查德在园子里聊天。簌簌的风裹挟着丁香树叶,在草地上翻飞。他们的话题从苏德战争,到日本的侵华野心。理查德随口说:我在福岛街走动时,亲眼见到"大日本天津陆军特务机关"的牌子,他们就这么明目张胆吗?

"七七事变"后,日军瞬间占领了天津,特务机关随之公开化。实际上,日侨开在天津的照相馆、胶鞋铺、古玩瓷器店等,全是特务的秘密据点。还有天津市黄金地段上的大和旅馆、神户馆、扇家料理店,以及青木、茂川、松井和三野公馆,也是同样的性质。他们的存在,就是为了配合日军全面侵华。

理查德沉默了半晌,问:先生对德国的政策,以及未来走势,有何看法?

作为一名德国医生,穆勒确有严谨而古板的一面,但他是个性情中人,并且极力推崇人道主义。他丝毫不隐瞒自己对战争的厌恶,对于发生在欧洲的战事,尤其对犹太人的迫害,他感到不解。突然间,穆勒率真地袒露出心迹:我希望那个小胡子希特勒吃败仗,否则,世界永无宁日!

理查德按捺住一涌而起的兴奋,心想,自己果真没有看错人。先生明朗的态度暗合了他的理想,这让他深深松了一口气。但仍不可大意,还有更艰巨的任务在等着自己完成呢。理查德努力平息着自己的情绪,把目光投向海河对岸。宽阔的水面上,雪片似的鸥鸟嘎嘎地叫着,群起群落。和夏风一起乘凉的,还有岸边垂钓的老人。

一阵琴声从捷西卡的房间里传出,穆勒突然面带愧色地说:这个周末，我要接待刚就任的德国总领事。你能否替我带捷西卡到北戴河去一趟？那里有中国最棒的海滩。

35　北戴河谍影

渤海之滨的北戴河，渔船漂泊，白浪滔天，绵长的海岸线如巨人的手指，不经意间划出一条诱人的弧度。海湾一角，怪石嶙峋，萧疏悠淡的丛林间，掩映着一栋栋欧美别墅和乡村俱乐部。理查德和捷西卡像一对恋人，踏着阳光步入海滩。

第一次在中国享受海水浴，让理查德找回了久违的地中海沐浴的感觉。他像条白鲨不时潜入水中，在捷西卡的惊呼中钻出水面。他那挂着水珠的身躯，颀长匀称健美，不折不扣的美男子。理查德斜依在一块礁石上，目送一艘黑色海盗船在英国人的操纵下，鼓起风帆驶出了湾口。此刻他一面注视捷西卡在浅水域中仰泳，一面观察周边动静，深不可测的遮阳镜背后，机警的眼神正捕捉着任何一个可疑的迹象。

日近黄昏，海潮伴着火一般的夕阳轰然退去，留下一片柔漫的小夜曲。对对情侣仰躺在沙滩上，习习海风中惬意地看着斜阳。理查德和捷西卡换好了晚装，如约来到湾口的一栋日式别墅前。不料，出门迎宾的不是景山一郎，而是他的太太——一位温婉贤淑的日本中年妇女。

女人含笑鞠躬，礼数周到，非常歉意地将景山的亲笔信双手捧到客人面前。

尊贵的穆勒先生：我因接到紧急命令，奉命前往旅顺口，协助招募和运输要务，以便加强布防。无法迎候并亲自招待您和家人，实为憾事，由我太太和女儿代劳。

万望见谅，后会有期！

景山一郎

黄海之滨的旅顺口，乃辽东半岛最南端的一座海港，与日本隔海相望，其战略地位非同寻常。历史上，这座举足轻重的不冻港，在中日俄之间数度易手，历尽劫波。早在1880年，清政府在旅顺兴办北洋水师，筑有完备的船坞、库房和居住设施。觊觎已久的日本，通过甲午战争霸占了旅顺。体格庞大静卧一旁的俄国岂能无动于衷？俄国虽疆域辽阔，但因地处高寒，不冻港奇缺，因而争夺出海口占据深海良港，是自彼得大帝以来拜占庭双头鹰的帝国梦想！

理查德看完景山一郎的信，脑中即刻晃动着日军的车辆、坦克、弹药、汽油，一条满载战备物资的洪流，从内陆源源不断地滚向渤海湾。当他将自己带来的莫扎特和约翰·施特劳斯唱片，诚恳庄重地送给女主人时，女人大喜过望，迈着小碎步喊来了女儿秀子，叽里咕噜说了一通。母女俩欣喜若狂。想不到，景山的女儿秀子是学音乐的，尤其痴迷欧洲歌剧，对音乐之都维也纳更是向往已久。

喜好艺术的人，骨子里是柔软的，也是纯净的。接下来的晚餐，四人盘腿坐在榻榻米上，享用日本料理的同时，顺理成章地聊起莫扎特、普契尼和威尔第，气氛融洽而热烈。理查德盯着墙上的全家福，忙问景山太太，这位英俊少年可是您的儿子？

景山太太听了，满脸笑纹，自豪地说：哈伊，是我的儿子，他还不满18岁就应征入伍了。最近他从哈尔滨也调到旅顺，去参加皇军的登陆演习。又要打仗了，真是要命！女人脸上的喜悦，骤然间化作一片阴云，笼罩在她柔媚的面颊上。

理查德的内心风起云涌：日军面朝太平洋进行登陆演习意味着什么呢？如果他们有意协助德国攻打苏联，该向西挺进，为何集结到海边来？虽然没见到景山，但日军布防沿海的蛛丝马迹以及日方在苏德战争中的立场，已初露端倪，甚至昭然若揭。

实际上，日本对于是否协助德国进攻苏联，始终畏首畏尾。尽管这对法西斯兄弟立下了坚如磐石的攻守同盟：德国扫平欧洲后向东方挺进，日军以中国东北为大本营西进增援，两者会师莫斯科，共同歼灭苏联，从而实现称霸全球的野心。但《苏德互不侵犯条约》的签订，一度让日本耿耿于怀，与此同时，日本发动的侵华战争陷入泥潭，难以自拔。就在这时，美国在太平洋上的一个微妙动向，激起日本能源危机的巨大恐慌，为绝后患，日本做出了南下太平洋的战略部署。

消息传到上海，巴普洛夫即刻得出了结论：日本无意协助德国进攻西线。与此同时，人在东京的苏联大间谍左尔格也言之凿凿，苏联的远东是安全的。斯大林大喜过望，他最担心的德日联手两面夹攻的危险将不会发生，便一声令下，迅速从远东调兵遣将，火速增援首都莫斯科。

36　贝家花园

　　从北戴河到山海关的头等车厢里,理查德渐渐觉得有双眼睛在他的后脑勺瞄来探去。车子爬坡时缓慢、滞重,而后颠簸于粗犷的田野。夕阳的余晖在被夜色侵吞之前,将阒静无垠的平原映得辉煌无比。火车喘息着在一个小站停顿时,理查德举目四望,破败的站台上晃动着两个老迈的身影。

　　车到山海关,重重阴霾的城墙上,迎风飘扬着日本国旗。早听说,山海关依燕山,襟渤海,雄关耸峙,扼而塞之,自古以来便是中国东北和华北的咽喉之地。虎视眈眈的日寇用战舰和炮火,把伪满洲国的边界推到了山海关内。被撕开的城墙根下,一个失去了下肢靠身子挪动的乞丐呆坐着,众多流浪儿沿街乞讨。理查德的目光追随陨落的夕阳,心想,中国有多少个这样的古城池,一个个葬送在列强手中?

　　悲愤与彷徨化作无声的泪水,不知不觉溢出眼眶。这一切,都落在斜对面一个亚麻色胡子的外国人眼中。他看上去60岁开外,深灰色长袍,胸前别一枚铁十字架。理查德抬眼时,见老人正直视自己,目光慈祥而沉郁。理查德蓦地想起了智空,脊背上一阵凉意。他迷茫的眼神透过窗玻璃,全然折射到对方的视线内。

　　老人跟他打了个招呼。理查德顺便问:您来自哪个国家?

　　马克·吐温的故乡,美国密歇根州。老人微笑道。

　　理查德读过《汤姆·索亚历险记》和《百万英镑》,知道这位风趣幽默的美国作家。马克·吐温显然拉近了他和老人之间的距离，而率性十足的个性让他滋生出一股倾诉的渴望。于是道：先生，我两年前离开欧洲，来到中国，但始终漂泊，彼岸难寻啊！

老人捻着胡须，瞟了一眼窗外的辽河东岸：年轻人，你不是医生吗，可否帮我个忙？见理查德目光一凛，老人扶了扶胸前的十字架道：我是教会的人，在中国从事宗教传播，尤为热衷慈善事业。我这里有个药方，不知你能否帮我买到？

理查德拿起单子一看，是德国拜尔产的一系列抗生素。直觉告诉他，老人大有来历。他曾读过斯诺的《西行漫记》和爱泼斯坦的《人民之战》，不仅了解到中国人民抗战的艰苦，也为书中洋溢的理想主义情怀而感动。作为医生，他留意到其中的一个细节：中国红区和抗日根据地因遭封锁，医疗器械和医药严重短缺……想到这里，理查德点了点头，问：什么时候要，在哪里交给您？

这个月的最后一个周日早晨，到天津塘沽骑士大街九号来找我，叫我老黑吧。

天津塘沽骑士大街九号，是一栋临风面水的砖石老宅。晨曦泼洒在灰砖灰瓦的四合院内，典雅中透着一股说不出的神秘。立在石面拉花的院墙外，理查德如约而至，他凝望屋宇庙堂式的飞檐，拨开掩映在门楣上的垂柳，伸手叩响了紧闭的黑漆大门。

迈上青砖门槛，缓步走进宅院。老黑一袭长袍，及时现身。他微笑寒暄时，嘴里吐出巴西烟草的浓郁。理查德从挎包里取出一个方盒，搁在桌上。两人对坐着喝完了一壶碧螺春后，老黑赞道：真是好样的，这些药连首善之区的北平城里都难搞到！

理查德像个孩子，眼里满是兴奋，迫不及待追问道：听说华北一带的抗日战场很激烈,我很想为这场战争尽点力。您认识"里边儿"的人吗?

对于理查德的身份乃至可信度,老黑似乎了然于胸。他扭身进了西厢房,一袋烟工夫后走出来,一字一顿地对理查德说:记住,北平西山温泉村有座人人皆知的"贝家花园",是东交民巷法国医院院长让·奥古斯坦·贝熙业大夫的私家花园,绕过花园往上不足百米,有座飘着法国国旗的碉楼。你去那里找一个叫"黄牛"的人。

当晚回到寓所,理查德激动亢奋得夜不能寐。他进而顿悟,在历史为他设定的时空中,种种光源投射、汇聚,交相辉映。他确信自己找到了源头。

时光飞逝,老黑指定的这一天到来了。理查德搭早班车去了北平,拐弯抹角摸到了京西妙峰山。只见林木森然,深不可测,一座中西合璧的花园别墅静卧于崇山峻岭间。一条高山溪流盘旋而下,袅袅热气缭绕在阳台山东麓,西山温泉名不虚传。这就是老黑所说的贝家花园了,真乃人间仙境!理查德暗暗称奇。这时一场大雨猝不及防,他顺势躲进一棵树洞,待雨稍稍停歇后,他踩着泥泞,沿逼仄的栈道一步步向上攀爬。猛抬头,一座青砖碉楼高耸云霄,楼顶插着一面法国国旗。

老黑所说的"黄牛",乃北平地下党风云人物黄浩。见到落汤鸡般爬上碉楼的欧洲青年,大家不由心生感动。从事地下工作多年的黄浩,目光锐利,作风干练,他既是中共情报小组的领导,也是北平纵横交错的谍报网负责人。凭经验,黄浩对理查德的人品、学识都十分看好，遂将他要求加入八路军的愿望汇报给了"里边儿"。

理查德早年在奥地利的共产党身份和医学专长，帮了他的忙，促使"里边儿"迅速做出接纳他入伍的决定。革命的紧要关头，晋察冀抗战前线缺医少药，亟需像他这样的专业医生。不知是为了一探他的诚意，还是为了验证他的实力，党组织向理查德下达了一个非他莫属的艰巨任务。

一张药物清单随即递到了理查德手上，上面标有奎宁、铁剂和盘尼西林等治疗疟疾和贫血的西药。理查德攥着药物清单，仿佛攥着千万个战士的生命。可这些药物，就连眼下的德美医院也无能为力，唯一的可能性是赶往上海，托付那些手眼通天的老朋友。事不宜迟，理查德顾不上多想，当晚便登上了一辆南下的列车。

37　上海惊魂

初冬的上海滩潮湿阴冷，半空中飘荡着水淋淋的云朵。黄浦江边浊浪排空，日本的军舰一艘接一艘，局势相当紧张。南京路上，人们行色匆匆，昔日繁华悠闲的景象变了调。马不停蹄的理查德穿过人迹罕至的墨海书局，而后拐进陌生的老城厢。

两天下来，收获寥寥的理查德，决计去找神通广大的"旧金山夜总会"女老板甄妮。就在年初，甄妮还邀他参加她的50岁生日庆典。女人在自家的晚宴厅里，用19世纪的法国香槟招待几位欧洲密友。其中一位是前普鲁士军官，在一战中为德国立下过赫赫战功，因与希特勒及其阵营决裂而隐身上海。据说，这位科隆大主教的亲戚跟苏联人过从甚密，并被蒋介石聘为军事顾问。喝醉了酒的甄妮，跟理查德跳完了一曲之后，搂住普鲁士军官的肩，继续在舞池里摇曳生姿，动人的金发垂落到小腿肚。

一听说是奎宁、铁剂和盘尼西林，甄妮几乎喊出了声：哎呀，近来这几样药你争我抢的，比金子都稀缺！理查德说愿出高价购买，并交给甄妮一笔订金。女人眼中，半年不见踪迹的维也纳绅士看上去练达了许多。她犹疑了一下，叫理查德明晚八点钟到蓬莱酒楼的二楼候着，她会派助手罗本去送货。

依照约定，理查德提前来到蓬莱酒楼，在指定楼层上左等右等，始终不见罗本精瘦的影子。他开始焦灼不安，眼看比约定时间过了近三刻钟，理查德猛然意识到自己可能上当了。于是当机立断，裹上大衣，匆忙离去。

第一次执行任务就栽了这么大一跟头，理查德的情绪跌落到极点。总不能两手空空地返回北平吧？时间就是生命，黄牛还期待着他的消息呢。钱已花去了一半，药品却几乎颗粒无收，该如何是好呢？沮丧之下，理查德灌了自己一大碗黄酒，倒头睡去。要死要活，天亮以后再说。

晨曦初露，隔壁客房里的闹钟聒醒了他。理查德看了看时间，眼神蓦然定格在左腕的朗格表上，他大梦初醒般从床上跳起。这是一款正宗的德国铂金表，是父亲生意鼎盛时期从慕尼黑订货会上花重金买下的。告别父母的那一刻，父亲毫不迟疑地将腕上的表取下戴在他的手上。并叮咛道，朗格表的好处是品质精良、名贵，却不招摇。你戴上它，万一遇到困难，就卖了它！

霞飞路上的一家印度人当铺里，理查德捋起袖管，露出腕上的朗格表。靠犹太难民发了横财的印度老板，看到这款货真价实的铂金表，乌黑的眼珠一亮，但他故作镇静把价格压了又压。理查德一咬牙，说了声OK！

从典当行里出来，理查德的内心五味杂陈。不管怎样，药钱是够了。抬眼瞥见"维也纳咖啡"的金字招牌，磁铁一般，被吸附了过去。推门抬脚的当口，理查德突然见窗前的绿色沙发上竟坐着那张熟悉的面孔——甄妮。他强压心中的怒火，缓步上前。不料甄妮笑脸相迎，叹道：好险呀！

原来，罗本昨晚去蓬莱酒楼的途中，被巡捕盯上，不得已退了回去。甄妮庆幸道：多亏及时发现，否则罗本和你连同药品，恐怕都被逮个正着，岂不坏了大事？

理查德听得心惊肉跳，这才意识到甄妮的精明老到。他像落井的人，突然看到一根从天而降的绳子，眉峰一挑：这么说，药品还在？

甄妮不紧不慢地啜了口咖啡，意味深长地觑了他一眼，笃定地说：待会儿你坐我的车，到我家里来，亲自把药品取走就是了。理查德的血直往上涌，他伸手摸了摸左侧的裤兜，硬邦邦的纸币还在，顿时如释重负。

次日早上，理查德清点战利品似的抚摸着到手的药品，一种畅快淋漓的豪迈之感溢满周身。兴奋头上他突然萌生了一个念头：到宋小姐寓所去一趟。潜意识里，他总觉得宋小姐还在上海，隐姓埋名潜伏了下来。药物的失而复得，让他有些想入非非，甚至觉得离开上海之前，说不定还会有奇迹发生。

一不做二不休，他迅速截住一辆人力车，凭记忆摸到宋小姐寓所的弄堂口。下车前，他用花格子围巾捂住脸，举目朝向三楼那个日思夜想的窗口。幽暗中忽然透出一线微光，理查德不由心跳加快，正要疾步迈上楼梯时，从暗影里窜出了两个人，一左一右夹住他，进而架入街边的一辆黑色小轿车。

在一个近似洞穴的大房间里，经过一轮又一轮的盘问，天亮前他居然被放了出来。有惊无险的理查德惊魂未定，心里直犯嘀咕：是汪伪政府的宪兵，还是留守上海的汉奸？是自己的应对滴水不漏，还是德日同盟的特殊背景再次发挥了效力？

一场阵雨过后，理查德踏着水花四溅的石板路，走出戒备森严的高墙，猝然回眸，一个满脸胡须的狭长身影从窗口闪了一下。理查德惊出一身冷汗——仿佛从五千年的墓穴里走出了一具木乃伊，伴着一声闷雷，在他心头炸响。闪电之下，他分明看到黑袍加身双手合十的智空法师，面目阴森地瞅着他。理查德把心一横，决计转过身来探个究竟，窗帘却"唰"的一声拉上，留下一团墨绿色的迷雾。

38　天津，回不去了

带上舍命弄到手的一批珍贵药物，理查德即刻搭乘当晚火车，连夜赶回北平城。就着昏黄的灯光，他从一份旧报纸上看到了一条消息：德军在莫斯科战役中节节溃败，希特勒雄心勃勃的"巴巴罗萨"计划，就要破产了。

这消息让理查德振奋异常，心想希特勒的失败，或许有自己的一点努力。这么想着，心情如车轮滚滚，富有节奏地激荡着。

接下来的难题是，该如何向穆勒先生交代呢？一想到半年来院长一家对他的厚待，还有捷西卡那双懵懂可爱的蓝眸，理查德顿感如坐针毡，内心因愧疚而燥热难当。多少次捷西卡含情脉脉地望着他，那份不言而喻的希冀与期盼，他岂能不知？乱世中的爱情，是一束温暖的光，清晰可见，而当个人情感与家国情怀相抵触时，留给他的选择，苦涩而残忍。理查德无限伤感地翻了个身，眼角夹着泪浑然睡去。

次日醒来，朝霞依着车轮的节奏点亮了他的眉梢，理查德摸了摸包装紧实的药物，心里一阵悸动。眼下没有任何事情能够阻止他为自己的理想而奋斗。而此时此刻，他预感到天津回不去了。他无奈地闭上眼，在内心祈祷着，有朝一日能亲自向穆勒先生解释这一切，他相信深明大义的院长会理解并支持他今天的行动。至于捷西卡，理查德愿意把内心深处最纯洁最柔软的一角，永远留给这个小妹妹。

列车抵达北平的同时，广播喇叭响起：日军偷袭珍珠港，太平洋战争爆发，英美联手对日宣战，第二次世界大战规模空前。留守在山海关的日本宪兵，在北平城里大肆搜捕，众多地下党和情报人员被逮捕……

理查德出了站，与接应人员会合后直奔人群豁口的一辆雪铁龙小汽车。车子一路西行,在白龙桥上遇到路障时,盘查者见是法国医生贝熙业的小车牌照,知道就连脚下的这座桥也是车主捐资修的。随后一路畅通,几经盘旋,停在了浓荫遮蔽的贝家花园。

此刻的北平暗流涌动,豺狼四伏。两天前,黄牛在北平城里的无线电信号被发现,身份暴露,连夜转移到解放区去了。理查德听闻这个消息,心里咯噔一下,着实感到情况的危机。鉴于此,组织上决定尽早送他到晋察冀根据地去。可眼下,围绕西山的盘查和哨所陡增,别说带药品,就是只身下山都风险重重。一筹莫展的老刘思前想后,决定求助贝家花园的主人法国医生贝熙业。

实际上,贝家花园与北平共产党地下情报站早有往来。贝熙业大夫本人利用自己的特殊名望和身份,多次秘密支援中国人民的抗日。他将一些珍贵西药和小型手术器械,通过黄牛转送到晋察冀野战医院的白求恩手上。因形势险峻,老人常独自骑着自行车,假借郊游把药物秘密交到八路军手上,被誉为"自行车上的驼峰航线"。而贝家花园碉楼上悬挂的法国国旗,则是他为了迷惑日本人,送给情报站做挡箭牌用的。

面对老刘的求助,贝熙业抚摸着自己雪白的八字胡,沉思良久,而后果断地说,周三晚上,你等我的消息吧!

时近黄昏,一派悠闲的贝家花园,有条不紊地忙碌起来了。法式菜肴、江南水果、茶点和烟酒,被一一摆上铺着白色亚麻布的餐桌。山风徐来,竹韵花影,笑语声喧的中法宾客,沿着蜿蜒的山道纷至沓来。有法国驻华大使、欧洲汉学家、作家和诗人,还有京城的达官贵人、社会名流,以及演艺界炙手可热的名伶等。一阵寒暄过后,大家围着和蔼可亲的主人,争先恐后地聊着近日的重大事件、小道消息,以及皇城根儿下的尔虞我诈。转瞬之间,贝熙业从谨言慎行的外科大夫,变作慷慨好客的沙龙主人,每一位来宾都从他舒展的笑容里领略到真诚、友谊和文化的魅力。

当如云的中外宾客,在肖邦的乐曲中一面轻歌曼舞,一面沉浸于情感、艺术和思想的愉悦时,理查德已套上皮衣,戴上礼帽,和两名"陪同"一道,悄然出了碉楼,在贝熙业大夫的精心策划和掩护下,坐进他的黑色"雪铁龙",在日军的眼皮子底下过五关斩六将,安然闯出了北平城。

第五章
苏北有个萨尔茨堡

39　你关心我一时，我关心你一世

护送外国专家到前线去，注定是一次险象环生的旅行。何况还带着一口碍手碍脚的大箱子。可正是罗森这口惹人注目的大箱子，催生出一条两全其美的锦囊妙计。

为了保障罗森·菲尔的安全，新四军卫生部部长沈其震向上级请示，选派上海地下工作者李慕兰随行，以便掩人耳目。慕兰在日本机构里工作过，有着无可替代的身份优势。此外，长期潜伏于隐蔽战线的慕兰，多次要求离开上海，到根据地去工作。尤其当下，慕兰因公开为日本人做事，已被国民党列入除奸的黑名单，处境相当危险。

既可以让慕兰虎口脱险，又能顺便协助罗大夫转移到苏北，岂不一箭双雕！

仿佛是天意，慕兰是苏北人。早年，慕兰的父母在军阀混战中不幸去世，12岁她便成了孤女，由舅父领养，并将她送进当地的教会学校。天资聪颖的慕兰不仅痴迷于诗词歌赋，还打下了良好的英文基础。慕兰后来考取南京中央大学，专修英文和日语，并在政府公派留日的选拔赛中赢得了东京大学语言文学的深造机会。留学归来的慕兰，随即被政府聘为机要秘书。她清丽脱俗的容貌和文学气质，很快在南京崭露头角。但她讨厌政府部门的官僚习气，加上办公室主任的死缠烂打，便毅然辞去公职，只身来到上海，专心致志地投入写作和翻译。接下来，慕兰凭借《印度洋之歌》《大洋彼岸》等诗作，成为上海滩名噪一时的女作家和诗人，从而跻身"民国四大才女"之列。

在一次社交宴会上，慕兰结识了中共地下党组织，并在组织引荐下，秘密加入了中共地下党。从苏北孤女成为一名革命战士，慕兰体验到投身革命的豪情。上海沦陷后，举棋不定的她接到上级密电，连夜搭乘轮船到香港的中共中央南方局，去接受一项特殊使命。香港之行，彻底改变了慕兰的人生轨迹。

在八路军驻港办事处，接待她的是中共特科领导人潘先生。他沉稳、儒雅，银丝细边镜框背后藏着一双锐利的目光。潘先生含蓄、谦和，但每一句话都充满了智慧，让慕兰钦佩不已。两周后，慕兰带着共产国际的一笔经费秘密返回上海。

早春的福开森路上，一栋树篱繁茂的法式庭院内灯红酒绿，慕兰一身名贵的乔其纱旗袍，端庄轻盈，气质不凡，像一条锦鲤穿梭于特务机关"76号"的酒会上，在场的男人无不垂涎三尺。色眯眯的汪伪特务头子老李，随着《春之声》的荡漾，拥着慕兰入了舞池。渐渐地，两人你来我往，打得火热，慕兰趁机摸清了老李渴望与中共暗通款曲的心愿。而后借助老李的威力，慕兰奋不顾身地从"76号"魔窟营救出两名共产党的高级要员，出色完成了上级交办的任务；与此同时，慕兰也承受着意想不到的压力，以及来自同胞不明真相的鄙视和唾弃。

有天傍晚，慕兰与老李亲昵地走在梧桐树下，迎面碰上昔日好友阿珠。同为左翼文联的艺术骨干，她们志趣相投，形同姐妹。可眼下的慕兰穿金戴银，珠光宝气，在纸醉金迷中自甘堕落，甚至与臭名昭著的大汉奸鬼混在一起。阿珠轻蔑地啐了她一口，甩头离去。

阿珠的背影像把利剑，一下子刺中了慕兰的心窝。她很想跑过去，拉住阿珠的手，像过去一样对她诉说衷肠。但她不能。潘先生在香港维多利亚港湾的茶馆里，一再叮咛她：如果有人说你是汉奸，千万不要为自己辩护，一辩护，就暴露了！

涉足隐蔽战线为党效力，就意味着无条件抛弃名誉、朋友和亲情，忍受指责和误解。接受任务的那一瞬，慕兰是果决的、坚定的。誓言无声，英雄无名。怎料被唾弃的滋味，是如此锋利而蚀骨。作为才华横溢的女诗人，她最大的快乐就是与沪上清新脱俗的文人相聚，其乐融融。而现在，老朋友见了她，像躲瘟疫似的唯恐避之不及。

任务接踵而至，慕兰硬着头皮强装欢颜与人模狗样儿的汉奸们应酬周旋——救人要紧。在一股强大力量的推动下，慕兰如同齿轮一般，闭着眼没命地往前滚动，滚动。时值梅雨季节，靠窗的凤凰木在风雨中垂下腰肢。煎熬中的慕兰请求组织上重新考虑她的工作，派她到延安或苏北去。作为理想主义的新女性，她多么渴望像老朋友丁玲那样，高昂着头与红区的同志们并肩战斗，再苦再累她都不怕，就怕这种暗无天日的心理上的折磨。

慕兰信心百倍地等待着，甚至做好了奔赴延安的准备。孰料，一项特殊任务又交给了她：打入上海的日本文化界，设法搜集日军情报！

新下达的特殊任务让慕兰牙齿打战，并咬出了血。她当然知道这项工作有多艰巨，多凶险，多难堪，但她别无选择。不久，她摇身一变，成了日本《女声》杂志社的主编兼翻译，而后顺理成章地出入日本使馆和海、陆军报道部，大量日军动态，以及日寇与汪伪之间相互勾结偷天换日的消息，也经由她的运作准确无误地传到了中共特科。而慕兰与日本各界人士的亲密接触，不断公之于世。起初，慕兰作为文化汉奸的名声只在坊间流传，而现在，汉奸加上日本走狗的角色，不仅坐实且公开化了。慕兰的心即便再坦荡再无畏，也难以承受千夫所指万人唾骂的压力。可她只能咬牙撑着。除了服从，还是服从。慕兰的命运，似乎跟"服从"永远焊在了一起。

每天夜半归来，慕兰反锁住房门，外界的虚空和阴暗仿佛被挡在了门外，到此为止。她扭开灯，光线柔和而微弱，却是属于她的。每个人都有无人目击的凌乱与不堪，在无人知晓的地方黯然流淌。她只有祈盼日寇兵败将亡的那一天！孤绝之中，慕兰抓起笔，给远方的恋人写信，委婉地告诉他，她的孤独和惆怅有多深！

不料启楠接到信后，竟想方设法来到了上海。

恋人的出现，宛如透明的空气，在慕兰几近窒息的时候挽救了她。启楠有着留学欧洲的文化背景，思想开明，豁达大度，让她在迷惘中一往情深。爱就意味着理解和包容，而实质性问题，慕兰守口如瓶。这不仅是纪律，也是她仅剩的一点尊严。潜意识里，慕兰怕恋人一旦知晓，会弃她而去。幸亏启楠远在西北，与上海山重水复，并不知情。

冷冽的月光，将慕兰的面颊映得古典、清绝，看上去压抑而隐忍。启楠紧紧攥住慕兰的手，不禁惊悸道：你的手好凉啊！便捧起来，捂在自己的唇边吻个不停。

爱是人类的刚性需求，任何宏大的理由和历史境遇都不可阻拦。慕兰在心中默念着从外国文学典籍里读来的这句话，用生命维系着短暂的温存和即将到来的离别。真的要走了，启楠取出一个蓝色天鹅绒小盒子，放到慕兰手上，用眼神示意她打开。里面是一枚镶钻的戒指，一望而知是精美的欧洲工艺。

慕兰诧异得不知所措。启楠亲自为她取出，小心翼翼地为她戴上，并庄重地说：你关心我一时，我关心你一世。慕兰噙着泪，回赠一支她常年用来写诗的墨绿色派克笔，仔细别在启楠的胸前。

40　一座姓"盐"的城市

泊在码头的是一艘小型轮渡，古老而简陋，罗森和慕兰踩上去，每个缝隙都发出吱吱嘎嘎的声响。前往苏北抗日根据地的路漫长而崎岖，过长江，渡运河，纵横交错中不时穿过日军的封锁线，名副其实的暗礁险滩，惊心动魄。

为了安全起见，一行人在新四军卫生部沈其震部长的带领下水陆兼程，走走停停。途经张黄港时，由轮渡换乘竹筏登岸。夜雾迷茫，一眼望不到边的芦苇荡中，掩映着一座土黄色岗楼，楼前影影绰绰晃动着几个日本哨兵。一场虚惊过后，他们被新四军第一师第一旅叶飞旅长兼政委接到师部，战士们用村里的土鸡和大运河的鲤鱼来款待风尘仆仆的他们。在这里罗森首次见到了充满传奇色彩的新四军将士。眉清目朗的叶飞出生于菲律宾，这位有着异国血统的新四军骁将，英姿勃发，在驰骋大江南北的战斗中屡获战功。

两天后，叶政委亲自把他们送上一艘蒸汽船，一行人继续沿河北上。

新四军总部对于罗森的到来相当重视，沿途的各个据点都精心做了安排，接应工作布置得丝丝入扣。加上慕兰在隐蔽战线上的特殊身份，即便有过几次风吹草动，也都随着她的灵活应变而化险为夷。

终于进入江苏境内，沈其震告诉罗森，多年来这一带烽火连天，战事频繁，新四军剑指江淮，挺进苏北，于1940年秋和八路军在盐城会师。皖南事变的突然爆发，促使新四军重整旗鼓，把军部迁往此地，从而开辟了以盐城为中心的抗日革命根据地。

这天早上，他们不知不觉地踏上了一条村道，无垠的田野上晃动着一个又一个风车，在浩荡的春风里摇曳生姿。沈部长顿时眉目舒展，长出了一口气，不禁回顾起这20多天的行程，虽然一路上磕磕绊绊，却也逢凶化吉，总算到了自己的地盘上！

这时，总部接应的战士们闻风赶来，众人加快步伐，有说有笑地翻过村头的一座石桥，却见一棵老槐树下横着一辆四轮小马车，车边站着一位陌生的中年男子。

沈先生眉头一紧。慕兰走上前去定睛看时，不觉大吃一惊，这不是自己多年不见的堂兄吗？

原来，伯父不知从哪里获知了慕兰回乡的消息，日夜祈盼，就安排儿子在他们的必经之路上迎候。慕兰又惊又喜，六年不见，往日一派英俊的堂兄已是人到中年，敦厚的脸上难掩沧桑。慕兰12

岁那年，父母双双去世后，是伯父伯母将她接来一起生活。因此，慕兰和堂兄堂妹之间如一娘同胞，情同手足。无奈这些年，深入虎穴的工作性质，让她忍痛割爱，被迫远离亲人和朋友，与他们断绝了一切来往，以免由于自己的身份给他们带来伤害。而堂兄的出现令慕兰既惭愧，又不安，真是百感交集！

见慕兰左右为难，沈先生建议说：慕兰同志，你一路陪伴和护送罗大夫，已出色完成了任务。苏北本来就是你的家，即使堂兄不来接，你也应该回去看望一下伯父母。这不是天赐良机吗？就跟堂兄回家去吧。记住，三天后来总部报到啊！

沈部长的足智多谋和善解人意，令慕兰喜出望外且感激不尽。慕兰回过头来与罗森握手告别时，两人的眼波里刹那间闪出异样的光彩。罗森望着消失在晚霞中的小马车和慕兰若隐若现的背影，一时惆怅满怀。为了跟心里的失落赛跑，他向沈部长提出了一个问题：这个地方为什么叫盐城呢？

沈先生轻松地说：盐城就是一座姓"盐"的城市。这里位居苏北，东临黄海，是海岸线很长的一座中国城市，也是你争我夺的一块风水宝地啊。你看，沈先生指了指远方说，盐城周边河道水浅，舰艇难以靠近，简直像一座天然堡垒。将来有时间，让战士带你到海边盐滩去走走，自古以来盐城就有着"煮海为盐"的传统！

Prima! 好极了，罗森脱口赞道，盐城是苏北的萨尔茨堡啊！

罗森一向把盐视为吉祥的象征，奥地利西部有座城市叫 Salzburg——萨尔茨堡，就是盐堡的意思，坐落于阿尔卑斯群山之中。不过，那里的盐不是来自大海的恩典，而是出自幽深的地下矿井。萨尔茨堡虽然靠盐起家，却是一座闻名遐迩的音乐圣地，音乐神童莫扎特就出生在那里。

太神奇了！这么说来你跟盐的缘分可不浅啊。沈其震感慨道。同时他的内心涌起了一股千里海疆与长江巨龙、楚汉雄风与吴越文明交汇的豪情，并张口吟出唐代诗人李白《梁园吟》中的佳句：玉盘杨梅为君设，吴盐如花皎白雪。还有杜甫的《夔州歌》：蜀麻吴盐自古通，万斛之舟行若风！

罗森又迷惑了：那么，陕北的延安，和苏北的盐城，是一回事吗？

沈先生大笑，意味深长地说：等将来有机会，你去趟延安，就明白了。

当晚，新四军代军长陈毅和政委刘少奇，在军部场院里为他们的到来举行了隆重的欢迎仪式。陈毅致辞说：有朋自远方来，不亦乐乎！大自然的恩泽和历史的眷顾，赋予盐城临海襟湖的热土。八路军有加拿大和美国共产党派来的白求恩大夫，现在我们新四军迎来了奥地利著名医生罗森·菲尔大夫。可见中国革命和抗日战争不是孤立的，全世界正义人士都在声援我们！他拍了拍罗森的肩又说，罗大夫的家乡维也纳，是世界上最漂亮最幸福的城市。可是德国纳粹很疯狂，罗大夫作为犹太人成了一种罪过。他因此来到中国，来到盐城，与我们并肩战斗，消灭法西斯！

战士们欢声雷动，听说来了一位高鼻子深眼睛的外国医生，都好奇地围过来看。在点着煤气灯的院子里，炊事班拿出最好的手艺，端出了鸡鸭鱼肉，还有蟹黄小笼包。罗森跟官兵们一样，端着粗瓷大碗，喝到痛快处，慷慨激昂地高唱《国际歌》，他响亮的男高音穿过场院，回荡在整个村子里。战士们唱起《游击队之歌》，罗森凭着天生的乐感马上随唱。音乐把不同肤色的人连缀起来，融为一体。罗森告诉沈部长，这是他第一次享受如此隆重的接待，他激动地站到桌子上发表了一番演说，表达自己对法西斯的仇恨。最后，罗森抡起拳头高喊：打倒法西斯！打倒希特勒！

夜阑人静，醉意蒙眬的沈部长摊开笔记本，记下这段不同凡响的历程。结尾处，他诗兴陡起，快速写下：

> 巍巍洋博士，赤诚爱中国，皖南事变后，共我入苏北。本是将门子，出生维也纳，学医为活人。拍案屏呼吸，决意赴盐城，顿时交莫逆！落日下吴淞，朝霞渥苏北，月似故乡明，自兹废抑郁。

41　慕兰真的到家了吗？

暂别家庭的慕兰，及时回到新四军军部。只几天工夫，苏北的海风盐韵将慕兰身上的洋气褪去了不少，还她以小家碧玉的本色。一件青色提花棉布对襟衫，使她看上去像个村里的小媳妇，可眉宇间那一缕温婉、大气，依旧与众不同，别有风致。

由于沈部长接受了新的任务，不日将返回上海。考虑到罗大夫的工作性质，治病救人时需要与人交流沟通，尤其在上海经营过妇科诊所的罗森，深谙中国人的传统习俗，在为女性进行妇科检查和诊疗时，务必要有一位女助手在场，这对一位西方医生来说，至关重要。于是在沈先生的举荐下，精通英语、日语，并且与罗森相处融洽的慕兰自然成为最佳人选。对于组织上的安排，慕兰二话没说，欣然应允。

月光晓风般悠悠爬进慕兰的窗棂，映在粗木方桌和桌前的条凳上。硬板床上铺着草席，枣红被褥，躺在上头，脊梁骨感觉硬邦邦的。这些又算得了什么呢，毕竟到家了。慕兰对着星辰密布的夜空，呼吸均匀，压力顿减。终于脱离了是非之地的煎熬，慕兰有种如蒙大赦的轻松与畅快，困扰多年的心理阴影顿时随风飘散。

除此之外，慕兰正气定神闲地等待恋人的到来。

每当月色盈窗，慕兰思念的小火苗便抓来挠去，灼烧着她那颗纤细而敏感的心。她情不自禁地拿出启楠留给自己的钻戒，一遍遍抚摸着，而后戴在无名指上左右端详，再取下来放进绒面珠宝盒，倍加珍惜地呵护着。黑暗中，慕兰不断回味起与恋人相聚的分分秒秒，那种令人窒息的快感潮水般涌上来，她感觉自己的脸热烘烘的。

还是在抗战初期，慕兰租住的一栋小阁楼上静悄悄搬来了一户男客，一早一晚，他们偶尔在楼梯间相遇，点头致意的瞬间目光温存而悠长。有天慕兰打开房门，见门前窗台上多了一盆仙客来，清风抚过，白色的花蕊芬芳四溢。正自纳闷，旁边的门开了。一个中等身材十分儒雅的男人，用商量的口气对她说：女士，今晚是平安夜，我准备了香槟和卤鸭，如果不介意的话，我想请您到寒舍来做客？

彼时的慕兰，个人感情和工作均陷苦闷，寂寞孤单至极，面对善意，她毫不迟疑地答应了。那个时候的启楠，因无法预料的一场风暴，个人婚姻也遭遇搁浅而骤然解体。从此，两人你来我往，大有相见恨晚之感。

一阵急迫的敲门声打破了慕兰的思绪，是勤务员大牛，说是有急诊，请慕兰小姐过去帮忙。原来是华中党校的一名女教师患了急性胆结石，疼得大汗淋漓，需要马上做手术。几个人手忙脚乱，在简陋的条件下就开始了。接近拂晓，女教师脱离了危险，呼吸平稳地睡去。朝霞满天，罗森一脸疲惫地对慕兰说，你辛苦了，去休息吧。

慕兰打开诊所的木门，在院子里伸展了一下酸胀的腰身，竟来了精神，甚至有些亢奋。天色微茫，罗森瞅了她一眼，两人心有灵犀，不知不觉地并肩绕过石坪坝和一片果园。鼻翼翕动时，忽然满腹清芬，慕兰这才发觉，他们走近了一片偌大的湖区。突然间宽阔的湖面上接天莲叶，千顷一碧。

慕兰心里一动，想起早年读中学时的大鹏，那位乡绅的儿子。喜欢弄水的大鹏总找机会约她到湖边来划船，两人悠悠荡荡地隐入芦苇深处，飒飒声惊起一群白鹭，一条鲤鱼倏地跳上船头。那芦苇荡里的种种妙处，还历历在目，清晰如昨。大鹏热烈地爱着她，慕兰也以少女的情怀予以回报。临近高中时，大鹏的父亲逼着他们放弃学业，马上结婚。慕兰是一位新时代的女性，心性聪慧而高强，不愿小小年纪便结婚生子。面对大鹏父母的逼迫，她头也不回地去了南京。

你在想什么？罗森笑问，同时想起群山环抱、冰雪灌顶下的奥地利湖区，出双入对的天鹅，白云般漂浮在蓝色的湖面上。

慕兰回过神来，说：一千多年前，中国有位名医叫华佗，曾来到这里，沿着湖区走街串巷，四处行医，是老百姓心中的"神医"。还有位兴化本地的书画家名叫郑板桥，曾在这里挥笔写下：半湾活水千江月，一粒沉沙万斛珠。慕兰又禁不住联想起高岑的诗：扁舟一棹泛秋波，月色平铺似画图。这时对岸的芦苇丛中，呼啦啦飞起两只丹顶鹤，在晨光中悠然远去，一派恬淡祥和之景。慕兰有些忘情，对罗森说，盐城是丹顶鹤和麋鹿的家园呢。要是哪天林子里的麋鹿用鹿角去顶你的房门儿，你可不要害怕哟！

罗森不胜惊喜。淳朴的水上人家，世代享受明净的天空和清新的空气。若不是日军进犯，这里该是一片世外桃源。于是兴奋道：那太好了，我等着它们来敲我的门。

回到村里，日头已爬上了树梢。慕兰瞅了一眼诊所门前的竹帘，想去看一眼手术过后的女老师怎样了，于是脚步轻快地迈上台阶，正要伸手去掀竹帘，唰的一声，从屋内走出一位束腰紧身的女子。居然是阿珠！

慕兰一下子缩回了手。待她反应过来想跟阿珠说句话时，对方狠狠瞪了她一眼，很夸张地朝地上吐了口唾沫，扬长而去。她怎会在这里？慕兰惊诧莫名，一颗滚烫的心登时凉了半截。她踉跄着走下台阶，逃也似的回了自己的宿舍。

42　大鼻子医生

苏北的战况说来就来，一点预兆都没有。罗森与军部的医生们迅速投入紧张的伤员救治工作中。他将自己在维也纳对病人的专业精神，毫无保留地搬到了盐城。随身携带的手术刀和医疗器械，也都派上了用场。与此同时他还帮着抬担架，做陪护。手术后的战士们，常常在后半夜传出粗重而均匀的呼吸声。罗森听了，十分欣慰。

战事频仍，伤病员激增，原有的病房已超员，连附近的一座古庙也腾出来充当了病房。庙里的十几尊泥塑佛像悉数被请到了院子里——他们救不了血肉模糊的战士，只有专业医生才是伤员的救星。

几天来，罗森见缝插针地在日记中写道：

> 来根据地已经两个多星期了，真像是一场梦。从充斥着美国式奢华舒适的大城市上海，到闭塞简陋穷困的中国内地，变化之大，着实让我吃惊。一到这里，我便将西装皮衣束之高阁，由过去每天打领带，变成每天打绑腿。他们说我打绑腿，就像给病人裹绷带一样认真细致。现在我已习惯了致军人礼，学会了使用手枪，还能讲一些简单的中文。我已经很像一个老兵了，但我和他们的区别是，我每天都尽量刮胡子。

这天傍晚，罗森处理完所有伤病员后，腾出手来继续写道：

我想象过根据地的艰苦，可这里的现状以及所面临的困难，仍旧不可思议。在我看来，这里根本没有医院，伤病员只是躺在铺着稻草的地上，什么都缺，缺人手，缺专业的医护人员，缺符合条件的手术室。许多夜间的手术，我都是在两支手电筒发出的微弱光照下进行的，人们用从花生里榨出的油，捻成棉线，在小小的油灯里做成灯芯。这里最难过的就是夜晚，犹如处在人类黑暗的中世纪。

这天罗森正吃午饭，慕兰急吼吼来喊他。原来新四军卫生部吴大夫在给战士做急性阑尾炎手术时，肚子都拉开了，却提着刀子找不着阑尾。他满头大汗、不知所措。要说在部里吴大夫已算得上正规医生，抵达盐城当天，军部领导拉着他，拍着胸脯向战士们保证说：英勇杀敌吧，战友们！我们的医生技术过硬得狠，脑袋掉了都能给你们缝上！

手术是刀尖上的艺术，绝不是吹吹牛就能办得到的。早在维也纳鲁道夫私立医院那会儿，著名的奥地利外科专家布克哈德·布莱特纳教授，针对罗森·菲尔的专长赞道：在胸外科方面理解迅速，手术灵巧，手法娴熟，不可多得！

动手术，显然是罗大夫的拿手好戏。人到病除后，他看着酣然睡去的伤员，猛然意识到，眼下新四军的当务之急，就是创建一套贯通全军的医疗卫生体系和严格的护理制度，以最快速度培养一批能够满足当前形势需要的医护人员。

罗森的想法得到陈毅的大力支持，在军长的亲自筹措下，罗森很快创办起一所培训医务人员的学校——华中卫生学校。第一批学员便集中了160多人，罗森亲自给学生们讲授解剖学、内外医学、药物学和急救措施等。学员们如饥似渴的眼神，勾起罗森对早年求学时光的缅怀。兴奋头上他对着前排的一名女生夸耀道：在维也纳上大学时，学习成绩好的总是被老师安排在第一排，我从小到大一直都坐在第一排！

在军部的一次劳模表彰大会上，两位老乡火急火燎地找到罗大夫，说家里的孕妇难产，快没命了！罗森二话不说拿上器械，跟着他们就往家里赶。此时的产妇已呈昏迷状态，情况万分危急。罗森当机立断进行施救。产妇家中的卫生条件极差，罗森拿出劳模会上刚刚领到的一条白毛巾，垫在产妇的身子底下。忙活到半夜，一名女娃呱呱坠地，母女平安。

此后，苏北军民见到罗大夫，就亲切地称他为"大鼻子医生"。罗森对这个别号似乎很得意，见到村里的小孩子就蹲下来指着自己的鼻子说：叫，叫我大鼻子！小孩子不害怕这个大鼻子医生，仰起脏兮兮的小脸儿，不停地喊。罗森高兴得手舞足蹈。

战事缓和下来，罗森的治疗范围由部队官兵，延伸到当地百姓。根据地来了一位了不起的大鼻子医生，这消息像长了腿，四下里飞跑。耄耋老人、小脚婆娘、久治不愈的儿童……病人解开衣服露出一身疥疮和臭烘烘的病体，罗森克制着弯下腰将耳朵贴过去。军部领导见每天上门的病号一个接一个，有些心疼，就对他的医疗范围加以限制并为他挡驾。罗森得知后坚决反对，说：患者大老远跑过来，怎能拒之门外呢？

一次，罗森在军部医院发现了一例斑疹伤寒病患者，便吩咐把床上的稻草烧掉。这与勤俭节约的卫生部领导产生了矛盾，继而发生激烈争执。出身贫苦走过长征且给周恩来治过病的戴济民副部长，觉得把草垫烧了太浪费，那些草经过消毒后，可用于厨房煮饭。罗森毫不让步：这种伤寒病传染性极强，为了节省稻草而冒生命危险，得不偿失。

幸亏慕兰及时赶来，她委婉说服了戴副部长，最终采纳了罗森的意见。

由于长时间得不到露西娅的消息，罗森执笔给妹妹蒂娜写信。

我亲爱的妹妹：

你一定想不到，中国江苏有座萨尔茨堡，名叫盐城。可没有奥地利的萨尔茨堡那么精巧，那么浪漫。老百姓住的是茅草房，睡的是木板床，用的是稻草做成的床垫，吃的是高粱米和番薯面。我们的新四军军部，设在一座古老的寺庙里。为了照顾外宾，军部把我的住处安排在一间漂亮且通风极好的房间里。但房间离牛棚很近，喧闹和臭味对于中国人来说，好像算不了什么，对我却是一个极大的考验！

来到盐城的第二天，我就闹了一个大笑话。早上战友们跑来问我，睡得好吗？我伸出手放在头顶做出牛的犄角模样，同时发出"哞哞"的叫声。战友们愣了半天，恍然大悟，仰面朝天地爆笑不止。笑声连牛圈里的牛都惊动了，"哞哞哞"跟着叫。还有件事你听了一定觉得更加可笑。中国乡村没有正儿八经的厕所，而是蹲茅坑，这让我很难适应。卫生部部长就安排村里的木匠，在板凳上凿一个洞，架在我使用的茅坑上。

43 昨日重现

与慕兰狭路相逢的阿珠，是前不久响应组织号召，从上海志愿来到苏北革命根据地的文艺干事。盐城以其独特的地缘优势，不仅成为华中抗日军事指挥中心，也是中共中央华中局的大本营。有道是西北有个延安，苏北有个盐城。一系列爱国青年、民主人士和文化名人等，纷纷从敌占区和大后方奔赴而来，一时间群贤毕至，并在政治文化教育等方面竖起一道别具特色的根据地风景。华中党校、鲁艺华中分院、抗大五分校、江淮日报社，乃至农工商学抗日救国团体，如雨后春笋般相继成立。

眼下的阿珠，是鲁院分校的一名文学教员。昔日志同道合形影不离的好姐妹，如今相见，仇人似的分外眼红。这让慕兰极为难堪。她想方设法欲跟阿珠当面聊聊，试图解开这个缠绕已久的心结。在上海那会儿，她有苦难言，也许现在是时候了。

然而理想与现实近在咫尺，却又遥不可及。慕兰作为"文化汉奸"的身份很快在根据地悄然传开了。再次碰到阿珠，慕兰刚要开口解释，阿珠却当众质问她：你在日本人那里如鱼得水，现在跑到根据地来干什么，是不是黄鼠狼给鸡拜年呢？

慕兰本是一个浪漫而单纯的女性，如此被当众指责和谩骂，她感到从未有过的羞辱，这比杀人越货更加让她不堪。多少年来慕兰像一缕孤魂，在暗无天日的隧道里爬行，只为前方的一线微光。她坚信，只要到了根据地，一切拨云见日，彻底还她以清白——这是慕兰深入敌后工作多年从未动摇过的信念。想不到昨日重现，噩梦重温。误解怀疑苦闷，像三月的风，从上海呼啦啦刮到了苏北，并且越刮越猛。

慕兰满腹委屈地找到组织，希望组织上能出面，帮她解除眼下的尴尬。

总部领导十分理解她的苦衷，可鉴于眼下复杂多变的抗战和统战形势，领导语重心长地安慰道：慕兰同志，你要相信党，你全心全意为党工作，深入虎穴，出生入死，你所做的一切，党了解你就行了。至于其他人怎么看，不要太在意。

言外之意，慕兰仍旧不能为自己做任何辩解。不仅如此，她作为文学阵地上的一员骁将，为根据地所撰写的诗篇和报道，也不能以自己的真实姓名发表。这对慕兰而言，又是沉重一击。她再次深陷迷茫，甚至有种被强暴的屈辱。

但有一件事，让慕兰重新燃起希望之火。启楠热情洋溢地来函说，他将不日到苏北来，借此机会与她喜结良缘。

一个女人，无论遭受多大的误解和屈辱，只要心中有爱，一切外在痛苦都算不了什么。慕兰再次取出那枚戒指，小心翼翼地抚摸着，想象着爱人即将亲自把它戴在自己的无名指上，两人亲密无间，携手同行——到那时，一切污言秽语都将不攻自破。

一个偶然的机会，慕兰被新四军总部办公桌上一张报纸上的照片惊住了。她翘首以盼的恋人正陪伴中共高级领导人，出现在国共两党的谈判席上。刹那间，慕兰春风满面，目光潋滟，一双瞳孔射出异样的光芒。总部领导人瞧在眼里，有些不明究竟，于是安慰她道：慕兰同志，再忍一忍，等抗战胜利的那一天，一定还你清白！

回宿舍的路上，慕兰身轻如燕，两脚生风。早该想到的，启楠性格内敛，心思缜密，又有着留学欧洲的知识背景，理当是外交战线上的英才。走至村里的杨树林时，慕兰四顾无人，哼着小曲扭了几步秧歌，心里的那份美，真是难以言说。

午后，大牛兴冲冲抱着一袋食品走过来，是陈毅首长特意派人送来的。又是从敌人手里缴获的战利品。有牛肉奶酪香烟奶糖，还有罗森钟爱的咖啡。竟有一块巧克力夹在奶糖里。因为只有一块，罗森给了大牛。好苦啊！平生第一次吃到巧克力的农村孩子，咧着嘴直抱怨。罗森看着胖乎乎的大牛问：你今年多大了？

大牛羞红了脸。慕兰替他解围说，大牛是红军在福建的长征途中捡来的孤儿，恐怕连他自己都搞不清自己的年龄呢。罗森听后，怜惜地搂住这个可爱的红军娃，此后一直把他留在身边，从苏北到山东，再到冰天雪地的东北原野。罗森的饮食起居、辗转行走，以及坐骑的吃喝拉撒，都交出大牛来打理。

七月的苏北酷热难耐，罗森在家乡畅游多瑙河的经历，让他在苏北一看到水就走不动，总想跳下去。有天罗森跟陈毅外出开会途中，需横穿一片湖泊。在罗森的提议下，陈毅和他一道脱衣下水，游到了对岸。罗森因此落下了"水牛"的外号。后来罗森下水后，不慎将祖父留给他的一块怀表掉落水中。勤务员大牛急得团团转，发动连队水性好的战士，全都潜入水底帮着寻找。最终怀表失而复得，罗森激动得将大牛搂在怀中，命令道：叫我大鼻子！

44 慕兰等来了一个包裹

这天早上，一个藏蓝色棉布包裹交到了慕兰手上。日夜思君不见君，当慕兰意识到包裹是启楠托人转交给她的时候，泪水瞬间溢出眼眶。她一面流泪，一面急切地撕开包裹。但她无论如何都想不到，自己心心念念的爱人，送来的是一封绝交信。

王启楠的信，是躲在英文里写的。

亲爱的慕兰：请原谅我，由于无法解释的原因，我不能如约前往苏北，也无法与你成婚。让我们就此做个朋友吧，我会永远珍惜你，思念你，发自内心地祝福你！

王启楠

慕兰又翻开包裹，发现里头有支笔，那支刻有慕兰名字的绿色派克金笔。

睹物思人，慕兰禁不住浑身颤抖，泪如雨下。两年的爱与互信，上海的日夜缠绵，眨眼间化为乌有。究竟是什么原因让重情守信、一诺千金的启楠，违背自己信誓旦旦的诺言？此刻，从未经历过炮火硝烟的慕兰如遭炮火弹击，皮开肉绽，五内俱焚。

出于工作需要，启楠乘坐军调处的飞机频繁往来于南京与陕北之间。近日他做好了准备，趁工作之便来苏北与心上人成婚，以便名正言顺地将慕兰带在身边，双宿双飞。多少年，启楠形只影单，他渴望拥有家庭温暖，渴望慕兰以妻子的身份陪伴左右。却因双方的工作性质，他们的恋情一直处于秘密状态而没能公开。

条件成熟，启楠决意娶慕兰为妻。但作为党的人他当然不能忽略组织上这一关。于是出发前，启楠带上糖和花生找到领导，将结婚打算如实做了汇报。没承想，当领导听到启楠的恋人是活跃在上海秘密战线上的李慕兰时，绽放的笑容霎时凝住了。

领导剑眉紧蹙，委婉道：李慕兰是个好同志，出色完成了党交给她的各项任务。她智慧、勇敢，不畏艰险，多次从虎口中救出我党要人。为了我的安全，慕兰曾冒着生命危险传递过紧急消息呢。可是，由于慕兰同志的特殊经历，她的名字和照片已列入国民党除奸的黑名单……领导说到这儿，面露难色，沉思良久，直言道，你是我党重点培养的外交骨干，是党的形象和代表，眼下国共谈判正如火如荼，如果你和慕兰结合，势必暴露于公众视线，一个是活跃在国际战线的外交干事，一个是声名狼藉的"汉奸文人"，想想看，这对党的事业及你个人的前途，会造成怎样的影响？

一席话，让启楠如坠冰窖，他一屁股跌坐在椅子上，半晌说不出话来。他是一个党性原则很强的人，眼下形势严峻，统战的新课题接踵而至，作为首席谈判代表和中共领袖的高级翻译，与慕兰结合，后果不堪设想。他一向谨言慎行，但从未料到在爱情和事业面前，会有如此残酷的考验。一夜纠结和矛盾过后，启楠做出了抉择。党的利益高于一切,尽管他的情感深处,始终有一块空白是留给慕兰的。

月亮腾云驾雾般升起,照在慕兰为启楠织了半截的毛衣上。她扯起一只袖子,刺啦啦地撕着,边撕边笑,笑声如丝竹爆裂,打破沉寂冲出茅屋,滑向不远处的湖面,惊起白花花一片鹤影。东淘诗太苦,总有断肠人。足迹遍布盐城的清代才子孔尚任、李汝珍,以盐城水墨润就不朽的《桃花扇》《镜花缘》,是慕兰倾慕不已的剧目,岂料剧中女人的辛酸泪,从两百年前绵延不绝地流到了今天!

乱世纷纭,战争、信仰和家国,用最残酷的方式撕裂了两个挚爱的人。启楠有苦难言,他不得不抽身、隐退,违心放弃,继而在梦中呼唤爱人的名字,回味她的音容笑貌,和那挥之不去的沪上风情。

45 万里长城万里长

清晨的晒谷场上,搭起偌大的舞台,慕兰略施粉黛,头发绾起,细细的高跟鞋,大红旗袍上绣着一只火凤凰。树木在风中摇曳,慕兰的眼窝里没有泪,却能看到深深的泪痕。面对黑压压的台下,慕兰定了定神,以她特有的嗓音,引吭高歌《长城谣》:

　　万里长城万里长,
　　长城外面是故乡。

高粱肥，大豆香，
遍地黄金少灾殃。
自从大难平地起，
奸淫掳掠苦难当。
苦难当，奔他方，
骨肉离散父母丧。

没齿难忘仇和恨，
日夜只想回故乡。
大家拼命打回去，
哪怕倭寇逞豪强。
万里长城万里长，
长城外面是故乡。
四万万同胞心一条，
新的长城万里长。

歌声苍凉悲壮，纯朴自然，宣示了中华儿女威武不屈的抗战决心。慕兰的背后，旭日东升，云蒸霞蔚，天地间一片辉煌。歌声打动了战士，打动了罗森，打动了父老乡亲，唤起民众滚烫的热情。战士们情绪激昂，附和着唱起《游击队之歌》《黄桥的烧饼黄又黄》。歌声回荡，街头的捐款箱前排起了长龙，人们踊跃捐资捐物，倾囊相助，连衣不蔽体的难民也捧出身上仅有的一块铜板。

不久后，日本人发现新四军里有一名身份不明的外国人，便采取了行动。有一天罗森在一张报纸上看到自己的头像，跟陈毅、刘少奇并列载入被通缉名单。照片下不仅有悬赏金，还有文字说明：他是俄国人，共产国际代表，新四军雇来的专业军事顾问。

陈毅看后，哈哈大笑。他摸了摸罗森的后脑勺，调侃道：他们为你标出的悬赏金额，比我的高多了！

爽朗且富有浪漫气质的陈毅，深得罗森好感。平素陈毅喜欢用法语称他为"我的小宝贝儿"，兴致来临时，两人就用法语合唱《马赛曲》。尽管形势严峻，条件艰苦，但陈毅的文学爱好和生活情趣不减。他常常提笔写古典格律诗，桌上插着野花，床上铺着带花纹的虎皮，简陋中透着掩饰不住的艺术气息。共同的爱好，让两人互为知己。受其影响，罗森跃跃欲试地写了首中文诗：

> 我们是中国青年，
> 我们的热情染红了中国大地，
> 使这神圣的祖国，
> 获得自由与豪气。

转眼到了腊月，风与雪绘声绘色地倾诉着隆冬的心情。苏北文化协会邀请罗森去做一场欧洲文化的报告，刚一开口，罗森的脑中便闪出维也纳歌剧院、城堡剧场和萨尔茨堡音乐节的影子，浓郁的思乡之情油然而生。他在报告中讲道：中欧的许多国家都曾属于奥地利，因此奥地利是中欧文化交流的策源地，甚至可以说是全世界文化交流的策源地。我出生在维也纳，那里的人无论处于哪个阶层，都喜欢艺术，尤其是文学和音乐。每年八月，人们从四面八方涌向萨尔茨堡音乐节，不管持什么样的政治观点，都丝毫不影响他们欣赏那里的戏剧和歌剧……

傍晚，大牛和小刘顶风冒雪从山上扛回来一棵赤松，松枝上挂着雪花，酷似欧洲圣诞节用的杉树。当罗森忙完了最后一例病号走进来，惊喜于漏风漏雨的屋子里，立着一棵清香四溢的松树，简陋的粗木方桌，破天荒铺上了一张白桌布。有了松树、花生和红枣，圣诞的气息呼之欲出。这时，慕兰将一根蜡烛点燃，放在桌上。烛光下慕兰眼波柔和，面颊含春，道了声圣诞快乐！

尽管圣诞节并不属于犹太族群，但温暖祥和与祝福却是相通的。在中国朋友眼里，圣诞节是所有西方人的节日。参谋长彭雄突然闯进来，他是结束了白天战斗不惜徒步跑来的。只为让罗森吃到橘子、栗子和香肠。彭雄捧起桌上的高粱酒，一口气灌下大半碗，抹着嘴说：我哪知道什么是圣诞节，我是从一名日本俘虏那里听到的。

这位商家出身的年轻军官刚满27岁，却已在部队度过了十多年。罗森嘴角微挑，低声告诉他说，你妻子怀孕两个月了。彭雄跳起来，攥住罗森的手问，是男孩还是女孩？是个小骑兵！罗森欣喜道。彭雄一下抱住罗森，在房间里连转了两圈，而后红着脸补充道，其实男孩女孩儿我都喜欢，重要的是我有孩子了。

风裹挟着雪花从窗缝里灌进来，烛光摇摇晃晃。开春后，彭雄奉命去延安学习，途中不幸与日军遭遇，在一场鏖战中壮烈牺牲。

46　战争不是维也纳圆舞曲

日队的大扫荡隔三岔五，罗森在危机中频繁走上卫生学校的讲台。他的学员当中有中学生，有抗大学员，有部队的老卫生员，也有赤脚医生和江湖郎中。罗森告诉大家，当一名好医生的诀窍是：要有鹰一样犀利的眼睛，音乐家那样锐利的耳朵，画家和裁缝般灵巧的手，并且像铁匠和泥瓦匠那样强劲有力。为了缓解病患者心灵的痛苦，医生还要具备心理学家的素质和演员的天赋。

罗森走访部队给指战员做体检时，发现普遍患有贫血、胃病和寄生虫等疾病，营养不良更是严重困扰着部队官兵。新四军第三师师长黄克诚坐在写字台前，瘦小的身子几乎弯曲到桌上，一张羊皮纸似的脸因胃病折磨而痛苦不堪。他半眯着一双近视眼，友善地凝视着罗大夫说：中国共产党的军队都有一个特征，那就是它是世界上最省钱的军队。想吃的时候没得吃，能吃的时候身体却垮掉了。

在罗森眼里，新四军第二师师长罗炳辉神奇而有趣。他18岁入滇军当兵，南征北战，担任过孙中山的警卫连连长，后来由国民党军官转为红军军官，是一个典型的从奴隶到将军的特例。他有着肥硕而浑圆的外表，看起来活泼有趣，朦胧的夜色下，他能在谈笑风生之际，以无可挑剔的枪法射下一只凌空飞翔的野鸭。有天他跟罗大夫讲起自己的母亲，眼睛眯成一条缝说：母亲给了我许多教诲。她常对我说，男人如果挣了不义之财，钱买的房子会着火烧掉，买来的地会被水淹，买来的媳妇生下的孩子没屁眼儿!

苏德战争之初，纳粹德国在苏联势如破竹，小日本得意忘形，试图迅速解决对华战争。于是接连不断地对苏北进行大扫荡，轰炸和偷袭双管齐下。盐城几近失守，伤员络绎不绝。为了保全军部医院，战士们严防死守，尽管如此，仍需驮着伤病员和医疗器械四处转移。七月的迁徙途中，罗森的马被牛蝇叮咬得快要发疯了。飞机梦魇似的在头顶神出鬼没，炸弹接连不断地砸下来。

在罗森的提议下，军部直属医院分成若干战地医疗队，直奔前线。面对伤员，罗森像一台小型发电机，日夜兼程。累得实在睁不开眼了，他就用毛巾蘸着冷水往头上敷，咬着牙拼了命坚持着。高强度的工作之下罗森病倒了，发烧至40度，可躺在地上的伤员濒临死亡，分分秒秒比金子都珍贵。罗森急中生智，叫战士们把他系在一根绳子上，丢进冰冷的井水里，然后再捞上来，继续为战士们做手术。

战争不是维也纳的圆舞曲，每个人都在饱受战争的煎熬。

跋山涉水，行军打仗，对于怀了孕的女人更是苦不堪言。她们用自己柔弱的身子安抚战斗中的男人，继而背负着妊娠的痛楚。生了孩子的妇女要喂奶，孩子一哭就会暴露。因此，妇女们虽深爱着自己的丈夫，却对怀孕生孩子心生恐惧。一旦怀上，就巴望着婴儿自动脱落。无奈之下她们便从高处往下蹦，故意从马上摔下来，希望能够自然流产。可孩子没掉下来，鲜血却染红了一条条军裤。

针对这种情况，指导已婚妇女采取避孕措施，成为当务之急。为了应对妇女同志们对流产的需求，罗森就地取材，他用锉刀把一根钢丝弯成刮宫刀，之后勾勒出手术器械的草图，让镇上的铁匠照葫芦画瓢，用银元首饰打造成银刮勺和一整套子宫颈扩张器，用于人工流产手术。他还自制了尿道探条，加上从奥地利带来的膀胱镜，从而构成了完整的泌尿科技术器械。军中指挥员的妻子们慕名而来，纷纷找罗大夫做人工流产。从此，罗森又多了一个美誉——"妇女的救星"。

罗森是中国革命时期最早提倡计划生育的外国医生。无数女战士和村里的婴儿，都是罗森亲手接生的，包括陈毅的长子陈昊苏。说起来，陈毅军长由于妻子生育的事儿，一度让罗森心生罅隙。原因是张茜生产后，作为丈夫的他仅仅过来瞅一眼，转身走人。罗森看在眼里，心想，对待自己的妻子都这么轻描淡写，可见是个寡情薄义的人。这样的人不可交！

有人拿出军长写给爱妻的情诗，逐字逐句地念给罗森听。如《内人东来未至，夜有作》（1941年1月）：

　　足音常在耳间鸣，一路风波梦不成。
　　漏尽四更天未晓，月明知我此时情。

以及献给爱妻的《辞别赋》（1943年11月）：

　　我行访塞北，君留守淮南。
　　彼此单形影，独自料温寒。

细加品味，罗森渐渐体会到陈毅那颗既要一心抗敌，又要兼顾儿女情长的苦涩柔情，从而洞悉了一种东方式的爱情表达之妙。

47　西风颂

一场始料未及的大扫荡过后，缕缕青烟从黢黑的房屋上冒出，太阳跃出乌云照见她赤裸的肉体。她半睁着眼，苍白翘起的嘴角上，还挂着一丝愤怒。双手僵在冰凉的湿地上，污迹斑斑的细长的手，被捆绑的印痕清晰可见。她甚至听到了手榴弹的爆炸声和机关枪的哒哒声，意识到新四军近在咫尺的动静，紧接着她被拖进了树林深处。

两周前，村子唯一的出口被堵得严严实实，仓促中军部医院拼死突围。慕兰主动留下来照顾刚分娩的彭雄妻子。危急关头，为了掩护产妇和婴儿，慕兰冲出庙宇，朝村外的树林方向跑。却在打谷场上中了一枪，鲜血顺着喉管溢出，她落入了日本人手中。她死命地反抗、挣扎，却喊不出一句话。

几周前，她一袭大红旗袍，带着通天扯地的火凤凰，那是她为自己准备的结婚礼服。别样的风采，伴着鲁艺的舞蹈和高亢的合唱队，激昂处，她招呼台下的战士们和她一起唱。罗森忘不了她恣意挥舞的彩绸，生动、悲壮，像一团永不熄灭的火焰。

死亡，是一种无望的告白。慕兰的遗体已然僵硬，罗森抚摸着她冰凉的手，残破的指甲里塞满了泥土，可见她临死前的痛苦与挣扎。她的脚有着优美的弧度和线条，尽管已呈青铜色，半透明的皮肤下还看得见紫色的血管。她被刺了七下，肩上、胸口和腹部，刀痕仍历历在目。树叶在风中簌簌作响，沉厚的云被刮得支离破碎。

战士们大吼着，对着天空一阵扫射。

罗森瘫倒在地，满脑晃动着慕兰的倩影。秋阳下她的目光是没有抛光的金属，总是少了那么一点光亮。他不知道慕兰的情感生命里，到底遭受过怎样一番致命的打击，以至于状如枯叶，萎靡中跳闪着绝望的脉动。也许毁灭性的念头，早在她的脑中酝酿成型。多少次，罗森带着迷惑走近她低矮的窗口。万水千山，咫尺天涯，将最深沉的情愫交付给窗前明月。烛光莹莹中他们也曾有过倾心交谈，他对她说：你的心是明澈的，有你在，我从不觉得生活艰苦！

而在慕兰眼中，这个与她惊鸿初见的内敛绅士，春风和煦，一派温存。尤其在她被爱人抛弃的日子里，罗森像一味解药，无声地融化着她心头的坚冰。他是一位理想的倾听者，似乎与生俱来乐意听她吐露心声。在一本蓝色笔记本里，慕兰写下了这样一段话：由于你的存在，我开始拒绝放弃，因为我心里的桃花源，还在。

可这一切，慕兰还未来得及亲口告诉罗森。

鸣枪哀悼，战士们将慕兰的棺木徐徐放下。黄土在微风中轻扬，彭雄的妻子怀抱婴儿，泪流满面。一阵悠扬而缠绵的琴声，来自清瘦的鲁艺小提琴手，他闭着眼抽动琴弓，忧伤、哀婉，如泣如诉。罗森看到了一位圆脸姑娘，孤零零站在人群后，不停地抹着眼泪。她叫阿珠。初始不明曲中意，再见之日遥无期！

乐声渐止，人群散去。罗森独自走上坡，盯着坟茔上的新土念道：

　　我来了，伴着西风，伴着繁星闪烁的暮色，
　　与风对话，与灵魂对话，与上帝对话。

晓风如咸,星如萤火,石楠花似波涛翻涌。

子夜,月光,黑暗,荣耀,欣然相汇,

即使你已不在人间,依然闪烁着天国的光辉。

如果必须死亡,那么未来亦是神圣。

48 新世界的主人

寒气从土墙的裂缝里进出,雪花在探照灯下飞舞。罗森给染病者们治好了伤寒,自己却染上了疟疾。他头疼剧烈,高烧不止,半昏半迷中好似踩在突围的路上。信号弹拖着尾巴划过西天,他快速登上摩天轮,维也纳正在迎接新年的钟声。

四天滴水未进,奄奄一息。有人逮了一条土黄色的蛇,还有一布袋蝗虫。他学着大牛的样子,闭上眼吃了一小截蛇肉,慌乱中伸手摸到了女人的肌肤。大雪连绵不绝,思念无限发酵,罗森跟着记忆来到巴尔干半岛,推开沉重的木门,失散多年的露西娅正坐在壁炉边等他。蓝色的火苗舔舐着壁炉口,露西娅饶有兴致地盯着他的腰带、绑腿,还有他的新四军装束,惊奇、浅笑、嗔怪,惶悚的眼神难以描摹。久别重逢的甘醇,挡不住的青春欲念,被舞台上的火凤凰点燃了。

如痴如醉中罗森轻喊:我渴,快给我水。乳汁流淌,他张开了嘴。雨季刚过,曙色初开,清风中摇摆着凤凰木的花朵,一对飞燕翩然在晨曦里,彼此间的距离相隔得楚楚有致。慕兰看着朝阳,一

165

种劫后余生的感觉通体荡漾。罗森直视女人,你纯洁无瑕,但无济于事,他需要你,却戴着闪光的面具,舍不下耀眼的光环。他葬送了你!

亲爱的,你是我的。从见到你的第一眼我就爱慕你,尽管我犹豫过,彷徨过,饱受过灵魂炼狱的煎熬,因为宗教是一堵墙,我们从小就被灌输:犹太人与非犹太人通婚是有罪的。这堵墙折磨了我很久,因此我的爱来得晦涩、纠结而不能自主。让一切都见鬼去吧,亲爱的,只要我还能够,我就爱你。让我们做新世界的主人!

慕兰的泪珠在眼眶里转了又转,她不紧不慢地拿起竹针继续织。秉烛长谈,目光含情,凛冽的风倾斜了烛光,打破了投在墙壁上的缱绻之影。他终于下了决心,等法西斯消灭了,世界太平了,就带慕兰回欧洲。到奥地利西部的萨尔茨堡,去拜访另一座姓盐的城市。大雪弥漫,湖中的天鹅结伴而游,优雅惬意,一如往昔。

我渴,快给我水,罗森大喊。女人高亢而惊人的咏叹调,踩着冰山雪峰走到跟前。两只饱满而结实的乳房,随着呼吸上下起伏着,裸露的身体是粉色的美人鱼。他难以克制伸手抚摸她,温热的气息堵住了他的呼吸。他附身扑向她,任她像蛇一样缠绕着自己。罗森是好样的,从未有过的斗志和强势,像一枚飞弹风驰电掣。她低吟着,波浪般的金发霎时变换成漆黑,谜一般的女人。

在一团红色的浓雾中,罗森睁开眼。夜灯斜射在他的脸上,高粱酒泼洒在绿色的枕头上,他像个孩子,两条胳膊交叉在枕头下。他仰起头挣扎着,试图抓住稍纵即逝的梦的碎片,以便继续。他再次闭上眼睛,不知身在何处。

醒了,醒了!大牛拨开众人,将一碗清凉爽口的赤豆汤端到罗大夫跟前。

49 你不是红颜伴青山

雪后宁静的早晨,《江淮日报》年轻漂亮的女记者,找到名扬苏北的罗大夫。

听说罗大夫加入了中国共产党,成为新四军军部吸收的第一位外国党员,并且马上启程到延安去,就踏着咯吱作响的村道,专程来采访。女记者闪着乌溜溜的大眼睛,恳请罗大夫谈谈他对盐城新四军官兵的印象,以及两年来在苏北战斗经历的感受。

罗森毫不讳言地讲起刘少奇的谦逊、和蔼,陈毅的智慧旷达及斐然文采。在他看来,盐城的军事生活与政治生活相结合,新奇而高效。他佩服新四军官兵的战斗精神,生活艰苦,节衣缩食,但斗志昂扬。此外,罗森还谈及盐城的老百姓,他们淳朴可爱,热忱友好。在劳模大会上罗森亲眼所见,当地百姓将自己的口粮省下来,送给伤病员吃,妇女们熬夜为战士做布鞋,老百姓把孩子送到部队当兵,真心实意地支援抗战。他甚至记住了几句生动有趣的顺口溜:

吃菜要吃白菜心,
当兵要当新四军。

最后一把米用来做军粮，

最后一尺布用来做军装，

最后的亲骨肉含泪送战场！

当女记者好奇地问罗大夫为何要加入中国共产党，又为什么要去延安时，罗森的眼里即刻神采飞扬。他说：在异乡的土地上，我和新四军战士朝夕相处，并肩战斗，虽然生活有些艰苦，但我感到很快乐。部队官兵对我的敬重，盐城百姓对我的爱戴，让我的医学技术得以最大程度地施展，工作起来如鱼得水。我对中国产生了一种故乡般的归属感。这就是为什么我要求成为中国共产党的一员。

气度非凡的陈毅军长，为罗森这位外国战友如此义无反顾地投身于中国革命、出生入死地与新四军在一起，深深地感动了。正是陈毅，欣然做了罗森的入党介绍人。鉴于罗森国际友人的特殊身份，他被批准为中共一名特别党员。

而奔赴延安，更是罗森踏上中国以来矢志不移的一个梦。

罗森是一名具有诗人气质的医学专家，他所憧憬的宏大理想中，西北高原上那座风中的宝塔一直顽强地挺立在他心中。私下里，罗森觉得延安就是现代中国的代名词，是新生活的象征，他要去走访延安的冲动从未因战争而淹没过。

陈毅当然理解这位西方来的战友，在操刀的同时，始终抱有对革命圣地延安的神往。并且清楚，罗森在中国最大的愿望就是有朝一日像埃德加·斯诺和汉斯·希伯那样，亲自去延安采访圣地的领袖们。

陈毅的眼里闪着泪光，把罗森请到家里，两人对酒当歌。尽管内心伤感，但陈毅依旧用法语聊着，还不时称罗森为我的小宝贝。两年来他们多次通宵达旦地交谈，而今战友此去，不知何日才能相见。陈毅饮了口酒，从腰间拔出一把小手枪递给罗森说：这是1901年比利时出产的勃朗宁手枪，跟我的出生年份巧合，送给你做个纪念吧！

临了，罗森面露羞涩地向陈毅袒露，他希望有朝一日，能将苏北经历的战斗和生活写成一本书，呈现给世人。陈毅大加赞赏，说：好，新四军艰苦斗争的经历，为你所亲见，所身受，你不仅是亲历者，也是见证人。希望早日读到你的著作！

晨光熹微，罗森走向村口高地，默默注视着慕兰的墓碑。这个倔强、敏感而内心高洁的女子，与他在苏北的点点滴滴已然固化，成为一体。离开的瞬间，罗森心中不由默念：你不是红颜伴青山，你本身就是一座高峰。

太阳升起来了，罗森一步步走下坡去，蓦然回首，一只带褐色斑点的麋鹿立在碑前，目光凄迷而忧伤。

第六章
肚皮上的天鹅湖

50　吓坏了农村大嫂

自幼生活优裕从未出过大力气的理查德,和两名中国战士一道扛着药品,一路翻山、爬坡,马不停蹄地进行了一夜的急行军,累得大汗淋漓,浑身湿透。拂晓前他们顺着一片乡野,潜入丛林中的一户秘密联络站。接应人员见到他们,二话没说,点火烧饭,转眼间,热气腾腾的三碗手擀面就端到了他们跟前。

理查德挣扎着吃了几口,丢下饭碗,倒在炕上就睡着了。

午后,理查德被一阵细碎的声响惊醒了。他睁开蓝眼珠,发觉自己正躺在一张宽大的土炕上。炕下生着火,由于烧得过热,他身上的皮衣被烤焦了,连绵的碎裂声此起彼伏。理查德赶紧起身,脱去皮衣,突然发现屋里站着一位身着军装的女战士,他一个激灵跳下炕来,用生硬的中国话说:我可找到你们了!

实际上,此地离八路军晋察冀边区总部,还有相当长一段路呢。

白天他们不敢走快,更不敢明目张胆地走大路。这一带日军的据点和埋伏稠密,汉奸密探巡逻队眨眼间就可能冒出来,与他们撞个正着。为了安全起见,精明老到且多次陪同战友途经这条路的老唐,总是选择人迹罕至的沟渠、陡坡,或是荆棘丛生的羊肠小道。抵达平西抗日根据地野三坡之前,他们再次落脚在一户秘密联络站。

几天来的跋涉,让疲惫不堪的理查德一沾土炕,就呼呼大睡。老唐撩了一把水湿的前额,一眼瞥见理查德脚上的皮鞋裂开了一个口子,便弯腰解下他脚上的鞋带儿,替他脱去鞋子,伸开手掌仔细

173

量了量长度，而后拿去请乡里的大嫂给他做双鞋。

性子耿直的乡里大嫂接过老唐递过来的尺寸，瞪着他蹦起来。大嫂快人快语道：世上哪会有恁大的脚？打死我都不相信！说完，撩起袖子，执意要老唐带她走，她得亲自瞅一眼穿鞋的人。否则，绝不肯动手。

乱哄哄的喧闹声将理查德从睡梦中聒醒了。他迷迷糊糊地睁开眼，从土坯房的草帘子里探出头来，继而直挺挺杵在院子里。大嫂见了这个树桩子似的洋鬼子，二话不说，掉头就走。连天加夜给他赶做了一双厚墩墩的棉布鞋。

月到中天时，三个人走在一条崎岖的山道上。隔了一座山头，迎面开来了一小撮日军的巡逻兵，"哒哒哒"一阵猛烈扫射，子弹如狂风般从头顶呼啸而过，三个人急忙滚进道边的沟里。为了躲避敌军的巡逻，他们翻山越岭，昼伏夜行。又是一晚，荒无人烟的乱岗子上，一束亮光从他们身上划过。战士铁头一伸手，将理查德摁倒在草丛里。过了一会儿，窸窸窣窣的声音潮水般涌来，密集的脚步声、急吼吼的口令和犬吠声，仿佛踏在心尖上，强烈刺激着理查德紧绷的神经。

好一会儿，整齐的脚步声像退潮的波涛渐行渐远。波平浪静了，老唐松了口气，拍了拍理查德的肩，示意他爬起来继续赶路。理查德揉了揉发麻的腿，踉踉跄跄地起身。一阵噼噼啪啪的篝火燃起来了，顷刻间染红了半边天。火光下，只见不远处的山腰上盘踞着一座碉堡，哨兵肩上的刺刀霍地射出一道亮光，尖利的刀锋在黑暗中闪着寒光，直逼理查德那双灰蓝色的眸子。

老唐眼疾手快，一把拽住理查德的胳膊，迅速趴下，而后一寸寸匍匐前行。月光泻在头顶，冰凉冰凉的，理查德感觉整个身体饱蘸露水，抑或是汗水。他挺拔白皙的肉体还是第一次遭受如此磨炼，但他不觉得苦。探照灯唰地照过来，他低下头，下巴抵住泥土，心想变作一只地鼠扎进土里算了。光束背后，世界重新恢复平静。他抬眼望了望夜空，竟想起穆勒一家。离开贝家花园前，他托付联络站小朱帮他寄封信，也不知穆勒先生是否收到了，对于他的不辞而别院长不知该作何感想。他似乎听到了穆勒先生深沉的叹息和抱怨，兵荒马乱的，安安稳稳地待在天津不好么！还有捷西卡。她那好看的蓝眸和微微上翘的嘴唇，像是在月光下若隐若现。

突然间一股黏糊糊的液体，从两只掌心渗出来，大概是手掌被荆棘划破了，一阵钻心的疼痛让他狠狠地咬了咬牙。这时丛林之上隐约现出一道橘红色的光，亮晃晃的。日军的封锁线终于被甩在了身后，前方是一马平川的田野。三个人顿时来了精神，起身迎接东方的晨曦。刚走出几步，理查德掉头问老唐：我们还要走多远？

不远了，翻过前面那座山头就到了。老唐像哄孩子一样对他说。

51 太行山下的洋八路

腊月里的太行山麓，一阵风刮过来，干冷干冷的。理查德还是第一次深入中国内地，不折不扣地体验到乡间、村野和山地。沟沟坎坎，杂草丛生，陌生而贫瘠，而且越往西走，越发荒芜。

这天傍晚，灰蒙蒙的天际下，裸露着一片蔫在地里的冬小麦，萎靡地顶着一头白霜，青瓦土坯的老屋顶上，摊晒着焦黄的豆秸和玉米秆；低矮的茅草房檐下，竖着一溜高粱秆子，家家户户的院子里，码放着深褐色的坛坛罐罐。

理查德不禁好奇，于是问老唐：那圆不溜秋的东西，是不是定时炸弹？

农民出身的铁头咧着嘴大笑，他对理查德说：不是炸弹，那些坛子里装的都是陈年老醋。说着仰头做了个喝酒的动作。

都是醋吗？理查德一脸迷惘，中国老乡干吗要喝这么多的醋呢？

老唐是山西人，当年在家时亲自动手酿过醋，一年四季不断地吃。常言道：家家有醋缸，人人当醋匠。他耐心地对理查德解释说：山西这地方的水硬，呈碱性，容易得胆结石。为了预防胆结石，所以常年喝醋，能化解掉身体里的酸性，少得病嘛！

身为内科医生的理查德，觉得中国老百姓的生活里竟藏着如此神奇的中医秘方。晚上他们停在庄头一户人家吃饭时，老唐特意端出当地人自酿的老陈醋，递给理查德，示意他尝一尝。理查德端起猛喝一口，酸得龇牙咧嘴，差点呛到喉咙眼儿里去，眼泪都出来了。

早晨的阳光从一棵张牙舞爪的酸枣树上漫下来，映在理查德崭新的八路军军装上。腰带、绑腿、军帽，崭新的方口黑布鞋，太神气了！他精神抖擞地走来走去，一跃跳上村里那块平展展的黄土高坡，在流动的阳光下，追着自己的影子左右端详，激动得难以自制。他忽而挺直了腰杆，表情严肃地由东方转向西方，默默念叨着什么。这时，村头呼啦啦跑出一群半大娃子，怯生生地围着他笑个不停。在孩子们眼里，这个身着八路军军装的老外，看起来怪怪的，好玩儿极了。

理查德搞不懂孩子们喊喊喳喳指指戳戳的，到底是啥意思。难道是笑我个子太高，不够英武彪悍？而实际上，孩子们笑的同时，拿他跟以前见到过的，那位棕色脸膛上蓄着一撮山羊胡子的白求恩大夫做比较呢！

理查德不明究竟，于是对着他们做出一系列罕见的欧式鬼脸。孩子们吓得一声接一声尖叫，像一群被打散的麻雀，呼啦一声飞走了。

身穿短裤打着绑腿的聂荣臻司令，由两个勤务兵左右陪着，从山上盘旋而下，刚好看到了这有趣的一幕。他径直走到理查德跟前，上下打量了一番，用英语招呼道：怎么样，年轻人，这身军装还合体吧？

聂司令的英语让理查德吃了一惊，想不到中共的高级将领喝过洋墨水，并非世人所想象的个个都是土包子。为了欢迎理查德一行，并表彰他们为根据地带来的珍贵药品，聂司令因陋就简，在自己的办公室为三人接风洗尘。他吩咐大厨多烧几个菜，让新来的同志舒舒服服吃一顿。席间，聂司令讲起自己当年漂洋过海到法国勤工俭学的经历，有一次，他和几个同学结伴到了瑞士，差点就去了维也纳。司令放下筷子说：好小子，要知道你今天来这里，我说啥也不会错过维也纳啊！

回宿舍的路上，理查德忍不住向老唐询问聂司令的来历。老唐伸出大拇指道：聂司令见多识广，战功赫赫，人又好。他参加过北伐和南昌起义，在上海和香港做过地下工作，红军长征途中一直打先锋呢。现在，老唐跺了跺脚下的土地说，聂司令领导下的晋察冀边区是共产党第一个敌后抗日根据地，名气老大了。毛泽东都夸赞他道：五台山，前有鲁智深，今有聂荣臻！

52　伙计，我有预感，　　咱俩会在中国的华北重逢

三月的晋中，乍暖还寒，却也裹挟着缕缕春意。这天接近中午，理查德忙完了卫生学校的课，夹着讲义在村公所门前经过时，见一帮通信兵正集中在大棚下，全神贯注听英国高级顾问林迈可教授讲解现代无线电技术知识。林教授高挑、清瘦，鼻梁上架着一副黑边眼镜，精雅中透着一股智者的锋芒。

理查德有意结识一下这位英国牛津的高级绅士，就停下脚步，静立一旁。林先生瞅见了他，微笑点头，继续讲解。课程结束后，林先生抽出烟点上，而后径直走到理查德面前说：早听说晋察冀卫生部来了位潇洒的奥地利医生，幸会啊！

理查德上前握住林教授的手，两人无拘无束地寒暄着，就在简陋的木棚下聊了起来。话题从中国到欧洲，从苏德战况到华北抗日，理查德眸子一闪，问：听说你和白求恩大夫是乘坐一条船来的？事实上许多人都很好奇，一个是英国牛津的经济学导师，一个是加拿大维多利亚皇家医院的外科医生，怎会搭上同一艘船呢？

林教授猛抽一口烟，笑眯眯地说：那年我接受燕京大学的邀

请，去北平执教。但我走的是西线，由伦敦先去美国，在温哥华邂逅了一个大个子。横渡太平洋的旅途中，大个子不时站在甲板上对着一片汪洋出神。他就是白求恩。后来我俩熟悉后，天天在船上聊天。船过中途岛时，我问他到中国来干什么。他说帮助中共游击队抗日。然后指着前方模糊的大陆，对我说：伙计，我有预感，咱俩会在中国的华北重逢！

果然，两年后的一个冬季，我趁寒假来到冀中平原。五台山的风像小刀子，比苏格兰的爱丁堡还要冷。在一座山谷间，我一眼认出了这个大个子。那一刻我们拥抱在一起，热泪盈眶。白求恩抱怨说：这里冷得连茶壶里的水都要结冰，该死的日本人把我炸成了独眼龙，耳朵和眼睛也出了毛病。他喝了口热茶，竟向我描述起自己在破庙里给伤员做手术的情景。战士们在外边浴血奋战，头顶的炮声隆隆，庙宇里站着一尊20英尺高的关公像，铁面无私地盯着他。那感觉，比在设备齐全的现代化医院里做手术更富有浪漫色彩！

冷冰冰的手术刀，也抹不掉他身上的诗意。林教授感叹道：我用手里的徕卡相机，拍下了他站在房檐下的形象。那一刻的白求恩，活像一尊古希腊雕塑，每一寸肌肤都迸发出艺术的光辉！

理查德听得心驰神往，随口道：他如果不是从医，一定会成为出色的作家。但身为医生，他照样竭尽全力，为成千上万的人解除了痛苦。

可他学起汉语来，笨得很。一年半后我再次见到他，只会说"你怎么样，还疼吗"？那次分别时，他怔怔地看着我说：伙计，这里太苦了，缺医少药，没有像样的医生。任何有血性有思想的人，都不会对这里的抗战袖手旁观！白求恩这番话，一下了击中了我。后来一想起他那疲倦的眼神，我便寝食难安。

林先生眉峰微蹙，嗓音沙哑：最后一次见到他，我是带着药品和无线电零件来的。只见白求恩两眼塌陷，一脸憔悴，半睁着眼对我说：伙计，我累极了，需要一个假期。我想喝咖啡，想吃半熟的烤牛肉，还要冰激凌、音乐和书！

我建议他到燕京大学我的宿舍去休养一段。可他还未腾出时间来，就染病去世。他是在为伤员动手术时不慎割破了手指，而后感染，最后导致了败血症。

两人相对凄然，沉默间，一位八路军女战士笑吟吟来到大棚下。女人和善的脸上漾起一股天然的笑意，对林教授嗔怪道：饭都做好了，到家里的饭桌上接着聊吧！

林教授起身揽住女人，对理查德说：这是我太太李效黎。

53 日本小孤女

午后的淡阳下，理查德查完了病号刚回到诊所，却见聂司令跟护士说着什么，司令的身边，竟站着一个四五岁的小女孩儿。小姑娘留着童花式短发，细眉细眼的，身穿花纹衣裤，看上去清秀可爱，但表情有些呆滞。而桌上的笋筐里，还躺着一个不满周岁的婴儿，裹在白底花布衫里，见到陌生人便没命地哭。

理查德眉头微蹙，望向一脸愁容的聂司令。众所周知，司令总是独往独来，老婆孩子都不在身边。见理查德不明究竟，司令解释说，小姐俩是日本女孩儿，在井陉煤矿的瓦砾中被发现时，正在父母的遗体旁大哭。孩子是无辜的，战士们用箩筐把她们挑了回来。你看这个小的，腿部伤得很厉害。

也许因为自己的孩子不在身边，聂司令平时不管见了谁家的孩子，总要摸一摸，或者抱起来亲一亲。这时，警卫员满头大汗地进屋来，身后跟了一位胸部饱满的大嫂。女人见了婴儿，解开扣子，抱起婴儿到布帘后面喂奶去了。婴儿撕心裂肺的哭声，渐渐止息。聂司令看了一眼身旁的女孩儿，拿起一个雪花梨，蹲下来给她。女孩儿愣愣地看着他，缩回了小手。司令自言自语道，日本人是很讲究卫生的，于是用水洗了洗，再递过去。小姑娘伸手接了，一口口咬着吃起来。

诊疗室寂静无声，唯有女孩嚼吃梨子的声响。大家面面相觑，用目光传递着千言万语。身经百战的聂司令，目睹无数八路军官兵从日军的铁蹄下抢救落难百姓。可这一回，救起的却是日本侵略者的遗孤。丧心病狂的侵华战争中，日本法西斯不知残杀了多少无辜的中国儿童，可现在，他们的孩子，却安然待在八路军抗日根据地的医疗室里。

仿佛知晓这里的秘密，日军飞机一连数日没来骚扰，根据地出现短暂的祥和。再次见到女孩儿时，苍白的小脸儿泛起红晕，尽管目光仍呆呆的，但她显然明白，虽然彼此陌生，却不会伤害她。唉，要是中国孩子，交给老乡也就算完了，可她们是日本人，言语不通，没法交流，怎么办呢？聂司令一筹莫展。

突然间，天空中窜出两架飞机，鬼鬼祟祟地巡视了一圈，丢下几颗炸弹就开溜了。理查德想，日军的飞机要是知道这里收留了他们的遗孤，不知该作何感想？

爆炸声提醒了聂帅，敌人的扫荡说来就来，顷刻间就可能炮火连天，别说小孩子，就是他本人，也是命若悬丝。早在1940年聂帅亲临指挥的百团大战，让鬼子意识到发展迅猛的八路军，严重阻碍了他们对中国内地的进攻，因此将晋察冀抗日根据地视为毒瘤，誓言消灭。最近的消息显示，冈村宁次的大扫荡即将来临。为此，聂司令觉得孩子的父母虽不在了，但应该有亲戚，得设法把她们交到日本人手里去！

于是，聂司令和晋察冀军区政治部主任兼红军书法家舒同联名写了封信，派一名战士和一位老乡，挑上孩子翻山越岭，最终送到了驻扎在石家庄的日军长官手中。

日军长官看了送还日本小姑娘的信，为其文采书法折服钦佩不已，感激涕零。当即给挑担子的战士和老乡，深深鞠了一躬，以致敬意。

54 燕京脱险

转眼到了十月，飞鸟状的云朵下，李效黎和几个村妇在唐河边说说笑笑地洗衣服。一架敌机突然拖着含混的吼声，在河道上空巡回盘旋。理查德路过河堤时恰好看到了这一幕。他大喊一声，随即冲下去，将身怀六甲的李效黎拖到石桥下一个洞穴里。

"轰隆"一声，爆炸声就在妇女们洗衣服的河沿上响起，几名妇女还未反应过来，就已变得血肉横飞，连桥墩旁柳树下的一头驴子都被炸飞了。

日军突袭晋察冀边区的医院时，即将分娩的李效黎忍着剧痛，在护士们的搀扶下翻过一道山，而后滚落在山坳间一个草棚里。在连绵的轰炸声中，一个圆乎乎的混血小丫头呱呱坠地。不久，聂司令从效黎手中抱起这个可爱的洋娃娃，连声夸赞道：这丫头真是命大，命大啊！这是我们边区军民迎来的第一朵"战地之花"。

林教授和李效黎家的四合院，镶嵌在枣树环绕的山腰间。林教授给女儿起名埃丽莎，自从有了埃丽莎，理查德一有空就往林家的院子里跑。在这家人身上，他领略到久违了的英伦文明与智慧，还有东方女性丝丝缕缕的温情，当然，一头黑色卷发的埃丽莎，更是让他爱不释手。

理查德趴在地上跟埃丽莎正玩得尽兴时，围着灶台煮面条的效黎瞥了他一眼，直言道：干脆，你也娶个中国姑娘算了，也给你生个娃！

理查德听了，青春勃发的心里顿时泛起了涟漪。他抱着埃丽莎从穿堂转到西厢房时，看到墙上挂着的几幅照片，忍不住走过去打量。有夫妇俩的结婚照，还有林教授与学生们的合影。当他认出其中的效黎时，好奇地问：你是林教授的学生啊？

效黎快人快语：是呀，林教授是我们的经济学导师。在燕大期间他共收了八名弟子，只有一名女生，就是我。那时林教授上完课，喜欢骑一辆摩托车到处跑，神秘莫测的。但引起我注意的，是他的人鼻子和古怪的牛津英语，因为我听不懂。

理查德眉毛一挑，抿嘴笑问：你们是怎么从燕京大学来到这里的？

那是暑假，效黎觑了一眼丈夫说，他突然请我到他宿舍去一趟，随后把门反锁上，我立刻紧张了起来。林教授不慌不忙地搬出一箱药品，叮嘱我将单子上的中文翻成英文。再后来，他让我将药瓶上的英文撕下来，换上中文名。我觉得有些蹊跷，但从不过问。他也不告诉我为什么。

这时林教授接过效黎的话说：我是受白求恩之托，利用外国人在沦陷区的特权，为八路军秘密购买了一些紧缺药品。之所以把药瓶上的商标和店名撕掉，是担心受到日本人盘查，而后顺藤摸瓜找到源头，会惹来杀身之祸的。所以每次备好了药，我都装在摩托车后备箱里，到北平西郊的贝家花园，经由交通站的同志送到边区医院。

听到贝家花园的名字，理查德大为惊异，欣喜道：我也是从那里来的啊！

饭菜摆上了桌，效黎招呼他们过来吃饭，并说：有天林教授告诉我，世界局势瞬息万变，如果英国和日本开战，他会投入中国的抗日游击队去。我也是忧国忧民的女青年，只是苦于报国无门，想不到他让我做的那些事，就是暗中支援中国抗战！

实际上，自从林迈可和白求恩在华北重逢后，他便着手为八路军指挥中心制作收发报机。回到燕京后，他一直通过自己设计的电台与晋察冀边区保持联系。北平周边的风吹草动，日军的蛛丝马迹，全都通过他的无线电传给了聂司令。

钦敬、爱慕，连同共同的理念，让两颗心贴在了一起，由此促成了这对跨国之恋。

北平的秋天，山岚叶红，燕大未名湖畔的露天婚礼上，校长司徒雷登亲自为两位新人主婚。儒雅谦和的司徒雷登，当着中外宾客不无感慨地说：中国学生嫁给外国教授，这在燕京大学还是头一桩，领天下风气之先也！

1941年12月7日清晨，日军在太平洋的层层迷雾下偷袭珍珠港，导致美日开战。林迈可获悉后立刻意识到，英美人将面临被日军逮捕的危险。他于是当机立断，驾起司徒雷登的车，拉上李效黎和两位美国教授，并将房间里的药品和无线电零件统统带上，朝京西的贝家花园驶去。车子刚刚开出燕大东门，日军的警车从西门冲了进来，并当众宣布：林迈可是国际大间谍，谁敢窝藏他，一律格杀勿论！

两周后，林迈可夫妇辗转抵达晋察冀边区，让聂司令大喜过望。司令眼界开阔、思维敏捷，立刻请林教授担任通讯部高级顾问，在培养现代化通讯骨干的同时，为指挥中心架起高功率接收器。有了林迈可，根据地如虎添翼，从此仿佛多了一双天眼。

55　肚皮上的天鹅湖

老唐再次从北平回到队部后，特意跑来看望理查德，还顺便给他带了一包山里的核桃和红枣儿。两人闲聊时，老唐眉飞色舞地讲起了《水浒传》,其中鲁智深大闹五台山的故事,让理查德听得妙趣横生。他嚼吃着红枣,却不断伸手抓挠自己的裤腰。

老唐停下来,问:你在这里咋样,山里的生活,还习惯吧?

理查德脸一红,有些难为情地说:我身上有虱子,不知该怎么对付这些小东西。

老唐眨巴着眼皮子,笑道:长时间不洗澡,哪能不生虱子呢?不过,我们山里人对付这小玩意的办法,就是烧一大锅热水,脱光了衣服,丢进滚烫的锅里煮。

理查德就想起刚到上海那会儿,在集体宿舍被蟑螂和臭虫骚扰的情景。这些顽强的小虫子,一到夜晚便一统天下。它们神出鬼没,上蹿下跳,叫人不得安宁。他又想起父亲曾给他讲过的,参加一战时在野战军的帆布篷里用火油驱赶臭虫的办法。

晚上临睡前,理查德习惯性听一会儿收音机,他支起耳朵寻找着波段。林先生送给他的这台无线电收音机,令他爱不释手,因为每晚七点钟,有个音乐台经常播放欧洲古典音乐,他可不愿错过。窗外一片死寂,月光透过窗格探进来,照在黑洞洞的土墙上,像舞台上的一束灯光。他半靠着床头,静心等待着音乐的流淌,仿佛坐在维也纳歌剧院的观众席上,凝视大幕拉开的那一刻。这时,一段轻柔美妙的旋律袅袅而出,啊,是《天鹅湖》,柴可夫斯基的《天鹅湖》!

理查德按捺住一涌而起的兴奋,屏息静气,因陶醉而紧闭双眼。优雅、沉郁、哀婉的大提琴的弦音,从薄雾笼罩的湖面上流出,高贵而轻盈的天鹅仿佛滑过千山万水,在眼前浮动。他的心飞了出去，碧蓝天空下的多瑙河，层层叠叠的葡萄园，他想起那一年，父母带他在托斯卡纳海边度假。当海潮退去，沙滩细腻饱满绵软，好似女人诱人的胸脯。他跪在海滩上，认真地堆着沙堡，从城墙到宫殿，一只红色螃蟹的爪子突然从沙堡里伸出来，把他吓得尖叫起来。

一阵瘙痒从腰间泛起，之后顺着他的肚皮缓缓蠕动。理查德侧身翻转，努力压抑着那难忍的瘙痒，就想起老唐白天说的话，便迅速脱掉衣服，光溜溜躺在床上。耳畔即刻传出四只小天鹅的乐曲，跳跃、灵动、奔放，宛如蓝色水面上的精灵，悠然起伏，忽明忽暗。清冷的月光下，理查德突然看到肚皮上蠕动的虱子，一只、两只、三只，它们跨过肚脐长驱直入，在他淡金色的胸毛里爬上爬下，进进出出，如入无人之境。理查德聚精会神地盯着它们，感觉比坐在大剧院的丝绒靠背上欣赏芭蕾舞还有意思。他继而发现，这些忙得不亦乐乎的小东西，在他身上玩起了捉迷藏！

这一发现，让理查德兴奋不已。也许动物是听得懂音乐的，他猜测着，随即放大了音量，一面欣赏肚皮上的"天鹅湖"，一面依着旋律轻轻地打着节拍，像一个面对百人乐团的指挥，手舞足蹈，激情四溢。一系列耳熟能详的曲子，广为流传的旋律，仿佛通过他的肢体，瞬间演变成了看得见的语言，自由的意志，思想的缤纷，跨越山水与他交流对接。他突然想，如果母亲看到他这副模样，该爆出怎样的惊叫？母亲是有洁癖的人，家里的卫生，外出时的着装，各种场合都配饰得一丝不苟，严谨到细枝末节。有年暑天，一家人去湖边消夏，在他们租住的湖边房舍，从天顶爬下一只花斑壁虎，母亲吓得心跳加速，差点休克。他又想起瑞娜，胆小而敏感的她……

咚咚咚，一阵急促的敲门声将理查德从梦中唤醒。他蒙眬地睁开眼，只见朝霞万状，将房间里映得红彤彤的。勤务员嘎子推开门走进来，小心翼翼地递给他一封信。理查德慌忙打开，是聂司令亲笔写来的：根据工作需要，请即日做好准备，凌晨三点和林迈可教授一同出发，前往陕北苏区——中共中央所在地延安。

第七章
到延安去

56　到延安去

罗森·菲尔前往延安的渴念，是如此迫切、坚执，不可动摇。但战事频繁，路途遥远，充满了不可预知的凶险。为了避开险象迭生的敌占区，新四军总部的指战员们煞费苦心，为罗森策划了一条绕道而行的路线图。

天刚蒙蒙亮，罗森在六名警卫员的陪伴下出发了。

时近黄昏，一行人来到淮北半城（今江苏泗洪县）西郊时，只见满城烟火，小鬼子在城外烧杀抢掠，恣意妄为，血样的霞光，给这个不寻常的夜晚镀上了一层悲壮。短暂逗留期间，罗森顺便给驻扎在山林中的淮北新四军救护队，精心传授了一套系统而科学的医疗救护措施。待到六月中旬，他们登上一艘渡船，横跨洪泽湖的过程中，罗森一直坐在船头，他目光笃定，眼角皱起，脸颊泛着两团紫红色，乍一看，俨然土生土长的中国战士。但他高挺的鼻梁，深陷的眼窝，略显清癯的身体里，透着一股别样的风采。此刻的罗森，对法西斯的恐惧感已烟消云散，有的是融入战斗集体与中国人民生死相依的坚强不屈。

下了船，他们沿着大片的玉米地谨慎前行。他们是早上抵达豫皖苏抗日根据地新四军第四师师部的，师长彭雪枫亲自迎出来，他一把握住罗森的手，说：久仰，久仰啊！平时我们想请您都请不来，请罗大夫顺便指导一下我们的医疗工作。不过，比起苏北，我们这里的条件可差多了！

离开苏北新四军总部前，陈毅为罗森送行时，特意提到了这位年轻有为的彭雪枫师长。不仅说起他在洪湖地区坚持抗日的事迹,还介绍了彭师长麾下新四军第四师的辉煌战绩。于是罗森欣然应允,放下行李,便着手查看师部的病房和医疗器械,并听取医务人员的要求和意见,然后针对现有条件和环境进行规范化指导。觅得空闲时,罗森还欣然走进村庄,去察看当地村民的流行病,与此同时对师部机关人员的健康状况逐个摸底。罗森饱满的工作热情和高度专业化精神,很快赢得师部上下的钦佩与信赖。

傍晚的淮河两岸,青草埋径,风摆杨柳,景色十分宜人。彭师长邀罗大夫坐在挂满梨子的果树下喝茶、乘凉。彭师长是土生土长的河南人,有着当地人特有的耿直、爽朗和风趣。罗森与他聊着,不时打量微波荡漾的淮河水,舒展的眉头漾起一丝豪情。

彭师长直言道:别看这会儿淮河水温柔得像个大姑娘,可它一旦咆哮起来,就成了脱缰的野马,四处疯跑,泛滥成灾。大水一来,淮河下游一片汪洋,成千上万的人家就遭了殃,造成数不清的悲剧。庄稼地淹了,老百姓没得吃,只能外出逃荒要饭。所以啊,我们这里有个说法:有女不嫁李家洼,大水淹了不能走娘家!

罗森暗暗称许,感觉这是一次深入了解中国内地民情的好机会。彭师长见罗大夫兴致勃勃,继续道:中国古代有个大禹治水的故事,而战国时期有个叫荀子的人,提出过人定胜天的观点。但在那个时代,仅仅是一种理想,难以变成现实。要彻底制服这条河的坏脾气,造福当地的老百姓,得等我们彻底打败了日本鬼子。

罗森为彭师长的知识渊博暗自嗟叹,追问道:彭师长是哪个大学毕业的?

我二十一岁那年考上了北平国民大学的文学系，但因家里太穷，读不起啊！

坐在一旁的副团长是彭师长的铁杆粉丝，忍不住插嘴道：我们师长一向博览群书，他三个月就读完了《资本论》和《战争论》，还利用空闲时间创办了《拂晓报》和拂晓剧团，人家都把我们师部叫作"天下文明第一师"呢！

罗森暗自震惊。想不到如此艰苦的战争环境中，随时都要带兵打仗的新四军统帅，竟能沉下心来读书写作，钦佩之余，大有相见恨晚之感。

麦政委是位白白净净的中年人，戴副眼镜，有点私塾先生的派头。他不急不慌地补充道：我们师长呀，是抗战初期党中央唯一授衔的文武双全的将军。毛泽东亲自点将他为"统战特使"，彭德怀赞他"大战长坂坡赵子龙"，陈毅夸他三擒三纵韩德勤一出"捉放曹"的戏唱得好！

罗森听得云里雾里，他迷惘地眨着眼睛，端起杯子喝了口茶，冲政委笑了笑。

麦政委似乎心领神会，主动解释道：那是1936年的事，为了促进国共合作，争取有利局势，毛泽东亲点彭雪枫担任特使，到西安去会晤东北军统帅张学良、杨虎城等，顺利达成抗日统一战线。后来，雪枫师长还以中共中央代表的身份，到太原去做阎锡山、傅作义的工作，真是大将风度啊！在湖南、江西……

彭雪枫抬了抬手，笑着打断了政委的讲述。他谦逊道：都是过去的事了。

时值八月，树木葱茏，长势喜人的庄稼生机勃勃。一夜秋风，庄稼该收割了。彭师长立即组织上下官兵，帮助周边的村民抢收玉米和高粱，连自己的战马都拉出来派上了用场。就在粮食入仓不久，持续数日的高温酝酿成了一场来势汹汹的大雨。眼看淮河水迅速暴涨，水急浪高，情势相当险恶。

报警的锣声三更半夜敲了起来：河堤决口啦，河堤决口啦，快来抢救啊！

人们从睡梦中惊醒，迅速跑出家门，从四面八方汇聚到决口现场，抗洪抢险。

在彭师长的率领下，大家有条不紊地搬柴草、抬土石、扛木头、打桩子，并接二连三地跳入水中，用身体阻挡水势。罗森见状，二话不说就要扯衣服。彭师长伸手拦住他说，太危险了，你不要下去！罗森说，我水性好，你不用担心。扑通一声就跳进了水里。他光着膀子和战士们肩并肩，手挽手，在齐胸深的滔滔洪水中奋力筑起一道坚实的人墙。

堤岸上的女人们被感动了，打着节拍，喊着号子，声嘶力竭地为水中的战士们鼓劲儿、加油。决口终于被堵住了，方圆几十公里的庄稼和生命财产保住了。

57　千年古城归德府

中秋节前夕，罗森在师部卫生员的引领下，拜访了久负盛名的豫东古城归德府（今河南商丘）。青砖勾勒的城墙，褐瓦漫顶的城楼，好似裹挟着一股化不开的苍凉，飘然屹立于中原大地。城墙、城郭和护城河，这种三位一体的建筑格局，罕见而美观，让罗森第一次领略到东方古城的别样魅力。古城的一砖一瓦、一阶一柱，都在无声地诉说着历史的厚重，吐纳出不同寻常的气息。当罗森得知眼前的古城，与享誉中外的思想家孔子、老子和庄子有着不解之缘，尤其站在明清时期的四合院内，看到文学家范仲淹的诗词和书法家颜真卿的真迹时，罗森由衷地赞叹道：真是一城阅尽五千年啊！

此行的另一个目的，是拜访坐落在北门城外的圣保罗医院。古色古香的建筑群当中，掩映着一座中西合璧的新式医院，罗森瞬间联想到它的西方背景。果然，圣保罗医院的院长亨利·罗斯韦尔先生是一位加拿大人，同样是一位医术高超的外科大夫。罗森的登门造访，让罗斯韦尔先生惊喜不已。自从深入中国内地，他还是首次在自己的医院里接待西方同行。八年前，亨利作为一名医生和虔诚的基督徒，受加拿大多伦多圣保罗教会的派遣，携妻子儿女来到中国，在北平协和医院接受了短暂的培训后，一路南下来到归德府，亲手创建了这座中西医相结合的门诊医院。

黄昏后的归德古城，隐隐然，飘飘然，罗森随亨利信步登上城门高楼，面朝护城河边的芦苇荡，扶墙聊天。城垛上的炮台，老墙上的弹痕，无不令人浮想联翩。历史沿革中的老城，定然有过坚如磐石的岁月，却也遭遇过四面楚歌的劫难。它抵御过，血战过，坚守过，风雨侵蚀，兵连祸结，但它终究挺了过来。应亨利要求，罗森介绍了苏北抗日革命根据地和新四军野战医院的情况。突然想起什么,罗森对亨利说:你们加拿大的诺尔曼·白求恩是一位了不起的医生,他的名字在中国抗日根据地如雷贯耳。罗森没好意思说,在苏北,他一直被当地军民称为"新四军里的白求恩"。

院长显然知道白求恩的事迹,他垂下眼帘,流露出深深的惋惜之情,喃喃道:我和白求恩还是毕业于多伦多医科大学的校友呢。叹了口气,又说,他是我们的骄傲!

夕阳一寸寸爬上城墙,淡淡的红光下,茶座上的两位外国医生,看上去像两尊凝固的雕像。罗森将目光投向城外,青石拱桥,七层砖塔,错落有致的河边人家,有个姑娘右臂与腰间夹了个盆子,缓缓走至水边,蹲下来,甩出一件衣衫洗了起来。罗森心想,若不是日寇进犯,这里本该一片祥和……突然间,一匹黑马从城门外飞奔而来,转瞬之间跨过石桥,来到城门楼下,背后扬起一片纷乱的沙尘。

大牛眼尖,一下子认出马背上的人,是彭雪枫师长手下的通讯员石头。于是,他隔着墙垛大喊一声,接连跳下几个台阶,像一个浪头迎着石头的黑马滚了过去。

这个时候策马前来,风尘仆仆的,罗森本能地感到有些不妙,随即跟了下去。

浑身湿透了的石头,勒紧缰绳,纵身从马上跳下,气喘吁吁地掏出一封加急电报,双手递给罗大夫。罗森一看便知,是陈毅军长的亲笔字,大意是:太平洋战争爆发后,日军疯狂进犯我中国沿海,山东抗日形势告急,伤员损失惨重,医疗人手短缺。罗荣桓师长的肾病恶化，危在旦夕！

谁能料到，就在这个节骨眼上，岁月的河流骤然间淌入了分外火爆的当口。

罗森眉头一紧，复杂凝重的目光与亨利忧郁的眼神，骤然撞在了一起。这时，石头红着眼，将一个蓝布包捧到罗大夫跟前。罗森怔然接过，当着大家的面一层层打开，随着扑鼻而来的一股甜香，露出两块烙有青龙花纹、点着黑芝麻的圆饼饼。

罗森不明究竟地看着石头。

石头一下子泪流满面，泣不成声。他断断续续地说：明天就是八月十五中秋节了，这是彭师长给你留的月饼。他在战斗中牺牲了。

彭雪枫是在归德府不远处的永城西北夏邑县八里庄，围歼土顽李光明的战斗指挥中，被一颗流弹击中了头部，当场牺牲。时年三十七岁。

陈毅得知噩耗，连夜发来了唁电《哭彭雪枫同志》，其中有诗：

> 淮北哀音至，灯前意黯然。
> 生平供追想，终夜不成眠。
>
> 廿年老战士，今有几人存？
> 新生千百万，浩荡慰英灵！

几天前，罗森还与彭师长在淮河堤岸的梨树下促膝交谈，谈笑风生，波涛汹涌中他们手挽手并肩抵御洪水的情景，仍历历在目。

如今，斯人已去，徒留记忆，凝固在他的心头。想到这儿，罗森怎不伤痛满怀，泪水盈眶！

西望延安之路，心下不免戚然。罗森看着立在石墩前整装待发的枣红马，悲愤地想：眼下还有什么比消灭日本法西斯更当紧的事呢？！

翌日凌晨，罗森一行掉头转向，日夜兼程，迫不及待地奔赴山东抗日战场，到罗荣桓师长身边去，全力以赴，增援八路军。

第八章
枣园的华尔兹

58　美国大兵协奏曲

　　骑在毛驴上的理查德,惊叹于陕北千奇百怪的山川地貌。在他眼里,逐层升高的黄土高坡,光秃秃嶙峋的山头,既开阔,又空蒙,有一种罕见而浓郁的超现实主义色彩。峡谷岩壁之间的褶皱、纹理,波浪似的一圈圈绕着;风尘滚滚之中隆起的一个个沙丘,时而如奔马咆哮,时而似战车飞驰,时而如壁垒森严,更多的则像是山西大嫂锅里的黄面窝头。唯有小溪和地缝之间的狭长地带,袒露出茵茵的田畴和苗圃,让理查德欣喜不已。

　　走在后面的林迈可教授,拍了拍屁股底下驴子那刀刃似的脊背,对理查德说:唉,伙计,你看这一片,像不像萨尔瓦多·达利笔下的一幅构图?

　　理查德拧着淡金色的眉峰,瞟了一眼林教授,沉吟道:西班牙的达利要是来到这里,一定会获得更多超现实的灵感!

　　踉跄着下了一面陡坡后,理查德条件反射般想起埃德加·斯诺的《西行漫记》,继而意识到这些黄土是由中亚细亚的大风从蒙古高原吹来的,因而造成了眼前稀奇古怪的地貌景象,茫茫荒野,沟沟坎坎,简直是风神捏就的一个新世界!

　　大约一个月前,两人奉命带上一批医疗器械、药品和无线电配件,在七八个警卫的陪伴下由五台山出发,一路翻山越岭,乔装打扮,夜行晓宿,穿过重重关卡,成功突破了十三道日伪军的封锁线。沿途的许多客栈和接待点,在炮火下几成废墟,路上走饿了就想办法到老乡家里去弄点吃的,地瓜面条小米粥;累了就在荒废了的窑洞里歇歇脚。一眼望不到头的荒天野地，着实令人郁闷、疲惫，可两周前的一次奇遇，让他们着实乐了一把，理查德这会儿想起，嘴巴还有些合不拢。

那是在黄河边上宿营时，对岸冷不丁冒出一队人马，带队的刘队长一招手，大家迅速隐蔽到河边的芦苇丛里。好一番探查过后，刘队长从对方的块头和阵势判断，这些"骑兵"既不像日军，也不是国军，倒像是一群洋人。正在纳闷时，对方带队的那位，一个纵身从马上跳了下来。刘队长大喜过望，这不是八路军指战员耿林吗？

原来，耿林是执行毛主席和周副主席的指示，从延安护送一批美国观察组成员，到晋察冀考察八路军抗日前线的形势，并计划在太行山区打造一个空军飞行着陆基地，进而创建一套飞行员坠落后的陆地营救系统。除此之外，实地勘察了解一下中国北方的地貌和天气，从而收集日本军事得失的第一手情报。

就这样，背道而驰的两路人马，竟然在中间的必经之地邂逅了。

美国大兵遇到讲英文的林迈可和理查德，激动得手舞足蹈，转身从马背上取出葡萄酒和日本清酒，在芦苇密布的黄河岸边就地野餐。正喝得热火朝天时，适逢一个下乡演出的河南马戏班子，跑到河边给骡子饮水。美国大兵见此情景一下子变得活泼起来，对骑在骡子上的女演员吹起口哨，飞出眉眼，还"Hello! Hello!"地叫个不停，惹得挤在笼子里的狗不要命地狂吠。

耿林垂下了眼皮，对刘队长直摇头：这帮美国兵真够呛，既傲慢又散漫，别看他们人高马大的，还在缅甸打过仗，走在这沟沟坎坎的路上，像一群没长大的孩子。本以为美国兵善于骑马，可他们动不动就从马上掉下来，还一路嚷嚷着要吃牛排！

刘队长深表同情，安慰耿林道，真是难为你了！不过，接下来才是真正的敌占区，你们可得倍加小心，安全第一。

耿林叹了一口气，点头称是，而后吆喝着将美国兵召集在一起，告诉他们马上要进入敌占区了，真正的危险就在前头，为了安全起见，请大家务必换上便装。

这下可捅了马蜂窝，一帮美国兵穿上陕北老乡的粗布大褂，你看看我，我看看你，笑得前仰后合，猴子似的又蹦又跳，还躺在地上打滚儿，直喊 My God!（上帝呀！）

风格不同的两队人马分手后，随即各奔前程。

坡下的栈道上来了一辆牛车，生铁箍着的大木轮子，吱吱嘎嘎地碾过深沟浅辙的土路，车上的麦秸秆儿东倒西歪，摇摇欲坠。理查德瞅了一眼林教授，说：我真担心那车上的东西，走不远就会掉下来！

顺着河床爬到河边悬崖上的羊肠小道后，理查德感觉麻木的屁股蛋似乎不再属于他了。而屁股底下的驴子们，也到了奄奄待毙的临界点。穷山苦岭的，连棵像样的树都没有，理查德迷惑异常：中共中央这帮人为何偏偏选在如此贫瘠荒芜的地方，来建立自己的根据地呢？

熹微的晨光中，一名头戴红星帽手拿红缨枪的少年，霍地从山谷里跳出来。紧接着，一只大黄狗扑了过来。刘队长赶忙上前打招呼，而后由少年亲自带路，引领他们继续深入。理查德暗松了一口气，感觉历时一个多月的跋涉很可能走到了头，心里一阵窃喜。杀——杀——杀，刺耳的厮杀声从背后传来，驴子一声哀号，理查德险些从驴背上滚下。只见开阔的黄土坡上一队队举着刺刀枪的士兵，目光炯炯，斗志昂扬，正汗流浃背地操练着。理查德的目光越过士兵头顶，只见峰峦叠嶂之间，一道坚固的城墙由谷底直延伸到山顶，就在峡谷群峰之巅，他看到了那座神往已久的宝塔山。

延安！理查德情不自禁地喊了一声，同时与林教授彼此瞪着眼相互打量，又看看随行的几名警卫员，个个蓬头垢面，活像半道里杀出来的一群土匪，两人不约而同地笑出了声。来陕北高原的兴奋劲儿和新奇感，伴着红色征程的使命感，将路上的艰难与枯燥一扫而光。这时一匹彪悍的枣红马腾云驾雾般奔过来，马上坐着一个穿蓝色制服头戴八角帽的人。他棕色皮肤，浓而黑的眉峰下一双深目满含笑意。来人用英文自报家门：我叫乔治·海德姆，是这里的医学顾问，特此迎候二位！

林教授大喜：你就是和埃德加·斯诺一起来延安的海德姆博士？久仰，久仰！

正是。这里的人都叫我马海德，或者马大夫。

还是在晋察冀医院时，理查德就已听说延安有位医术高明的阿拉伯裔美国人，是第一个进入苏区的外国医生。而马大夫跟老刘握手寒暄时，随口讲起了陕北话，乍一看，马海德跟陕北的老农民也没啥两样。

月光如沙，笼罩着傍晚的延安城。大家在马海德的引领下，坐进南关合作社的一家大餐馆里，就着满桌的土菜边吃边聊。席间，理查德喝了半碗米酒，忍不住问马大夫：你和斯诺一同来到延安，他走了，你为什么留了下来？

马海德不怀好意地笑了笑，笃定地说：过上一段时间，说不定你也会留下来！

59　主席夫妇来访

午后的太阳闪着土黄色的光晕，明晃晃洒在宝塔山下的一间平房里。正在靠窗的粗木桌前翻阅资料的理查德，迎来了毛泽东一家三口的到访。人未踏进院子，主席那特有的湖南话已从坡上传了过来。理查德赶忙从屋里出来，不料被门楣上的横木碰了一下，额头旋即鼓起一个红疙瘩。他一面揉搓着额头上的疙瘩，一面笑着迎上来。

毛泽东跟延安的战士一个样，身着普通蓝制服，身材偏高，体态略瘦，黑发又浓又密，讲话时目光如炬。江青拉着三岁的女儿小讷，依偎在魁伟的丈夫身边，她一头短发，利索灵动，宽松的衣装外拦腰束了条皮带，眸子漆黑发亮。

主席瞄了一眼理查德的个头，笑呵呵地问：陕北的黄土高原，比你们奥地利的生活艰苦多了。你屋里有老鼠吗？马海德招待你们的饭菜还吃得惯吗？

理查德听不懂主席的湖南口音，红着脸皱了皱眉，继续搓揉头上的红疙瘩。主席见他没反应，又讲了一句英文，理查德更不懂了。江青听不下去了，用她略带上海口音的普通话翻译了一下。理查德即刻答道：这里的饭菜好吃极了，我很喜欢！

主席漫不经心地抽完了一支烟，缓缓道：延安的医学顾问马海德，也是我的保健医生，他已经成为我们中国的女婿了。改天你们到我家来下棋，一起聊聊！

理查德连连点头。大人们在门外石凳上说笑时，李讷就在父亲的膝前穿梭，并跑过来把小手伸给理查德看，而后一蹦三跳地到屋后撵着一群小鸡玩。趁人不备，她忽地跑进理查德的房间，捧出一个塑料香皂盒，觉得新奇好看，又香喷喷的，爱不释手地玩了起来。理查德看小丫头喜欢，就把香皂盒送给她当玩具。

主席继而问了些有关欧洲战局，以及理查德在晋察冀工作的状况，然后喷出一口烟，慢吞吞地说：来得好啊，生活上有啥子困难，就去找杨尚昆和胡耀邦！

几天后，理查德果真接到毛泽东的邀请，攀上杨家岭这座著名的三孔窑洞。洞前的场院里有棵歪脖子枣树，树下有张滚圆的石桌，桌前摆了几个凳子；糊着白纸的格子窗下立着一架手工纺车，旁边码着几根长条棉穗。正是晚上，窑洞里没有灯，白色的蜡烛闪闪烁烁地站在一口粗瓷碗底上，靠窗的榆木桌上堆着一摞书籍和文件。四壁萧然，只有书桌的墙上挂了张地图。

主席很随便地将理查德让进会客室的椅子上，自己则坐在他那把黑色苏式皮圈椅里。都知道毛主席烟瘾大，抽的却是劣质烟。理查德便从口袋里掏出美国专家给他的一盒骆驼牌香烟，主席高兴地接过来抽出一支，叼在了嘴上。他说话时有一种平静而含蓄的表情，笑起来憨厚、朴实，却极富感染力。

坐在小桌前低头剥花生的江青，穿了件宝蓝色运动衣，彼时的江青，见了外人还有几分内敛，逢人礼貌周到，言语不多，却恰到好处。毛泽东很专注地抽着手里的骆驼烟，仰面吐出一长串烟圈，目光追随那烟圈悠然淡去。

江青起身到里间取东西时，理查德透过门洞一眼瞥见寝室里的大床，床上吊着一顶半旧的蚊帐。他不由得心下走神：这位赫赫有名的共产党领袖，就是在这般简陋的土窑里，从容指挥着他的千军万马？

警卫员提着水壶绕到桌前来泡茶，低声道：马大夫和苏菲女士来了。

江青忙起身，高兴地将马海德夫妇迎进窑洞。一阵寒暄过后，马海德亲昵地将身边的女子，朝理查德跟前推了推，说：这是我妻子苏菲。

理查德暗自吃了一惊，想不到根据地的山沟沟里，竟有如此美貌的女子。笑盈盈的苏菲眉目含情，面似皎月，十分俏丽。理查德后来谈了恋爱，有了爱人之后才得知，苏菲和江青曾经是上海电影界的演员，是延安有名的两大美人儿呢！

马大夫随手带了包美国咖啡，笑说：这是日本天皇送来的礼物，我们的前线游击队员刚刚缴获的。主席兴致勃勃地提议打几圈麻将吧，大家轻松一下。理查德忙摆手说：我不会玩这个东西，但我很愿意见识一下你们如何玩法。

江青立刻招呼警卫把摊子拉开，两对夫妇顷刻间围坐在桌旁，进入了角色。理查德聚精会神地盯着四个人的手，将那刻了方块字和图案的小砖头块颠过来倒过去，魔法般拨弄得有板有眼，令他目不暇接。马大夫是个有名的"二把刀"，只会打"十三不靠"，主席笑着埋怨他说：我最怕你这种打法，你能不能换个招数？

马海德一脸委屈：你们只教过我这个，我没学过别的打法呀！

毛主席又说：以后不许再打十三不靠了，必须换一个新的。

马海德小孩子似的来了情绪，噘着嘴道，那我就不玩了。毛主席无奈，很宽容地摆摆手道：算了算了，你就打你的十三不靠吧，怪人打怪牌嘛！

四个人吵吵嚷嚷打得正热闹时，理查德盯着毛主席的侧影，想起斯诺初来延安时对他的描述，说毛主席看起来很像林肯，一副足智多谋的知识分子形象。而这会儿，他轻松地打着麻将，嘈杂中打着手势，一点不像南京方面悬赏25万大洋抓捕的高官。

眼看就要和了，毛主席急切等着最后一张牌。而那张牌，就捏在马海德手里。毛主席急不可耐地站了起来，在椅子背后左右活动着身架，以此来掩饰内心的迫切。马海德便说：主席，怎么样，争争吵吵要比打八圈更有意思吧？这对松弛您的神经和大脑都有好处啊。

主席这才明白了马大夫的用意，双手抱拳道：感谢博士的良苦用心！

这是一个宁静的夜晚，晴朗的夜空下闪耀着北方的繁星。夜深了，马海德跟理查德使了个眼色，拉起苏菲正待告辞，理查德附和道：我和你们一起走吧。大家都笑了。江青觑了他一眼，朝左侧的山墙努了努嘴，说：他们就住在我们隔壁呀！

月光下的院子里清辉弥漫，空旷的山脚下传来虚张声势的狗吠。主席夫妇一前一后把理查德送出窑洞，微风习习中他缓步上了山道，隔着一片郁郁葱葱的豆苗，理查德驻足回望，主席和江青并肩站在枣树下，正频频向他招手。

60　中国姑娘的毛线手套

在延安柳树店的中国医科大学里，理查德一面从事传染病理的教学工作，一面为前线送来的伤员及时诊治。与医科大学较为年长且经验丰富的教员相比，理查德显得年轻稚嫩，但他高大魁梧，温和可亲，尤其解答学生的问题时身体前倾，目光诚恳，并在课堂上不时冒出几句俏皮话，很快赢得了学员们的爱戴。

有一次，理查德用不紧不慢的中文，从欧洲的西医病理讲到中国的传统医学，陡然间冒出"草药郎中"这个词儿。在座的青年学员们大多来自上海、北平和广州等地，顿时抓耳挠腮，喊喊喳喳，不明白这个生僻用语。理查德耐心解释道：草药郎中指的就是传统中医呀，作为一名医科大学的学生怎么可以不知道呢？

学生们渐渐喜欢上了这个风趣且见多识广的洋教员，叹服于他连古董级的中国名字都这么精通，不由心生敬意，跟他的交流和接触也就频繁起来。

夏天的午休时间，理查德带着班里的男生到坝湾里去游泳。见了水，他二话不说脱掉外衣一个猛子就扎下去，而后仰躺在水面上。西北的孩子多半是旱鸭子，不识水性，看到水就发怵，就缩在岸上眼巴巴瞅着他。理查德爬上岸，二话不说将他们一个个推下去。学员们呛了水，呼天抢地的。理查德再扑到水里，把他们一个个捞上来。

干得好啊！不这样，你们这帮小子能学会游泳吗？伴着一声特有的湖南腔调，浑浊的水里突然冒出了毛主席湿漉漉的头颅。早听说毛主席擅长游泳，连寒冬腊月都阻止不了他下水，不承想竟在这里相逢。理查德咧嘴讪笑，两人心领神会。

入冬之后的延安，天寒地冻，滴水成冰，光秃秃的山坳里飘起了零星的雪花。理查德裹紧大衣，顶风冒雪穿过山道时，想起了奥地利飞雪连天的冬季。每年圣诞节过后，他都跟随父母到山上去滑雪，那座连缀着奥地利、瑞士和意大利的阿尔卑斯山，山巅积雪，终古不化。这么想着，理查德一身寒气地进了教室，他抖掉身上的雪花，面向讲台打开土坯上的备课本，猛然发现课本里有双手套，手套里夹着一张字条，上面写着：天冷，您的手都冻红了。这副手套是我亲手为您编织的！

理查德故作镇静，目视前方。但他总觉得前排留短辫儿的学员吴倩倩，她那双黑眸子目不转睛地盯着他的手。好不容易熬到了下课，理查德抱起讲义，逃也似的离开教室，径直来到恋人君珠的宿舍。

君珠端详着编织细腻而匀称的海蓝色毛线手套，心里毛茸茸的。她暗自赞叹，好针法！理查德有些手足无措，喏喏地问：不知道是谁放的，我该怎么办？

君珠心想，你个榆木疙瘩，明摆着是中国姑娘借手套传递爱意。她假装镇静地说：没什么，交给我就行了。实际上君珠的心里明镜似的，医科大学的课堂上总共就那么三个女生，还能是谁呢！那个眼神妩媚，说起话来嗲声嗲气的苏州小姐吴倩倩，常常把"我们的傅莱老师"挂在嘴上。君珠知道自己该怎么做，可转念一想，不免懊恼。女人的敏感和多虑，勾起她深深的愧意。这双手套，难道不该由我为自己的心上人织吗？倒叫别人抢了先。大冷的天儿，我怎么就没想到呢！

傍晚，君珠揣上手套找到吴倩倩的宿舍。小吴虽算不上美女，但明眸皓齿，杨柳细腰，讲起话来柔声细语的，轻而易举就能叫人心动。相形之下，她这个心直口快的河南妹子，着实不够温柔，甚至有些粗枝大叶了。君珠耐着性子对小吴说：妹子，我和你们的傅莱老师，都相恋大半年了，还是总部领导给保的媒呢！

吴小姐好看的鹅蛋脸霎时红透，一双含情目瞬间就梨花带雨了。君珠见状，抱住小吴安慰道：妹子，别难过，延安有的是好青年，等姐姐瞅准了，给你张罗一个！

一段小插曲就此演变成了琴瑟和鸣的协奏曲。理查德真心佩服君珠的爽快、干练和周到，进而觉得与君珠相恋乃命运之神对他的慷慨赠予。君珠敏锐、自信、独立不依，而一旦温柔起来，就像个小母亲。晚饭后，两人在窑洞里守着一盏油灯，深情对望，蜜色的光晕里君珠那丰满的身躯和双乳，叫理查德想起有刺无毒的小黄蜂。

61　枣园的华尔兹

说起来，理查德和君珠的相识，还是缘于枣园的一场交谊舞会呢。

春夏之交的延安，夕照晚霞隐褪后的夜色里，带着一抹微醺的酡红。枣园的露天舞场上，有中国胡琴、美国提琴、苏格兰口琴，还有朝鲜的曼陀铃，以及塞北的班卓琴，这些五花八门的乐器集结在一起，共同释放出一种难以描摹的音响效果，是世界上任何一个专业音乐厅都无法企及的。文绉绉的舞曲、古老的地方戏、好莱坞的情歌与蓝调，在革命圣地延安时尚而浪漫，风行一时。

擦着夜色，几位戎马倥偬的老八路一身军装，踏着优雅的小夜曲跳得有板有眼。金发碧眼的美国兵和苏联专家，是舞场上的翘楚；挺拔的欧洲小伙儿，更是女人眼中的抢手货。

神态自若的马海德是舞会上的红人儿。他轻车熟路，身先士卒，作为领袖的保健医生，自娱的同时，积极主动地承担着敦促他们跳舞健身的责任。而他的妻子，漂亮的苏菲女士一出现，便成为舞场上你争我抢的大明星。

延安的舞会如此大受欢迎，并且如火如荼，要感谢美国记者史沫特莱。在延安的一次采访中，这个血管里流淌着印第安血液的美国女作家，觉得黄土高原上的生活太单调、太枯燥，就开诚布公地建议毛泽东说：革命者也是人，在艰苦斗争之余，需要休息和放松，没有健康的身心，怎么能更好地投入战斗呢！

于是这个说到做到的美国女人，就在枣园的露天场地架起留声机,放了一张西方古典音乐的唱片,当即拉开架势,要教这帮老革命跳交谊舞。她的这一举动惊世骇俗,把一帮身经百战的老八路骇得目瞪口呆。大家你看看我,我看看你,谁也不敢打破陈规,投入这个外国女人的怀抱。不料,朱老总腾地从条凳上站起来,黑着脸说:我同封建主义斗了半辈子,现在还不想罢休。来吧,我跟你跳!

就此,延安的周末交谊舞会轰轰烈烈拉开了序幕,一场接一场,成了月光下无数革命志士的向往和期盼。美国观察员约翰·S.谢伟思,在《延安回忆录》中描述道:

> 我们走进一个不同的国度,遇到了一群不同的人民,简直是中国最具现代风韵的地方。这里没有无望的气息,街上没有乞丐,自己种地打粮食。重庆官场上常见的保镖、宪兵、奢靡浮华,在这里了无踪迹。延安蓬勃向上和充满活力的精神状态给我留下深刻印象。枣园的舞会上,年轻的鲁艺学员和漂亮的护士们,排着队跟毛泽东跳舞。音乐由临时组织的草台乐队演奏,古旧的乐器,一种当地版本的康加舞——秧歌,让这批美国人看得津津有味。

当奥地利作曲家小约翰·施特劳斯的《春之声》圆舞曲在星光弥漫的舞场上荡漾开来时,理查德在江青的鼓励下,阔步走向身材娇小的君珠跟前。刚才中场休息时,夜色里蓦然现出一个玲珑的身姿,那圆圆的脸庞明媚而生动,隐隐牵动了理查德的心。面对姑娘他突然躬身低首，做出一个维也纳宫廷舞会上的优雅的邀舞姿势。

这一举动让在场的男女大开眼界。众目睽睽之下，君珠顿时羞红了脸。她抿着嘴，贴近他的胸膛，一曲终了再来一曲。没想到第一次配合就这样默契，君珠的额上渗出了细汗，正要扬起衣袖擦汗时，理查德从衣兜里掏出一方手帕，及时递到了她面前。惊诧之余君珠不由得仔细打量，微卷的头发，坚挺的身躯，一套妥帖的八路军军服，清新、浪漫，一股异样的情愫油然而生。实际上，关于这位欧洲青年的方方面面，君珠早已了解得清清楚楚了。她只是没想到，一个男人竟如此温存和体贴。

62　延河月色

又是周末，从激情四溢的舞场上下来之后，他们没有随人群散去，而是乘兴沿着碎石长墙，一路走到了延河边。清明时节的延安，微风里伴着习习凉风，月光下的水面宁静闪亮，像一块没有边框的墨镜。远处的山坳间，隐隐传来了熄灯的军号声。

理查德的身心合着圆舞曲的轻漾，早已春潮涌动，却不知如何表达。静默中君珠停下脚步，陡然转身，偏着头问他：你的汉语讲得这么好，是从哪里学来的？

理查德面露惭色，忙说，哪里，哪里。主席经常说的那句"兴来走笔如有神，浓抹淡妆无不好"我就不明白，这"无不好"到底是好，还是不好呢？

君珠一听就明白了几分，但她怕自己讲不好，就咬着嘴唇把头扭向山巅，故意做出一副安心赏月的样子。傍晚的月色轻纱薄雾，粉扑扑漾在河面上，飘向清凉山，披挂在宝塔山上。对岸的柳树下晃动着一对对人影，君珠担心被熟人看见，刻意与理查德拉开那么点距离。却被他双手一揽，搂得更紧了。

不久，他们白天里也大大方方并肩外出了。刚下过阵雨的山坡上，嫩禾染绿了焦红的沃土，弯弯曲曲的小河边，海棠花一朵追着一朵绽放。两只芦花鸡悠闲地走在街上，不紧不慢地觅着食；对面坡上的一群黑山羊，低头黏着一片茂密的青草地，头顶白毛巾的牧羊人，把一口长长的旱烟袋，蹲在羊群里闷闷地抽着。

理查德纵身跃上一块高地，举头望向那个石碌碌过的场院，几位著名的共产党人正围坐在枣树下，聚精会神地下着跳棋。他们操着不同的口音，似乎在激烈地辩论着，互不相让。理查德便想，延安的生活无论怎样原始、简单，却是清新的，有一种向上的活力。这时，北门外走来了一队青年，唱着歌，喊着口令，踏着整齐的步伐朝宿营地走去，嘹亮的口令在山野间回荡着。君珠就想起初来乍到的时光，也跟他们一个样，在延安的节奏中大踏步前行。延安不愧为一个大熔炉，短短三年，她就从一个小女生脱胎换骨成一名合格的八路军卫生员了。

理查德心有灵犀，随口问：你来延安的时候，也是这个样子吗？君珠脸一热，羞涩道：刚到延安那会儿，什么都是新奇的。我们的讲堂设在一座大庙里，连课桌都没有，就把书搁在膝盖上。周末我们常常结了伴到城里去买零食、逛书店，吃"锅包肉"。后来在抗大边学习边劳动，种瓜、种菜、纺棉化。君珠一时兴起，撩开耳边的一缕头发，对着高处的一座窑洞，朗诵起了女诗人莫耶的一首诗《延安颂》：

> 夕阳辉耀着山头的塔影，
> 月色映照着河边的流萤。
> 春风吹遍了坦平的原野，
> 群山结成了坚固的围屏。

理查德若有所思，温厚地拦住君珠说，能否告诉我，你的家乡在哪里？

君珠指着天边的一朵云彩说：黄河下游的沙堤上，有个叫开封的古城，是中国七个朝代的都城，我的家乡就在那里。我父亲是乡里的江湖郎中，我很小就从父亲身上学了些行医道理。君珠顿了顿说，西安事变那年，父亲把我送到县城读中学。国语老师白敬山是革命者，我崇拜他。君珠抬手扯了扯自己的耳垂，说，你瞧，中国乡下的女子必须扎耳朵眼儿，裹小脚，但我死活不从。日本鬼子占领河南后，我加入地下党组织的学生运动，带领全校师生高喊"不当亡国奴"的口号，满大街游行。后来我入了党，配合上级进行了一场大胆行动，将坐落在开封火车站的日本警务亭给炸了。

君珠失神地望着远处一个山头，思绪奔涌，那位组织者被抓，后来死在了监狱里，她和几名激进分子遭到通缉，就瞒着父母爬上了一辆西行的煤车。为了投奔延安，他们在西安七贤庄接受严格的检查。两个月过去了，他们的身份悬而未决。情急之下，她写信求助在大同煤矿的舅舅，希望他寄点钱来。舅舅没有寄钱，而是亲自来到七贤庄。君珠由此得知，她抵达西安的次日，父母被日伪特务抓去。鬼子见一问三不知，认定包庇隐瞒，遂起杀心……两个同伴闻听君珠父母惨死的消息，担心自己的家人，就打消了去延安的念头。只剩下君珠一个人了，舅舅问她，你还要去延安吗？

爹娘不在了，君珠涕泪交流，她心一横：我一定要去延安！

63　延安大轰炸

时间如黄土高坡的沙尘，飘来荡去，纷纷扬扬洒向了这年的深秋。校园周围的山上，草木稀疏，却开着一簇一簇的野百合，山风吹过，芬芳馥郁。理查德上完课出了教室，迎面碰到美国专家卡斯·伯格。原来，伯格先生是来和他告别的。

听说伯格先生要走，理查德眉峰一紧，甚感意外。这位著名的内科专家，是随美国考察组来延安的，作为同行，理查德和他接触频繁，从他身上理查德汲取了很多理论知识和丰富的临床经验。但理查德搞不清楚到底发生了什么，美国专家一股脑全都要撤走。伯格深挚的目光扫向对面的宝塔山，无奈地耸了耸肩说：明天早上我就要离开延安，搭乘专机回国了，有几样东西我想留给你，也许你用得着。

理查德接过伯格递过来的帆布包，里面有一件草绿色军用雨衣和一双行军靴，另有一把做工精良的不锈钢剪刀，连同一盒磺胺消炎药和一支盘尼西林针剂。理查德如获至宝，他倏地想起白求恩大夫牺牲前，将自己使用过的医疗器械和生活用品留给身边同事的情景，心里阵阵酸楚。

伯格先生扶了扶镜框，他似乎犹疑了一下，说：我那里还有几本《柳叶刀》杂志和少量青霉菌菌种，如果你需要的话，可以到我办公室来取。

《柳叶刀》是当下世界医学最权威的杂志，理查德简直不敢相信自己的耳朵，连连点头，我非常需要。

送走了伯格先生，理查德怅然若失，仿佛星辰寥落的夜空，少了一颗最亮的星。他迫不及待地翻开杂志，如饥似渴地研读起来，富有权威性的洞见和细节令他茅塞顿开，他的脑中骤然闪过一个大胆念头。为此，他激动得彻夜难眠。

次日午后，正当理查德要把自己辗转一夜的想法和君珠分享时，日军的轰炸机一跃而起，瞬间飞抵延安上空，宝塔山上的哨兵敲响大钟，防空警报轰然大作。慌乱中，大家就地寻找掩体或躲进窑洞。刚才还一片祥和的延安，随着炸弹的滚落火光冲天，狼烟滚滚，一声声轰炸如闷雷炸裂。城门洞顶的石块哗啦啦砸下，众人从清凉山上四处奔逃，落在延河中心的炸弹激起擎天的水柱，犹如无数条白鲨腾起。

抗大师生在这场空袭中死伤惨重，八路军战士和保安队抬着担架往返穿梭。知名教授林枫被炸断了一条腿，急需输血，理查德犹豫了一下，撩开了衣袖，将针头扎进自己的血管。两天后，当他发现林教授脸色惨白,伤口因防空洞条件恶劣而化脓时,他毫不犹豫地将伯格先生留给他的那支盘尼西林,注入了林教授体内。

两周后奇迹出现了,一支盘尼西林有效阻止了伤口感染,林教授终于脱离了危险,身体也渐渐恢复。而更多伤员因缺乏得力药物而痛失年轻的生命。在村边荒野间,掩埋一具又一具青壮年的遗体时,理查德的心在颤抖。

一段时间后,延安恢复了往日正轨,生活步入常规,战士们迎着晨曦在宝塔山下出操、练兵;鲁艺的作曲家谱写出新曲,指挥合唱团唱响两岸。妇女们蹲在延河边一面说笑,一面搓揉衣服。不久,战士们走向田野,开始忙着收割秋庄稼了。理查德不胜感慨,延安真是一座名副其实的炸不垮的城市,一座坚不可摧的堡垒。

美国记者福尔曼目睹了这一切,在《中国解放区见闻》里欣然写道:

>延安大轰炸,既未驱走共产党政府,也未赶跑延安民众。他们只逃到延安城外,在峡谷侧面数千尺的峭壁上凿深深的洞穴安居。一个个洞穴就排在高低错落的崖壁上,每个洞穴都开有一个弓形门,门与门之间以扶壁间隔。洞穴前雄壮的层道上,人畜来回走动。险阻的小路从一条层道通到另一条层道,彼此联结。每个洞口前都有一小块平地,用以养鸡养猪种菜或做儿童游戏场,间或扯起一条晾晒衣服的绳子。

劫后余生的一对恋人,在医科大学的宿舍里相拥相携,喜极而泣。这场轰炸深深触动了理查德，也让他再次预感到生命的紧迫和身为医生的重任。面对心爱的人，理查德再也无法犹豫了，他大胆说出自己日夜酝酿的计划——以粗制方法，提取盘尼西林。

一种特有的灵感和创造力，在这个犹太青年的血液里沸腾起来了。

64　盘尼西林

所谓盘尼西林，就是中国人常说的青霉素。这是一种有着惊人疗效的抗生素，能够有效遏制伤口感染和细菌滋生。盘尼西林原本是由英国细菌学家亚历山大·弗莱明发现并于1941年首次用于人体测试。盘尼西林的问世，成功挽救了成千上万病人的生命，进而改变了人类与传染病之间生死搏斗的历史，人类的平均寿命也由此得以延长。盘尼西林和原子弹、雷达，被誉为"第二次世界大战期间的三大发明"。盘尼西林的发现者弗莱明及其合作者钱恩和弗洛里，共同荣获了1945年诺贝尔医学奖。

起初，不明就里的君珠是有些畏难情绪的，不知自己的恋人将从何做起。理查德便耐心地解释说：亲爱的，我不是研制，而是利用延安现有的条件土制、粗取，即便不能与真正的青霉素相提并论，但若能提取一些，用于感染者伤口，照样会产生效力，从而减少伤员死亡率。

青霉素的秉性赋予了它在战场上快速拯救伤员的特性和使命。

在晋察冀战场上，白求恩医生在前线做手术时，因手指被割破感染，从而引发了败血症。如若当时有一支青霉素，就能有效阻止感染，断不至于恶化到夺走生命。为此，理查德一直无法释怀。实际上，聂司令为了挽救白求恩的生命，曾派人到上海，想方设法通过杜月笙弄到了一些青霉素，而当药物翻山越岭并越过重重阻隔带回晋察冀边区时，白求恩的瞳孔已放大，一切都为时过晚。

战争时期，青霉素几乎等同于生命。但要自己动手提取青霉素，尤其在如此简陋的条件下，不啻为天方夜谭！不过理查德的自信并非空穴来风。早在晋察冀战地医院和白求恩卫生学校时，他就从大量麻疹、疟疾等流行病的救治中，积累了大量临床经验。尤其伯格先生的医学杂志，更是为他今天的启动奠定了科学及理论基础。

彻底明白了恋人的思路之后，君珠被深深地打动了。一种强烈的参与感令她面色潮红，跃跃欲试。她攥住恋人的手说：你讲的有道理，我再也不会动摇了。

杨尚昆获知消息后，主动找上门来，对理查德说：傅莱大夫，听说你要动手粗制青霉素，这可是个好事啊。多年来，陕甘宁边区屡遭封锁和围堵，一向缺医少药，这是我的一大心病。你就放手干吧，人员和经费都不要担心，我全力支持你！

试制青霉素的小作坊，就设在枣红色医科大学的一间砖瓦房里。理查德有条不紊地开始了行动，他把老百姓的土炕当保温箱，用房间里的地窖充当冷藏室，设法将青霉菌培育成活；失败了，再重新开始。此时的君珠已被正式调到理查德身边，专门负责照顾他的生活。这样一来，理查德心无旁骛，一门心思地投入试制。毅力、信念连同科学理论，强有力地支撑着他。不见天日的试制过程中，他眼窝塌陷了，夜以继日和绞尽脑汁的久坐，让他头重脚轻。在经历了40多次失败之后，他的精神几近崩溃。数九寒天的延安，飞沙走石。一个大雪封门的早上，当君珠推开他的寝室，吃惊地发现理查德仰躺在地上，四肢冰凉，身体冻僵，人已失去了知觉。情急之下，君珠一把撩开胸膛，将恋人的双手焐在她的乳峰上。手焐热了，再去暖他的双脚。

上天有眼，正当理查德举步维艰、深陷困顿之时，上海方面的国际友人送来了高压蒸汽锅、青霉菌芽孢的培养液，以及冷冻和真空干燥等设备。理查德如虎添翼，及时调整并改进了原有的制备技术和方案。

时光不紧不慢地前行，转瞬之间冬去春来。理查德攻克了难以想象的难题并经过55次实验之后，他粗制青霉素的提取实验，一如他和君珠的恋情，终于渐入佳境，并在石榴花开的黄土高坡上瓜熟蒂落，水到渠成。虽然产量很低，但点点滴滴，比金子都宝贵！

秋后的延安边区礼堂上，一场中西医学国际研讨会正在隆重举行。主席台上的理查德，向根据地领导和医务工作者介绍了他主导的团队以及粗制青霉素的试制过程，大家为这一稀缺药品在黄土高坡上诞生而欢呼雀跃。毛泽东亲自向理查德颁发了"热心医药卫生及突出贡献"奖章，同时称赞道：理查德·傅莱同志是我国土制青霉素第一人，延安终于走出了青霉素的荒漠，这是一项了不起的贡献！

林迈可教授也来到现场，他和理查德相互拥抱，互道祝贺。

　　林教授用一台旧机器在凤凰山的窑洞里，成功组装了第一台无线电发报机，向全世界发出了"新华社延安"消息。通过他的无线电发报机，远方的伦敦、旧金山和新德里，同时捕捉到了延安的电讯，因此受到中共中央嘉奖。

　　理查德旋即想起了什么，遂问：听说前段时间，你随美国观察组飞五台山了？

　　林教授诡秘地笑了笑，说：是的。我把李效黎和埃丽莎接回了延安。

　　理查德喜出望外：那么周末，我要跟埃丽莎玩儿。不过，我可要带上一个人啊。

　　台上的杨尚昆远远瞅着他们，仿佛听到了他们密不透风的交谈，又看了一眼静坐在角落里的君珠，忍不住背着手踱过来。他拉起娴静的君珠，一同走到理查德面前，重重地拍了拍他的肩膀，含笑道：年轻人，我问你，什么时候请我吃喜糖啊？

65　夜半惊魂

　　深夜的延安沉沉睡去，洞穴里的猫头鹰高一声低一声地叫着，山坳里传来野狼沉闷而冗长的嚎叫。值班的战士听了，寒毛直竖，眯着眼扫向夜空。山影幢幢的羊肠小道上突然现出一个影子，疾风般卷到了小战士虎子跟前。

223

谁？站住！警觉的虎子眼睛直瞪，扬起刺刀大吼一声。

夜风从山头刮下来，掠过女人汗湿了的身体。君珠一惊，索性哭了起来。原来是医科大学的助理刘君珠。深更半夜的，到底发生了什么？虎子一头雾水地催促道。一向倔强的君珠鲜见柔弱的一面，她上气不接下气地说：快，来不及了，舒同爱人澜姐的娃，要憋死在肚里了！说着，拽起虎子的衣袖，就往山下的外国专家宿舍跑去。

虎子即刻明白了她的来意，托起她的胳膊就往山下冲。

黑魆魆的暗道上，君珠吃力地辨认着理查德的房门，慌里慌张就拍响了一扇。结果出来的不是理查德，而是位满脸大胡子的陌生人。君珠羞得张口结舌，无地自容。对方叽里哇啦一阵，君珠不懂外语，急得浑身颤抖。这时，一只黄狗从斜坡上哧溜一声蹿了下来，冷冽的月光下，像只阴森森的狼，君珠大叫一声，哭了起来。结果惊动了旁边的住户，门嘎吱一声开了，正是理查德。君珠二话不说，拉起他就朝山上跑。

两人跟跟跄跄地来到洞口，撕心裂肺的喊叫中澜姐临产了。推开窑洞的门，婴儿的屁股已露出母体之外，血流了一地，胎位很不正常。几年前来中国的邮轮上，罗森为印度女人接生的情景还历历在目，理查德从容托起婴儿的屁股，小心翼翼地牵引着。君珠守在一旁，忙前忙后。在他们的顽强辅助下，婴儿一点点脱离险情，闯入人间。一声清脆的啼哭撕破了晨曦。走出鬼门关的澜姐看了一眼孩子，倦怠的脸上露出了一抹满足的笑意。

朝阳从宝塔山上矜持地露出半个脸，山间的枯枝和荒草披上了一层淡金色。理查德叹了口气，对君珠说：今天是个好天，到河滩上散散步如何？

君珠望一眼熟睡的母子，出了窑洞。刚走出两步，却犹疑起来，抬头撞上理查德那一对蓝光，为难地说：这个时候跟你外出，做早操的战友们见了，准以为我俩昨晚就在一起，那我可是跳进延河也洗不清了！

经过一夜折腾，君珠粉嫩的脸上挂着倦容，理查德一把抱住她说：那我现在就向你求婚好不好？话音刚落，他扑通一声，跪到了她跟前。

实际上，当两人在枣园的舞场上跳完了人生的第一支华尔兹，他便破天荒涌起一股从未有过的激情——对家的渴望。在他眼里君珠淳朴、坚韧，通体洋溢着家的温馨，这正是他想要的。两人并肩走在延河边，出完了操的抗大学员正在纵情合唱《延安颂》。指挥和领唱是位瘦削的年轻人，他腰杆笔挺，细细的眼睛，看上去颇为文雅。君珠倏地想起，这不是朝鲜音乐家郑律成吗？歌曲也是他谱写的呢。

当晚的纪念晚会上，郑律成又出现了。他穿了件黄色军大衣，在曼陀铃的伴奏下引吭高歌，洪亮的嗓音抒情而富有磁性，当他唱完《爱的甘醇》咏叹调时，理查德忘情地喊了一声：Brav! 东方的卡鲁索！坐在身旁的君珠问，谁是卡鲁索？理查德答道，意大利著名男高音歌唱家。

澜姐搂着孩子喂奶时，君珠跟她讲了自己要嫁人的打算。澜姐看着满面红光的君珠，忧心忡忡地说：妹子，我知道傅莱医生是个好人，可要嫁给他，生个孩子不就成了混血？他将来要是走了，你咋办？你是不是想跟着他到外国去喝牛奶吃黄油？

牛奶黄油？能有咱们的大饼油条好吃？君珠满腹委屈地说。本打算在延安的工农干部里找个志同道合的人成家哩，哪里想到会和这个高鼻子蓝眼睛的洋人走到一起。还是主席说得好，人往高处走，女往高了嫁，延安精神还不是一样到处流传嘛！

66　窑洞花烛夜

夏至，宝塔山下的一孔窑洞前，茂盛的羊草中钻出星星点点的小花朵。理查德和君珠的婚礼，在开明而喜庆的氛围中拉开帷幕。领袖们都来了，聂荣臻司令适逢在延安开会，听说理查德要娶媳妇，主动充当他们的证婚人。被主席称为党内一支笔的红军大书法家舒同携妻子石澜，抱着孩子和礼物也来到窑洞前。目光炯炯的舒同略为沉思，挥毫写下了"万里良缘，圣地花烛"和"白头永偕，桂馥兰馨"的吉言，激起一片响亮的喝彩。

主席和江青带着李讷来到婚礼现场。江青带给新人的礼物是两支自来水笔和一对喜鹊登枝的大红茶缸。主席背着双手，仰头站在一株开得正艳的扶桑花前，眯着眼对大伙说：美国人马海德，英国人林迈可，还有印度的柯棣华大夫，都和我们中国姑娘结了婚，并有了孩子，工作配合得很好嘛。希望今天的两位新人，互敬互爱，举案齐眉，成为延安的新一对理想伴侣！

突然间，一位大脑袋鹰钩鼻顶着一头赤色毛发的外国人，火鸡似的朝窑洞的婚礼现场跑来。原来是中国工业合作协会主席——新西兰人路易·艾黎。早在上海期间，艾黎和理查德就认识了，他听到小伙子结婚的消息后，特地从双石铺赶来喝喜酒。看到老朋友大驾光临，马海德喜滋滋地从人群里跳出，捏着嗓子唱了一段《桃花江是美人窝》的流行歌曲，大家被逗得前仰后合。紧接着他又唱起刚从爱妻那里学来的一段京剧《打渔杀家》，姿态生动逼真，惟妙惟肖，将一场简朴的婚庆瞬间推向了高潮。

朝鲜音乐家郑律成和妻子丁雪松，是抱着一台留声机来的。婚礼推向高潮之际，柔曼的华尔兹舞曲，不失时机地弥漫在窑洞前的场院里。有了舞曲，大家兴致陡增，不知不觉地跃跃欲试起来。人们跟着圆舞曲的旋律，踩着黄土地的步子，忘我地走过来，转过去。理查德的警卫员喜子枪法贼好，弹无虚发，从山上下来时，拎回了一只肥硕的黄羊。当曼妙的华尔兹停下阵脚，满头大汗的喜子架起炭火，给大家烤起了羊肉。众人吃着，聊着，笑着，喝着陕北的烧酒，嚼着乡亲们端来的黏米红枣糕。

暮色四合，昔日单调的窑洞，被一根红色洋蜡烛照得温馨无比。君珠将机关供给部赠予他们的一床大红缎面被，仔仔细细地铺在炕上。这是红军打土豪分田地时，从地主老财家里没收来的。君珠表面上若无其事地坐在炕沿上，抚摸着爽滑雍容的缎面，内心的喜悦直漾到心口。

摇曳的烛光下，理查德心潮如水。曾几何时，年方二十的他，告别父母投奔到神秘的东方古国，随着命运的轮盘从北平地下党，到晋察冀八路军战士，而今置身西北延安，他这个漂泊已久的浪子，犹如溺水的孩子，突然间回到了岸上。想起远方，想起母亲对自己婚姻的期盼和挑剔，理查德怎不思绪奔涌。假如父母得知，他们的儿子不仅在中国落地生根，还娶了一位地道的中国姑娘为妻，不知该作何感想，是欣慰，还是失望呢？

君珠小心翼翼地把蜡烛芯子拨了拨，犹疑着，将潮红的脸贴在男人宽厚的掌心里，柔声道：我问你，别人讲方言你不懂，可我的河南方言，你怎么就听得懂呢？

理查德略为思忖，诚实答道：你即使不说话，我也明白。说完一把将君珠抱起，轻轻搁到炕上，一件件脱掉身上衣物时，君珠起身吹灭了蜡烛。

日过三竿，炊烟袅袅。理查德在呼啦呼啦的风箱声中，一下子睁开眼。

刚下了蛋的小母鸡，咯哒咯哒地在院子里啄食。君珠的腰间扎着一块宝蓝色碎花围裙，俨然一个勤快的小媳妇，从灶间出来时，她手上端着两碗黄澄澄的小米粥。

第九章
中国的俾斯麦

67　中国的俾斯麦

早在苏北盐城，罗森见到八路军115师师长罗荣桓时，不禁大吃一惊。这位赫赫有名的八路军高级指挥官，怎会有着德国"铁血宰相"俾斯麦那样一颗头颅呢？在罗森看来，罗师长的头围足有60厘米，一双精力充沛的黑眼珠隔着厚厚的镜片灼灼发光。除此之外，他还有着一副活泼生动、至诚至勇的神态，是中国人身上罕见的。

然而，罗师长患有慢性肾炎，频频尿血，东征西伐中苦不堪言。大敌当前，临阵换将乃兵家之大忌。因此即便身患重疾，罗荣桓仍被委以重任，指挥山东，非他莫属。罗大夫的到来如同一场及时雨，挽救罗师长于危难之中。凭借过硬的泌尿科临床经验，罗森怀疑罗师长患的是恶性肿瘤，可身边没有X光机，无法进一步确诊，又不能贸然开刀，只得采取保守治疗，想方设法减轻他的痛苦。

历史总是有着惊人的巧合，就在距罗森驻地几百公里之外，那座蜚声中外的青岛港，其城市规划和建筑格局当中，既融入了施普雷河两岸的风情，亦弥散着柏林菩提大道的浪漫，甚至混杂着波茨坦王宫的遗韵。作为雄心勃勃的"德国建筑师"和"德国领航员"，俾斯麦在担任普鲁士王国首相期间，以铁腕手段对内完成国家统一，对外纵横捭阖，以欧洲大陆霸主之势，奠定了德意志对外殖民扩张的野心和实力。1900年夏季的一天，"俾斯麦侯爵"号装甲巡洋舰横跨印度洋之后，由太平洋迂回泊进了青岛港，随之抵达的还有德国海军陆战队。

胶州半岛，物华天宝，因得天独厚的区位优势，早已成为列强眼中竞相追逐的猎物。日本和德国为瓜分中国资源，在山东展开了旷日持久的争夺战。日本独霸山东之后，将它的势力范围，从海边迅速渗透到中国内地，进而侵吞铁路沿线的各个重镇。

为了更好地在山东展开救护工作，罗森要求配备一名能讲德语的医疗专业人员。军部很快从北平协和医院物色了一名研究生，名叫黄农，一面配合罗森工作，一面担任山东军区卫生部部长。黄农与罗森十分投缘，相处融洽，他们共同研究治疗方案，一同为伤员动手术，很快成为一对无话不谈的挚友。斯大林格勒保卫战胜利这天，八路军在青岛讨伐日军的战役中截获了一批丰厚的战利品，黄农将得到的香肠、火腿和咖啡等，快速送到罗森办公室。罗森毫不客气地留下自己钟爱的咖啡和香烟，其余则分给了伤病员。黄农摆手劝阻时，罗森用生硬的中国话说：有福同享，有难同当嘛！

就是这样一对相互体恤、甘苦与共的亲密战友，几年后，当罗森回到奥地利维也纳，进而到中华人民共和国驻民主德国领事馆申请来华签证时，与时任驻德大使的黄农，在柏林的中国领事馆内失之交臂。一墙之隔，却无缘相见，以致造成终生遗憾！

这是中国抗日战争最艰苦、最险恶的阶段。比起苏北的新四军，八路军的条件和装备逊色得多。尽管如此，日本人还是更害怕这支队伍，称他们为"赤色魔鬼"。由山东汉子组成的八路军将士，高大勇猛、国耻意识强，有种硬骨头精神。无论黄昏还是凌晨，战士们随时从一人多高的高粱地里杀出来，嘶喊着冲向敌人的阵地。

一场由五六万日军组成的"铁壁合围"大扫荡，向分局领导机关所在的沂蒙山区发起了攻势，妄图一举歼灭山东抗日主力。冬季已临，空气中夹带着零星的雪花，蒙阴之敌出动了，他们不走大路，不经村庄，直接偷袭。拂晓时分，敌人撕开了一道村口，往里头释放毒气。值勤哨兵发觉后鸣枪报警，并掩护机关部队突围。侧身躺在担架上的罗荣桓表情镇定，罗大夫紧随其后，不离左右，目睹他拖着病体临阵指挥。

入夜，日军在山上燃起大火，枪炮声、马嘶声、敌军的号叫声，阵阵传来，信号弹此起彼落。战士们一手提着上了刺刀压满子弹的步枪，一手提着揭开了盖的手榴弹，迅速插进两山之间的隘口，闪转腾挪，迂回行进，蛟龙一般突围。山东分局和115师，终于在罗师长巧妙而淡定的指挥下，完好无损地走出了险境。

身临其境的罗森，闲暇时光读了黄农推荐的一本英文版《水浒传》，他在读书笔记中写道：自古英雄出梁山，山东是英雄辈出的地方，八路军115师的官兵们，胜似《水浒传》里的梁山好汉！

这天罗森在师部宣传栏查阅资料时，无意中看到一张旧报纸，上面的题目令他五雷轰顶：《悼念国际共产主义战士汉斯·希伯》。罗森攥着报纸冲到山东分局秘书室主任谷牧跟前，声音颤抖着问：先生，请您告诉我，汉斯是怎么回事，他是什么时候牺牲的？

68　血洒大青山

这一切，要从汉斯·希伯来山东的那一天说起。

罗森和新四军官兵东伐西讨的时候，希伯受《太平洋事务》杂志社委托，到八路军所在的齐鲁一带采访。这个身材高拔、一头卷发的欧洲人，时常背着一个牛皮图囊，图囊里装有地图和单筒望远镜，图囊外拴着红色搪瓷杯和白毛巾，一匹性情温和的枣红马与他形影不离。无论走到哪儿，希伯都用那句背得滚瓜烂熟的中国话，很热络地跟人打着招呼：你好，我叫希伯！

作为一名反法西斯记者，希伯的足迹早已遍及欧亚大陆。他不仅访问过苏联，见过列宁和斯大林，还坐在延安的窑洞里采访过毛泽东、刘少奇、周恩来、粟裕等红军领袖。多年深入中国的经历，让他对中国百姓相当熟悉，也喜欢接近他们。希伯坐在妇救会的会场上，乐呵呵地穿上胶东大嫂给他做的黑口布鞋，并在村镇逢五逢十的集会上，挤在热闹的人群里，看沂蒙山妇女变戏法似的烙出薄如纸片的玉米煎饼。兴奋头上，希伯还主动帮助老乡推石碾、磨小米，并蹲在老乡的灶炉边添柴火。

希伯在根据地的人缘奇好，乡亲们亲切地称他为"洋八路"，小孩子们跟在他屁股后头喊"希大爷"。希伯自嘲道：在中国乡村我就像一个明星，人们追着我，围着我，仿佛我是一个天外来客。跟淳朴友善的中国老百姓在一起，我感到很幸福！

希伯采访报道过众多新四军、八路军的高级将领，他甚至采访过日本战俘，并由此了解到他们复杂曲折的心路历程。每到夜晚，希伯便将白天捕捉来的信息，铺展在昏暗的油灯下，他不知疲倦地坐在他那台心爱的小型英文打字机旁，"托——托——托——托——"绵密而富有节奏的打字声，好似永不停息的奏鸣曲，直响到公鸡打鸣。简捷的文风，客观而公正的报道，让全世界及时了解到中国东线的抗战实情。

多年前，刚步入婚姻生活的汉斯，却在日日盘算着第六次远赴中国。新婚不久的妻子秋迪问他：你要做希腊神话中的西西弗斯吗，一次又一次将巨石推向山顶？

小家庭的温暖和舒适，并未带给他永久的安宁。汉斯的激情始终为遥远的东方而跃动。他望着秋迪，笃定地说：我要推的巨石不会滚下，有朝一日将永远屹立山顶！

大青山战斗打响前，秋迪刚好从上海辗转来到山东，与丈夫团聚。中国乡村的一切，都让秋迪倍感新奇和兴奋。山下的羊肠小路，田野的秋庄稼，农家院落里的丝瓜、眉豆和豆角，无不令她驻足打量。而村里的大人孩子见到金发碧眼的德国女子，更是好奇。秋迪无论走到哪儿，都会招来热情的围观。

希伯半真半假地埋怨道：你们最好把我妻子早点打发走，我都要吃醋了。我和她走在一起，人们只顾盯着她看，再也没人理我了。

怎料，一场从天而降的生死劫难，正悄然逼近这对恩爱夫妻。

无月的夜晚，日军悄然包围了根据地的指挥中心。敌众我寡，凶多吉少，朔风凛冽中希伯跟随将士们，在东汶河岸集结到一起，努力向南突围。突围的路上经过费县、沂南和蒙阴交界处的最高峰大青山，山势陡峻，峡谷幽深，日军已秘密抢占了大青山的制高点，并拉开了妄图全歼八路军的合围圈。

山头上燃起了一堆堆篝火，鬼子的据点近在咫尺。岗哨的口令声，战马的嘶叫声，不时传入耳谷。月亮在不合时宜的时刻跳了出来,趴在草丛里的希伯听得见战友的心跳,他瞪视着前方,暗自庆幸秋迪已经转移。短暂的夫妻相聚所留下的余温,此刻还温暖着他的身心。本来,山东分局安排秋迪离开的时候,要他一起走,但汉斯坚持留下来。许多疑问,只有在前沿阵地上才能找出确切答案。这是他的执念。

天麻麻亮时,驴子的一声悲鸣陡然间划破寂静,日本鬼子黑压压扑了过来。一场拼杀和血战已箭在弦上,一触即发。与此同时敌军仍在调兵遣将,从四面八方包抄过来。面对敌人的疯狂,除了劈面迎上,别无他途。希伯拔出手枪加入了第三分队,全身心做好了对决的准备。这时候,日军的骑兵突然闯入人群,杀了过来……

太阳西斜时,阵地已然失守。希伯再也跑不动了,他对身旁的翻译小方说:我死后,请帮我把身上的军服脱下来,洗干净之后,交给秋迪同志。告诉她,衣服的领口破了,让她缝一缝。说完,挪到一块石头背后,果断吞下了一颗随身携带的药片。

打扫战场时,人们在六百多具遗体当中,发现了一位身材颀长、眉头高耸、眼窝深陷的外国人。警卫、随从、马夫,无一例外地全都倒在了血泊中。

希伯是第一位投入八路军抗战前线的外国记者,这个诞生于奥匈帝国时期的青年才俊,热情洋溢,疾恶如仇,对中国人民一往情深。多少次,命运的风帆载着他往返于欧亚大陆,他不仅是记者,也是战士。他的生命像一首铿锵有力的歌,一再唱响东方。也许是宿命,这位英姿勃发的理想主义战士,最终倒在了他挚爱的土地上。

匆匆尘世九回肠，这一年是希伯在中国度过的第16个年头。从大青山突围中死里逃生的谷牧，痛失亲密战友，含泪赋诗一首：

蒙山常见高高影，
沂水时听托托声，
战友英魂今安在，
春光一缕便是君。

69　16505和16808

战争期间，罗森带着职业眼光走访了山东各地，发现这里的卫生状况比他想象得更糟糕。考察归来的罗森，迫不及待地跟黄农商议：可否在山东创建一所大型医院和卫生学校，尽快培养一支适应战争需要的医护骨干力量？

作为卫生部部长的黄农不仅赞赏，还与罗大夫共同规划，从资金筹措到图纸样式，从科室分布到建筑材料，每一个环节都相互切磋，亲力亲为。乡亲们听说要在根据地建医院，都纷纷跑来帮忙，学员们更是不遗余力地参与到建设中。经过小半年的艰苦奋战，一座拥有四百多个病床的山东军区战时医院，连同一所可容纳两百多名学员的山东军区卫生学校，在齐鲁大地落成了。学校和医院掩映在一片小树林中，一条溪水绕林而过，周边是一望无际的田野。立在窗前的罗森看着蜂拥而来的学员们，不由心旷神怡，他满怀憧憬地对战友们说：我终于站在了窗明几净的教室里，可以给大家做专业医疗培训了！

这天，罗森在崭新的手术室里，迎来了第一个血肉模糊的重伤员陈盛。

伤员是从东线野战医院转过来的。罗森从他的腹部小心翼翼地取出了两枚弹片，当他用酒精擦去伤员肩胛骨上凝固的血块后，不由倒抽了一口冷气。一个似曾相识的序号，箭一样射入他的瞳孔——16808。

罗森下意识撩开自己的臂膀——16505。没错，正是德国魏玛布痕瓦尔德集中营里的犯人代号！这是怎么回事，罗森不敢相信自己的眼睛。难道这名战士，是从德国集中营里逃出来的？罗森的周身像触了电，双耳轰鸣，头一仰呕吐起来。

罗大夫，您怎么了？护士们见罗大夫突然间青筋突暴，情况异常，吓坏了。

罗森挣扎着想按下回忆的暂停键，阻挡那可怕的一幕幕。可记忆的惯性如脱缰野马，不管不顾地向布痕瓦尔德集中营滑去。那个时候，罗森对华人的了解少得可怜，他把采石场上的几个黄面亚洲人，全都当成了越南人。假如这名战士真是集中营里的华人，那么，他是怎么逃离德国回到中国的呢？

再次回到手术台前，罗森对已然苏醒的伤员微笑道：Wie geht's dir, mein Freund? 你还好吗，我的朋友？

Bist du Deutscher? Oh mein Gott, lass mich in Ruhe! 你是德国人？上帝啊，请别打扰我！

Keine Sorge, mein Freund. Ich bin kein Deutscher, sondern eine österreichischer Arzt. 别担心，我的朋友，我不是德国人，而是一个奥地利医生。

罗森说完，刻意袒露出左臂，让对方看一眼他的序号。躺在床上的陈盛见状，惊恐地瞪大双眼，想不到为自己做手术的这名外国医生，是德国集中营里的狱友，一时间五味杂陈，悲从中来。陈盛挣扎着就要坐起来，而身上的刀口疼得他龇牙咧嘴。

Ruhig, ruhig！请您躺好，保持安静。一阵沉默过后，罗森试探道：能否告诉我，您是如何逃出德国到山东来的吗？

陈盛伸手抹去眼角的泪，喃喃道：一百多号大活人，死的死，亡的亡，就只剩下我一个。后来他们把我转到汉堡南部的诺因加默集中营，直到1943年，汉堡开出一艘军舰，说是要来香港，船上需要一名华人洗衣工，就把我从集中营里提溜出来，塞进了船舱。也不知在海上漂了多少天，反正最后一出舱门，眼睛差点给日头刺破，只见码头上"青岛"二字。老天爷，我啥时烧了高香，我就是青岛人啊！可老家的村子被鬼子烧得精光。亲人没了，我无处可去，就加入了游击队，并成了八路军。

因为躺在自己的土地上，伤势尽管严重，但陈盛讲话时充满了底气。

晚间，罗森冒雪走了出去。从山林到田野，而后绕到一片墓园。披雪回到宿舍的罗森，激情澎湃，借着雪光奋笔疾书：

窗外雪落无声，纷纷扬扬的雪，将山东大地的山丘、峡谷和田野，披上了一层肃穆而庄严的白。冷啊，这东方的自然界！

雪山峡谷间寒风呼啸，簌簌不停，仿佛吹奏起一首古老的冬之曲。我在冷飕飕的房间里，汹涌着反法西斯的火焰。此刻的八路军战士们，笑声和歌声不断，这是经受了长期战争锻炼的中国革命青年，在没有暖气的冰冷的房子里，燃烧着炽烈的激情。

时光进入了1944年，这一年中国人民的抗战，在军事上、政治上节节胜利，从北到南，从东到西，数百公里的土地一个接一个光复。敌人的力量开始土崩瓦解，上万名伪军官兵向八路军投诚，包括七百多名海军。我们有信心通过作战和政治宣传，继续把汪伪的精锐部队争取过来。

山东的天气冷极了，但革命中国的心是热的。从国民党转过来的新战士，也都兴高采烈。他们在八路军的阵营里吃得好，新军装比旧军装暖和。过去老百姓恨他们，骂他们是汉奸，是屠杀同胞的凶手，现在他们成了百姓的朋友和弟兄。

山坡上的烈士墓地，一个洁白的世界。在抵抗日本法西斯的战斗中，牺牲了无以计数的战士。他们曾饱经苦难，餐霜饮雪。这些勇敢的志士，可敬的英灵中，包括我的好朋友和奥地利同乡——国际共产主义战士汉斯·希伯。

美国轰炸机已飞抵东京，盟军攻入德国科隆，俄国红军推进到了奥地利边界……我在新建的山东医院里，刚刚挽救了一名不同寻常的八路军战士。他是与我在同一座德国集中营里遭受过非人折磨的狱友。如今，作为布痕瓦尔德集中营唯一的华人幸存者,他回到了他的祖国。

　　万里之遥的魏玛,歌德和席勒曾在那里创作出不朽作品的德国小城。而小城背后的山丘上,盖世太保的集中营隐藏在丛林中。冬季的魏玛大雪纷落,集中营的工地和万人坑,一片肃杀。而远东的抗日战场上,我和中国将士们一道,战斗着。

　　风,穿过白雪覆盖的墓群怒吼着,报仇啊,向胜利前进!

　　——罗森·菲尔《胶东的雪》,刊于《大众日报》

70　美国"飞虎队"中尉

　　雨后的傍晚,独属于这块土地上的红高粱伸枝展叶,抽穗拔节,风风火火地展示出旺盛的生命力。午后的村道上,几名战士吃力地抬着一名膀大腰圆的卷毛伤员来到医务室。伤员血迹斑斑的胸前制服上,镶着一枚"中国空军"的蓝色徽章,黑色夹克衫上用中文写道:来华参战美国人,军民一体救护——航空委员会第1768号文。这是国民政府为营救美国落难飞行员,对中国老百姓的提示。

　　这名受伤的飞行员原来是美国第14航空队的谢尔曼中尉。他驾驶的B-25中型轰炸机在渤海湾不幸被日军击落,山东军民发现后设法将他救了起来,并快速送到这里来抢救。经检查,罗森发现谢尔曼的腿脚受伤,肋骨断了三根。既然是美国人,罗森一面为他治疗,一面和他聊天,由此得知这名了不起的"飞虎队"(Flying

Tiger）队员，竟 50 多次穿越"驼峰航线"，为中国抗战执行轰炸和运输任务。

早在 1936 年，美国飞行名将陈纳德应宋美龄女士邀请，担任中国空军顾问，以美军标准协助中国训练现代空军。卢沟桥的炮火让陈纳德迅速做出决定，组建一支"美国志愿援华航空队"来中国抗日，进而保护国际援华通道滇缅公路。

太平洋战争爆发后，美国对日宣战，并将飞虎队正式纳入美军编制。美方希望中国能够咬住日本，让他们在辽阔的疆域内耗尽军力，无暇他顾。中国上空的美国飞行员时而遭到沦陷区日军的打击而坠落，中国军民舍命营救。此时的中国，已然成为钳制日军的主战场，美国与中国共同抗日。

反法西斯同盟国在欧亚战场长期处于低迷，而远东战场上的飞虎队则屡战屡胜，战功赫赫，有效夺回了中国与盟军的制空权，打破了日军不可战胜的神话。二战结束前夕，陈纳德将军离开中国时，感慨道：日本再也没有一架飞机飞上中国领空，他们已经被消灭殆尽，日本再也无法隐瞒他们遭受的毁灭性失败。

几个星期的疗伤中，谢尔曼中尉和罗森朝夕相处，不仅见识了罗大夫的医德医道，还目睹了八路军医护人员规范高效的护理工作，以及融洽的医患关系。晚间的一次聊天中，他对罗森感慨道：怪不得美国记者艾格尼斯·史沫特莱在她的报道中说：新四军、八路军的伤病员所受到的医疗服务，比中国任何地方都好！

罗森面露惋惜之情，说：要不是该死的日本鬼子作恶，你会享受到更好的医护条件。我们经过半年苦战打造的一座新型医院，只存在了几个星期，就在日军的定向轰炸中化为灰烬。罗森愤愤地说，沮丧之情，溢于言表。

一场台风把一条近20米长的鲸鱼抛到了岸上，进而变成战士们开荤的食材。虽然肉味过于油腻，却仍属美味佳肴。谢尔曼中尉就和战士们一同享用了这难得的海鲜。有人从岚山弄来了几瓶白兰地，送到了两位外国人的桌上。纯正的法国白兰地，佐以黄海鲸鱼肉，让两个异乡人兴高采烈。山东军区政治部主任萧华刚好有张唱片，是贺绿汀的《牧童短笛》《四季歌》和《天涯歌女》。罗森听后，大加赞赏：中国的舒伯特！

夕阳落下，燥热的夜晚，阵阵海风穿过高粱地吹来，芦苇荡里蛙声一片。谢尔曼红着脸对罗森说：我都不敢相信自己的眼睛，这里的八路军官兵吃同样的饭，穿同样的制服，非常简朴，但士气却相当高涨。

那边呢？罗森若有所思地盯着谢尔曼，想了解一下国民党阵营里的情况。

老实说，那边的国民党军官，有不少人自由涣散，喜欢做走私生意，生活奢侈，挥霍。史迪威将军从缅甸回到云南时，曾如此说过：中国有世界上最好的军人，却由腐败无能的政府和愚蠢胆小的指挥官率领！

彻底恢复健康的谢尔曼中尉要启程回国了。他真诚表示回到美国后，一定向华盛顿当局如实汇报中国山东军民的抗日战况。分别在即，罗森将一封厚厚的信塞进谢尔曼的口袋，含泪托付他回到美国后，把这封信转寄给纽约的姑妈。

71　欢乐颂

时光的碎片挽着人类的手，度日如年地走到了这个暮春。

傍晚的粗制大方桌上，摆着锅贴、煎饼、雪白的大葱，还有一盘油汪汪的甜面酱。罗荣桓司令员亲自动手做了一道辣汁儿叉烧羊肉，翻译员小高用一只敬神的红蜡，分割成43支小蜡烛，两个巧手女护士用豆面烘烤了一块香喷喷的生日蛋糕。当罗森被众人簇拥到桌前，小高即刻端来盛有43个饺子的青瓷盘，恭恭敬敬斟满43盅高粱酒。

罗森恍然大悟，这是罗司令带领战友们为他庆贺43岁生日呢！

两周后的黄昏，一阵急促的马蹄声由远及近奔袭而来。大家凝神谛听，预感到有重大事情发生。原来是萧华政治部主任派遣的骑兵手，一口气狂奔了90公里，专程向罗大夫报喜来了。苏联红军以摧枯拉朽之势攻克了德国首都，将红旗插上了柏林国会大厦——纳粹政权大本营。穷途末路的希特勒及其帮凶，在柏林一座地堡中自杀身亡。鏖战七年的欧洲战争结束了。

暮色四合，这从天而降的胜利消息，一如庄严的回声，在静夜里颤动、震荡，经久不息。兴奋之余，罗森独自打开一瓶高粱酒，不知不觉喝了大半瓶。他内心滚烫，热血奔涌，双手推开窗户，对着一轮明月唱起了舒伯特的《冬之旅·晚安》：

　　我来时孤身一人，
　　我走时孑然一身，

阴冷的风雪笼罩着世界。

启程的时候，不由我来决定，

黑夜中的道路，唯有自己摸索。

陪伴我的旅程，只有月光下的阴影，

白茫茫大地上，我找寻着鸟兽的足迹。

……

当整个欧洲大陆奏响《欢乐颂》的时候，八路军在远东抗日战场亦势如破竹。重获自由的地区似星火燎原，在两千多公里的中国东南疆域迅速蔓延扩展。一艘从上海驶往日本的大型货轮被我军截获，船上载满了布匹、棉花和各种食品，还有两门意大利舰炮。罗森高兴坏了，心想，再也不用为缺少医疗棉纱而犯愁了。

八月的山东，酷暑难当，长势喜人的高粱，火焰般染红了天边。苹果梨子石榴和山核桃，沉甸甸垂挂在枝头，硕大的西瓜滋润着部队官兵的心田。这时苏联红军铲除日本关东军的消息，赫然传来。紧接着被叫作"原子弹"的两团蘑菇云，伴着刺眼的光芒，在日本上空骤然升腾。负隅顽抗的小日本自食恶果，最终宣布无条件投降。

大街小巷沸腾起来了，乡亲们一股脑涌向打谷场，贴标语，搭台子，挂横幅，悬灯结彩，舞龙舞狮，彻夜狂欢。铁骨铮铮的将士们一个个捧起高粱酒，开怀畅饮。罗森来者不拒，直喝得酩酊大醉。八路军的文艺队把苏联故事编成话剧，频频搬上乡村舞台。演外国人时，他们用蜡烛垫高鼻梁，将马尾贴在脸上当胡子。扮演列宁或斯大林时，他们干脆来请罗大夫登台上场。

午夜梦回，罗森身心舒展，情不自禁地遥想远方，回家的热望如上了膛的枪口，直顶到嗓子眼儿。在指挥中心的庆功宴会上，罗森举着酒杯表示，法西斯灭亡了，我的心愿完成了。我要回家看望我朝思暮想的亲人，寻找我相隔十年的恋人了！

几位将军举着酒杯，把他们的保护神罗大夫团团围住。男儿有泪不轻弹，可一听说罗大夫要走，不禁热泪滚落，拽住他的手说：我们舍不得你走啊！

人留不如天留。仿佛是天意，一场蓄势待发的内战，打破了罗森的归国梦。眼下，所有出国通道统统掌控在国军手里，受各种条件限制，罗森前往上海之路寸步难行。萧华顺势安慰罗大夫道：伙计，再耐心些，既然走不了，就跟我们一起战斗吧。解放战争眼看就要打响了，罗司令的身体健康也离不开你啊！

金秋十月，满眼的秋庄稼泛着成熟的光晕。山东军区八路军主力部队，在罗司令的率领下重整旗鼓，整装待发。在由内地向沿海集结的过程中，山道崎岖，沟壑纵横，多年的战争将沿途的公路已毁坏殆尽。躺在担架上的罗荣桓，清癯发黄的脸浮肿得厉害，半侧的身上绑着一个尿血的瓶子。罗森腰里别着一只驳壳枪，紧随左右。

仅仅一个月后，山东龙口接连开出六艘汽艇，在瓢泼大雨中驶进浩瀚的渤海湾。船上有罗森和他的病人，有八路军主力部队的官兵，还有跟了他们多年的几匹马。大雨如注，胶东湾及其犬牙交错的海岸线，在晨雾中一寸寸隐没，直到消失殆尽。罗森心中默念着，再见了，我亲爱的山东父老，继而转向波谲云诡的船头。

东北，已近在咫尺。

– 第十章
哈尔滨之恋

72　争相与皇帝握手的苏联红军

挺进东北的八路军轮船，靠近渤海湾中段一个血气氤氲的孤岛时，一艘面目模糊的军舰，在大家惊愕的注视下，逐渐露出"苏联"标志的真面目。罗荣桓紧张的表情顿时松弛下来。一番曲折的交涉过后，对方愿意为我军护航，直到辽东半岛的皮子湾。

登陆后的将士们乘卡车陆续前往火车站。先行到达的罗荣桓，望着空空如也的站台心急如焚。东北战争即将打响，新任务迫在眉睫。可眼下连一列火车都没有。

所有办法和手段都用尽了，直到傍晚才来了一列运送牲口的闷罐车，车厢里满是粪便和湿漉漉的稻草。顾不了这些了，罗荣桓一声令下，战士们立马动手清扫，而后坐在自己的背包上，连夜赶赴沈阳。与此同时，装备精良的国民党军队，已搭乘美国舰船和飞机，源源不断地涌入了东北。

这一刻，庐山云雾中的蒋介石和陕北窑洞里的毛泽东，都在若有所思地盯着墙上的中国地图，圈圈点点。历时一个多月的重庆谈判无果而终，面对美国政府的疑惑，蒋介石踌躇满志地说：顶多三个月到半年，我们将彻底打垮共产党！

夜色退去，白昼翻卷而来。罗森从闷罐车上的一方小孔，看到一片颤悠悠的树林、房舍和天空中游移不定的云朵。火车咔嚓一声停下来，被风吹散的桦树的叶片金箔似的纷纷扬扬，一只棕褐色的苍鹭越过车顶，箭一般射向远方。罗森揉搓着麻木的腿脚，感觉无数枚钢针刺进了皮肤，他一个趔趄，被眼疾手快的大牛搀了起来。

部队出了车站，强打精神行进在1945年10月的沈阳城。

罗森并不晓得，他此刻正行走在中国清朝的发祥地上。这里有清太祖努尔哈赤和清太宗皇太极的故园和墓地。沈阳城，作为末代皇帝溥仪名下的伪满洲国首府，在日本关东军的胁迫下，刚刚挨过14年傀儡时光。但罗森知道，1931年9月18日，日军就是在一个名叫沈阳的地方打响了第二次世界大战的第一枪。八年后，欧洲土地上的希特勒如法炮制，效仿日本开始了他在地球另一端的模仿秀，并以闪电战的方式挑起了一场波及全球的欧洲战争。

就在那两枚蘑菇云似的原子弹，在日本国土冉冉升起的同时，伪满洲国也寿终正寝。长期躲在深山老林里的溥仪，脸色灰青，惶惶中带了几个侍从来到沈阳机场，却在等待逃往日本的候机厅里，与苏联红军狭路相逢。现场的苏军驻沈阳警备司令科夫通·斯坦克维奇刻意记录下这一幕：

> 在沈阳机场，我们看见了一架蓄势待发的飞机，这使我们产生了兴趣。于是拦住一名年轻军人，从中得知，满洲国皇帝溥仪就在这里。幸好，我们的飞机还没熄火，便通过女翻译与溥仪交谈。溥仪着深色西服，面庞清瘦，嘴巴稍大，戴一副黑边眼镜，看上去有40多岁，机场上的苏联士兵听说俘虏了"中国皇帝"，都围过来看，还争着跟溥仪握手。一个军官模样的人打趣说：士兵和皇帝握手，不同寻常。随后，我们不露声

色地将他押上了一架大型军用飞机，送往赤塔。

1945年5月纳粹德国覆灭后，150万苏军横穿西伯利亚，跨过中苏边境，向伪满洲国敲响了丧钟。在东北土地上敲骨吸髓横行了几十年的日本关东军，终于走到了它的末日。此刻亲临东北战场的林彪，已然开始了他在东北三省的战略部署。罗荣桓与林彪曾密切而融洽地合作过，许多复杂的协调工作，正等着他们再度携手。

东北严寒来得早，不到腊月天，气温就已降至零下20度。来自江淮一带的部队官兵受不了这冻死人的天气，装备也极其薄弱，棉鞋大衣都严重短缺。立在雪窝里的战士们穿的还是内地带来的布鞋。在罗森看来，那不过是欧洲人穿的家居鞋子。而此刻的国民党军队，武器装备堪称一流，士兵们身穿棉大衣，脚登毛皮鞋，并备有防冻的毛毯。两军交手时的武器档次和数量对比，简直天壤之别。

无论愿意不愿意，内战的烽火都已在东北黑土地上熊熊燃烧起来。交战初期的解放军将士死伤惨重，加上准备不足，交通运输艰难，医药远远跟不上。天寒地冻之下，好几千战士被冻伤。战争打响之后，不明究竟的老百姓闻风而逃，医疗辅助工作严重受阻。仅仅因为冻伤，罗森就忍痛为好几百名战士做了截肢。对于他这样一位常年操手术刀的外科医生来说，竟恐惧到眼神发直、牙齿打战、全身战栗的程度。痛彻心扉的罗森决心立足东北，创建一座医疗基地和属于自己的医学院。

73 东洋"巴黎"

身为东北民主联军和东北野战军政委的罗荣桓，一直抱病指挥。大兵压境，调兵遣将的过程中，罗政委的身体越来越不争气，并且几度出现恶化迹象。有了X光照，罗森很快断定，罗帅患的是恶性肾肿瘤。作为资深泌尿科专家，罗森当然明白这种病灶的痛苦和严重性，因而果断做出了开刀切除右肾的决定。

沈阳近郊有座日本人留下的医院，医生和护士大多出自东京帝国大学医学部。不少医疗器械还是从德国进口的，其中的几名医生甚至在柏林接受过专业培训，并且能用德语交流。这让罗森喜出望外。鉴于医院良好的设备和精良的技术条件，罗森希望他的病人搁置意识形态方面的障碍，就地取材，尽早在这家医院动手术。

对于罗政委的健康问题，上级考虑得显然更为复杂。他们设定了另一套方案：安排罗政委到平壤的苏联医院去手术。可到了平壤后得到的回复是，那里的条件不适合动手术。

既然把苏联医疗定为上策，那么罗森便请求林司令，是否能从莫斯科派一个医疗小组来东北主刀。对于这一申请，苏方的反馈，迟迟未到。

等待中，罗森奉命陪伴罗政委南下疗养。车子经过鸭绿江畔，朝鲜女子那五彩缤纷的民族裙装，从对岸的水面上反射过来，看上去生机勃勃的。但他们的目的地不是朝鲜，而是渤海之滨的大连。疗养本是一种无望的等待，幸运的是，罗森在这里找到了一种得力药物，对于稳定罗政委的病情十分奏效。

初秋的大连，天高云阔，空气清澈透明。罗森在阳台上纵目远眺，漫长曲折的海岸线，繁茂热闹的埠头街，重峦叠嶂间一座方尖碑高耸入云。太阳看似遥远，光芒却在眼前。罗荣桓望着船坞密布的海滨码头说：仗越打越大，武器弹药的需求量越来越多，考虑到东北战役的规模，我们成立了军工部，由我来分管军工生产和预备兵团建设，后勤保障工作的好坏直接关系到战争的胜败。大连基础设施优越，交通得天独厚，已成为我军最大的军工生产基地。

他们还是第一次在如此平静的状态下深入交流。多年来，罗森跟随罗荣桓南征北战，已习惯了枪炮轰鸣的紧张和迁徙，但他从未像今天这样，急切盼望战争的结束。尽管他清楚，这是一场决定大国归属的关键战役。

走访海边军工厂时，罗森惊讶于大连的工业化程度之高，城市建设之完备。晚饭后，罗森在宾馆的房间里，看到了日本人留下的一篇文章的片段：

> 大连的日本人，生活水准远比日本国内高得多，畅快得多。居住的是砖瓦和钢筋构筑的洋式建筑，上下水道完备，暖气设施齐全，几乎所有的家庭都有煤气，有的甚至用上了洗衣机、照相机。日本一直视大连如本土，倾力打造，堪称"东洋巴黎"，充分满足了战前日本人对欧洲的神往。

针对罗荣桓的治疗方案，苏联方面终于有了回应。他们请罗荣桓到莫斯科去接受医治。罗森得知后不由跃跃欲试。他希望能陪伴罗政委前行,以便路上照顾他。此外,他渴望从莫斯科顺道回维也纳,与分别多年的家人团聚!

罗森的愿望得到了中共领导人的理解和支持。一想到要回维也纳了,罗森心潮起伏,翻江倒海,他条件反射般想起早年倾慕不已的俄罗斯文学和音乐,记忆中的色斑点点滴滴:天空染上了春日的醉意,呼吸中盖上了片片乌云。毛毡似的黑云低悬于白桦林之上,垂下的云脚洒下暖而腥的阵雨,冲掉了地面上碎裂的黑色冰块……

可苏联方面断然拒绝给罗森颁发入境签证。一个奥地利人,来莫斯科干什么?在苏联人看来奥地利等同于德国,他们恨死德国人了。罗森怀着失落和不舍,亲自护送罗政委到满洲里边境火车站,车子启动,罗森噙着泪紧抓车窗内的手,迟迟不愿松开。

在大连黑石礁海岸广场上,罗森偶遇苏联红军的一个特使团。领队是哥萨克人,毛发粗重,脸庞绯红,青筋暴起。当地的中国民众手中,同时举着红旗和青天白日旗。兵荒马乱的,这是因为自己的祖国屡遭侵犯而滋生出的生存智慧。

苏联的战车是两个月前开过来的,坦克的圆盖儿打开后,伸出半裸着的光头苏联兵,那紧握冲锋枪的胳膊上,刻着骷髅和苍鹰。实际上最先进驻大连的是苏联近卫军坦克第六军团。他们在欧洲前线打败了德国,连喘息的机会都没有,随即碾过西伯利亚大铁路,一路开到大连。

二战后期的大连保安队员里,悄悄渗入了共产党人。以保安队为中心到白云山一带警戒森严,挂起了红旗。这里成了共产党正规军的秘密据点，红旗就是它的标记。从表面上看共产军和国府军都没进入大连，而实际上，共产军是以保安队为基地，暗中做着地下工作，准备迎接全国解放的到来。

这天大门外停了辆军车，八路军的军官来到山田洋次家。他穿着宽大的军服，脚上穿着黑布鞋，木制的手枪套上缠着红布。他用流畅的日语说：我是京都大学毕业的，这次是来接收房屋的。他信心十足，又道，我们是毛泽东领导的解放军，现在正与国民党军交战，但是我们一定会胜利，新中国一定会诞生的。真没想到被宣传为"匪帮"的八路军中，竟有这样优秀的人物，令人惊诧不已。

——［日本］富永孝子《大连·空白的六百日》

74　哈尔滨之恋

罗森被任命为东北民主联军第一纵队卫生部部长，并成为在中国共产党的军队里担任实际职务最高的国际人士。当他和战友们踏上中国北方最迷人的都市哈尔滨时，国共双方已相持在松花江一带。

这是一座极具异国风情的国际都市，早在沙皇尼古拉二世期间，哈尔滨就开始了它的兴盛与繁荣。宽阔的街道，遮天蔽日的公园绿地，顶着洋葱头的圆顶教堂，无不折射出沙皇时代城市规划的气韵与格局。带石雕门楣的欧式宫殿，蒙古包似的木质小屋，地摊上摆着的白桦雕刻、篮子、套娃和哥萨克骑兵的水彩画，以及坦然来去的白俄女子。这一切，都为哈尔滨披上了一层富丽而奇异的美感。罗森一下子爱上了这座城市，因为哈尔滨的空气中流淌着他熟悉的味道。

罗森终于吃上了新出炉的面包，喝到了新鲜牛奶，以及真正的咖啡。诱人的香肠、奶酪和黄油，就摆在小吃铺的玻璃罩内。蒙古的松鼠和银狐皮，西伯利亚的猎具、黑貂和熊皮，以及朝鲜的虎骨和人参，在临街的商铺里应有尽有。最让罗森心动的是哈尔滨城里，居然保留着原汁原味的犹太社区和教堂。

1947年春季的阶段性会议上，东北民主联军纵队司令员万毅握住罗大夫的手说：您是伤病员的守护神，拯救了无数战友们的生命，不论是战士还是老百姓那里，您都是有口皆碑啊！

为了切实支持医护工作，纵队为罗森配备了一辆舒适的小轿车。而当罗森看到老战友吴知理开了一辆新缴获的美式中型吉普时，他心里痒痒的，并提出一个让对方无法拒绝的交换理由：大车能将更多伤员及时送到医院来抢救啊！

一直跟随罗森的警卫员大牛，不再是那个乳臭未干的半大孩子，已长成了22岁的大小伙子。以前他从未见过电灯，现在不仅娴熟地摆弄起收音机、自来水笔，还学会了开车。一个在青纱帐里摸爬滚打的土包子，住进了洋味十足的哈尔滨，俨然过起了文明生活，使用浴盆、英式抽水马桶和煤气炉时，大牛的黑眼珠一闪一闪的。有天他从外面回来，不知从哪里搞到了一张俄罗斯剧院的演出票，双手递给罗大夫。罗森一看乐坏了，是奥地利和捷克音乐家联袂推出的卡尔曼的歌剧《玛丽莎伯爵夫人》。

由于工作需要，部队迁徙到一处广袤的农场，日本人曾在那里聚居。天色阴暗，四望一片萧疏，满目是岁末的凋残。早年被日本政府派来的"日本垦荒开拓团"，在中国人祖祖辈辈的土地上安营扎寨，乐不思蜀。不料苏联红军闯过来，几千户日本人连夜躲进密林深处，等待他们的不是逃难就是死亡。罗森住不惯日本人的推拉门房屋，嫌它取暖效果差，为了保持卫生只能穿着袜子在榻榻米上走动，每天进进出出脱来穿去的，把罗森搞得要发疯。

冬去春来，罗森纵马穿过白桦林，茫无边际的旷野上晃动着一队神奇的人马，粗野的歌声像鸟一样腾空而起，席卷而过。战友告诉罗森这是蒙古人，成吉思汗和忽必烈的后裔，他们的帐篷就搭在附近的中东铁路沿线。罗森想，他们祖先的铁蹄曾横扫多瑙河及其广袤土地，直到今天他们仍是这个世界上最优秀的骑手和最精明的贩马商。

东北第一所新民主主义的医学院——关东医学院，面向东北子弟招生啦。罗森发现新来的学员中，除了中国人，还有朝鲜人和蒙古人，加上他这个欧洲人，可谓名副其实的国际性医学院。为了对付天花、霍乱和伤寒等，学院还创建了一个小型血清制品研究所。

眼下的东北野战军，已拥有几百辆可供调遣的卡车、大炮和坦克，包括日本丰田车和美式越野车，浩浩荡荡行驶在辽阔的黑土地上。战争间隙，罗森开上他的吉普跑遍大小村镇，用流利的中文在农民大会上普及卫生知识，消除传染疾病。高天流云，田野上空净如水洗，罗森追着一只苍鹰，奔驰在茫无边际的东北原野上，目睹黑龙江和松花江的庞然气势，他豪情满怀，心想：这的确是一片值得用生命来捍卫的沃土！

大雪纷飞，狂风怒吼，天空中像有千万个恶魔在狂叫，而被命名为"毛泽东号"和"朱德号"的两台自制机车，披红挂绿地从哈尔滨出发了。停顿的部分工厂开始复工，战士们穿上了自己工厂生产的皮鞋、棉衣，戴上了暖融融的皮帽，冻伤者在急剧减少。

75　我不是俄国军官

战争推进到佳木斯，野战医院随之向东迁移。火力绵延，空袭频繁，为了及时处理伤员，罗森在村子里增设了许多临时救护站。一场突如其来的寒潮降临，战士们的眼睛和眉毛都粘在了一块，眼睛一旦闭上，就再也睁不开，冻伤死伤者不计其数。战场上的惨烈，使得当地百姓同样经受了严酷考验，他们主动卸下家里的门板，改成简易担架，协助战士把重伤员抬到野战医院来抢救。

午后的阳光将冰雪消融的四野照得亮晶晶的。罗森在佳木斯郊外一个丛林覆盖的战地救护所里，为医护人员做完了冻伤处理和快速止血的专业培训后，走出营地。这时，大牛跑来报告说，指挥部截获了两名美国军官，请罗部长前去处理。

两名美国军官自称是来打猎的，可他们的手里既没有猎枪，也没有猎物，而每个人的包里都放着一架徕卡照相机。罗森揶揄道：你们的胶卷马上就会冲洗出来，一切将水落石出。两人只好承认自己是派驻国民党军队的军事观察员。其中的中尉瞅了瞅罗森的一身戎装，不加掩饰地问，你是苏联军官吗？

罗森明确告诉他们：我不是苏联军官，我是一名奥地利医生。我们军队里没有一个苏联人，也没有苏联武器。

当晚罗森同他们坐在帐篷里，推心置腹地聊着。队部拿出火鸡罐头和咖啡来招待他们，还上了威士忌和骆驼香烟。早上罗森把自己的美式刮胡刀借给他们使用，面对美国军官的讶异，罗森调侃道：这都是你们的杜鲁门总统送给我们的礼物——从国民党军队那里缴获的。

少校怔了怔说，中国共产党的军队和我们美国有仇吗？

中国人民跟美国人民无仇无恨。但美国政府支援蒋介石打我们，就不对了！

国民党的炸弹是不长眼睛的，罗森建议他们尽快到安全地带去，以免遭到不测。你们若是被国民党的飞机炸死，日后很可能会被说成是共产党杀害了美国军官。何况眼下，正处于国共争端的风口浪尖。于是派人将他们送到哈尔滨机场，并飞往南京。

美国军官撤离后不久，国民党的飞机果然大驾光临，在村镇和营地丢下了一连串炸弹。冲天的火光和狼烟中，一栋栋房屋瞬间变成了焦土和废墟。倒在谷场上的骡子半睁着眼，肚腹开裂，蹲在一旁的老农无声地抹着眼泪。卫生所的院子里也遭炸弹袭击，目标是针对院子里的外国医生来的，却落在了马厩上。六匹马全被炸死了，大牛抱住一匹黑马的脖子号啕大哭。它们像战士一样，东征西伐，出生入死，马不停蹄地护送伤员和药物，默默肩负着战士般的重任。严酷的战争年代,一切都得加以利用。饭桌上摆了一大锅马肉,悲怆的气氛里大家低头嚼吃,默默无语。凭良心说,马肉的味道还是不错的,战士们无声地吞咽着,泪水直往外涌。

白山黑水,铁马冰河,千钧重的苦难压顶而来。罗森在为一个战士做高位截肢时,心脏一阵痉挛,他两眼发黑,颓然倒地。昏迷中的罗森念叨的依旧是那位受伤的战士。面对血流成河的战士们,罗森满怀悲悯地延缓着死神的脚步,让破晓的晨光早一点照临。也许是心灵感应,此时人在莫斯科的罗荣桓正躺在病房里,接受右肾切除的手术。他的心脏和血压突然出现了异常,身体功能发生紊乱,生命的脉搏日渐式微。高度负责的苏联专家建议他到黑海之滨的克里米亚做长期疗养。可眼下正是东北大战生死对决的关键时刻,罗荣桓日夜牵挂,哪里肯在国外待下去呢!

熬到了开春,罗森受邀参观了佳木斯的卫生学校和东北军政大学合江分校。佳木斯一带山高林密,风骤雪暴,土匪猖獗,民不聊生。因此,共产党除了应付东北战事,剿匪任务也相当艰巨。从维护铁路公路和工业设施,到蓬蓬勃勃的屯荒和土改运动等,都是当务之急。春节期间,主抓大生产运动的合江省主力兵团,给部队送来了粮食干菜和猪肉,还有军衣军鞋等。看似苦难的乡间,却也伴随着热闹,笑声和哭声夹杂其间。而中国乡村的文化体系,正是在贫穷与苦难中逐步确立起来的。

在佳木斯东北军政大学,校长对罗森介绍说:抗战胜利后,中共中央决定在东北建立巩固的革命根据地,延安大学、抗日军政大学、八路军总政文工团、延安青年艺术剧院、新华社等团体六百多人，遵照"向北发展、向南防御"的战略方针，东渡黄河，挺进东北，在佳木斯一带扎下根来，并把延安精神带到了东北，给沉睡千年的黑土地注入了新鲜活力。因此，佳木斯被誉为"东北小延安"呢！

真没想到，罗森神往已久的延安梦，在东北的冰天雪地里得以补偿。延安在他心中，犹如新天地的象征。这点，罗森在当晚观看的一场话剧里，更是得以体现和验证。话剧由"东北鲁艺"的青年自编自导自演，着实让他感受了一把延安的文艺范儿。舞台上的男女无论传统还是激进，无论军装还是长衫，都令人耳目一新，并以别样的风采诠释着中国知识分子傲立于这个时代的精神风骨。

76 门前的水井旁，有棵菩提树

罗荣桓从莫斯科归来后，配合上级方针，全力以赴投入秋季的辽沈战役中。林彪是一位天才指挥家，作为战地指挥官，他沉着、谨慎、心思缜密，对自己的部下充满了爱护和信任。除此之外，他便整日趴在那张作战地图前，眉峰紧蹙，苦思冥想。

实际上，部队在东北战场推进时，难题相当多。为了消除沿途村民的戒心，罗荣桓命令各级指战员将"三大纪律、八项注意"写成标语，绘成漫画，贴在战士的后背上，走到哪儿背到哪儿。乡亲们见了不再躲闪，对待解放军的态度悄然发生了转变。就连那些抱残守缺的老顽固，也渐渐放弃敌意，敞开胸怀接纳共产党的队伍。一度失去的土地令人痛惜，而在共产党已然夺回的村镇里，实施减租减息,并根据食品价格确定产业工人的工资,从而让老百姓在经济上得到许多实惠。罗森亲眼看见数以万计的工人农民和大学生,自愿报名参军,或加入新政府统筹的地方管理。停滞的厂矿、企业和医院,在新政府的指挥下复工了,被日军奴役多年的东北人民,跃跃欲试地开始迎接新生活——一种充满希望的新生活。

雪花飘落,冰寒刺骨,困守在长春城里的国民党兵,纷纷出逃投奔解放军,临阵起义和叛逃的国民党将士络绎不绝。不久他们在东北仅剩下兵力空虚的沈阳,以及风雪中进退两难的数十万官兵。战争的天平不知不觉地发生了逆转,国民党高层指挥官堆积一年的笑容隐退了。即便有来自美国的援助,也因战线拉得过长,如胡椒面四处分散,只能眼睁睁瞅着东北野战军攻城略地,步步为营,最终势如破竹而回天无术。

辽沈战役胜利后,东北野战军进入短暂的休整,林司令和罗政委让大家少开会,多娱乐,尽情放松。纵然时光如枯叶般发黄,战士们也能在布满灰烬的战壕里觅得瞬间的狂欢。

休整中的罗森迎来了他在中国的最后一个生日。女护士和村里的大嫂用米面及白薯熬制的红糖,烤了一块大蛋糕,上头堆满核桃仁和大枣,捧给罗森。老战友黄克诚闻讯赶来,特地向罗森敬酒,他把手搭在他肩上说:今天可是双喜临门啊。挺进东北时,咱们才不过十来万人,现在要入关了,我们的部队已发展到了近百万人!

罗森喝得满面红光,同样感慨道:战争的胜负,不仅仅是由武器和装备决定的。

随着平津战役的提前发起,部队再度陷入紧张。冬夜,军部停驻在离北平不足30公里的村子里，明澈的星光下，哨兵的身影清冷而孤寂。罗森手脚冰凉地躺在一栋土坯房里，没有电灯，没有炭火，风呜呜地从泥墙缝里灌进来，他被冻醒了。为了取暖，罗森干脆趴在铺着干草的硬板床上，一个接一个做俯卧撑。曾经享受过大连和哈尔滨的优裕条件，而今重拾简陋和苦寒，就有些难挨了。黑暗中，罗森回味着那些设备齐全而舒适的房间，还有每天都能洗个热水澡的畅快，内心的苦涩层层叠叠。

就在这栋四面透风的土坯房里，罗森为接踵而来的伤病员包扎、取弹片，还为一名指战员做了急性盲肠炎手术。手术是在两只手电筒照明下完成的，罗森万分庆幸，彻骨的冰冷中，他的病人并未染上肺炎。傍晚，一颗手榴弹在他的房檐下闷声爆炸。杀手的目标，显然是针对他这位纵队卫生部部长来的。战友们闻声跑来，见他的左眼眉骨上有道口子，并渗出了血。小护士为他擦拭包扎时，忍不住抽泣起来。大难不死的主人却一脸轻松，抖掉肩膀上的尘土，安慰道：不用为我担心，他们害不了我！

部队以惊人的速度攻下了天津城。与此同时，为了竭力保住北平这座举世瞩目的千年古都，和平解放的呼声和谈判正在国共两党间紧锣密鼓地进行着。在天津法租界一栋雍容华贵的河畔俱乐部里，罗森看到一台老式留声机，并从一叠欧洲唱片内抽出一张灌上。顷刻间，熟悉的旋律在大厅里悠然飘荡，久违了的德语歌词直抵心窝：

    Am Brunnen vor dem Tore,

    Da steht ein Lindenbaum,

Ich träumt' in seinem Schatten

So manchen süßen Traum.

Ich schnitt in seine Rinde

So manches liebe Wort;

Es zog in Freud und Leide

Zu ihm mich immer fort.

（门前的水井旁，有棵菩提树，绿荫下我做过无数美梦。树干上曾刻下甜蜜的诗句，无论痛苦和快乐我都留恋于此。）

罗森忘情地跟着高唱，手舞足蹈。阳光从玻璃天窗洒下来，千姿百态的冰花正一点点融化。这时，街上轰隆隆碾过一辆战车，车顶的高音喇叭里清晰地传出：国共两党的谈判已到了尾声，北平四郊已告收复，和平解放北平的脚步正在逼近……

怠惰，腐败，派系林立，互不信任，使国民党的抵抗力受到致命的削弱，国民党领袖缺乏感召力，对遭遇的危机无力应付，战略构想与实际运作严重脱节，整个军队已丧失了斗志和士气，致使国民政府失去了人民的拥戴和支持。

——时任美国驻华大使司徒雷登

第十一章
情困津门

77 不管不顾

1947年残冬，围困中的陕甘宁边区民穷财尽，胡宗南亲率国民党主力部队，在上百架飞机的轰炸中大举进攻延安。艰苦卓绝的延安撤离行动中，为了方便转移，无论医生、护士还是伤病员，一律化装成农民。理查德套上一件蓝布大褂，头上缠了条白毛巾，脚穿方口布鞋。警务员看见他后脑勺下参差不齐的卷毛，忍不住咧着嘴偷笑。

侧身坐在一头毛驴上的君珠，身着紫花土布大褂，却掩不住六个月的身孕。她一手搂着两岁半的儿子大卫，一手捂着隆起的腹部，日夜颠簸在坑坑洼洼的山道上。强渡黄河时君珠受了风寒，肚子痛得从驴身上滚落在地。阵痛稍稍缓和之后，君珠咬着牙继续上路。这个时候，万不敢掉队；否则，就再也跟不上了！

带队的焦政委是个爽快多语的人，他时而尾随队伍，时而一拍马屁股冲到前头。行至君珠跟前的这刻，焦政委眼角一斜，瞅见毛驴上的小男孩儿，头发是黑的，眼睛也是黑的，再看肤色，也跟妈妈一个样，禁不住拊掌大笑：有意思，有意思，还是更接近我们中国人的颜色嘛！

一天夜里，君珠出现阵痛和早产迹象。天蒙蒙亮时，产下了一个不足月的女娃。理查德望着虚弱无力的妻子，既心疼又无奈。

女儿哇啦哇啦哭了起来，理查德弯腰扒开枣红色碎花小被子，仔细打量襁褓中赤红的小脸儿，一双似蹙非蹙的细眉，蓝光莹莹的瞳仁儿，不由脱口道：这是我的眼睛！而后抱起女儿笨拙地扭动着，转了一圈又一圈，还随口哼起多瑙河圆舞曲，都不知道该怎么好了。

君珠知道丈夫喜欢女孩儿，一直盼着有个丫头。女儿此刻的哭声，在他听来说不定比旋律优美的音乐还受用呢。就忍不住觑了他一眼：快，给丫头起个名儿吧！

理查德稍加思索，又瞅了瞅女儿蓝莹莹的深眼窝，说：就叫蓝菲儿吧。

到底是外国人，名字起得多洋气。君珠满心欢喜：中！好听，丫头有名儿了！

解放军攻打天津之前，理查德被派往华北军区卫生部，协助天津战役的前线医疗救护工作。阵地上搭起了多处临时抢救棚和包扎所，他和战友们分工协作，马不停蹄，一连两天都没合眼，困极了就歪在棚下眯一会儿。懵懵懂懂却感觉有双眼睛在背后死盯着他。还是在延安那会儿，理查德跟美国观察组成员相处和谐，过从甚密，并保留了许多跟医学无关的资料。由于他们交谈时用的是外语，没人知道他们说了些什么，就引起了某些人的怀疑。因此，当理查德提出加入中国共产党的申请时，组织上意见不一，有人提出再观察一段时间，就将他的入党问题搁置了下来。

这天晚上，大家挤在一棵泡桐树下，向天津方向翘首张望。东边的天被烧红了，炮声如土豆地瓜般砸在地上。军管会秘书长看了一眼手表，又看一下前方的电闪雷鸣，惊喜道：攻城啦，攻城啦！请大家做好准备，从明天开始接管天津。

没想到仅隔一个昼夜，天津城就被一举攻下。理查德激动坏了，天津对他而言，如梦似幻，非同寻常。望着远处的战火，他急切而忧心：德美医院会遭炮火袭击吗？穆勒先生和捷西卡怎样了？

大队人马陆续走出营地，兴高采烈地朝天津城里开进，连身边的小护士都入城了。也难怪，从延安一路走来，不是荒山秃岭，就是沟沟坎坎，苦不堪言。而眼下，面对这样一座海边名城，谁不想到花花世界里去看个新鲜，过几天舒坦日子呢！

理查德有些急不可耐了，他的内心因冲动而不停地打战。在一阵难堪的沉默过后，他意识到自己只能坚守在城外，并且被明确告诫不得擅自进入天津城。

这到底是为什么？理查德想不通。难道我对待工作不够尽职？还是缺乏赤胆忠心？都不是。撤离延安的路上，他死死护着X光机，就像呵护自己的孩子一样。在解放大同、太原和张家口的战役中，他作为军区卫生顾问，亲临前线抢救伤员。天津战役打响后，他全力配合上级部署，并倡议多建几所野战医院。想到这儿，理查德委屈极了，沮丧、郁闷得喘不过气来。

毕竟年轻气盛，加上西方人的热血激荡，率性而为的性格霎时占了上风，就有些不顾一切。面对君珠的苦口婆心，他像头犟驴，执拗得无可救药。黎明前，趁君珠和孩子熟睡之际，理查德甩开眼线，不管不顾地出了营地，撒开腿，直奔天津城。

78　她依旧风姿绰约

残冬裹挟，梧桐犹在，而德美医院的墙群和门牌已被炸得支离破碎。理查德木然立在医院的栅栏外，茫然打量。正在扫地的门房老赵竟一眼认出了他。老赵惊诧着摆手叫他进来，引领他到医院的地下室，取出了他当年未及带走的箱子。箱子虽然空了一半，但他的贴身衣物、书籍，尤其那把名贵的小提琴还在。理查德既惊喜又伤感，随问：穆勒院长还在吗？

老赵的眼角顿时红了，长叹了一声道：抗战结束那年，德国使领馆被砸得稀巴烂，天津的德国侨民一个个走光了。院长担心家人的安危，坐船去了加拿大。

理查德抚摸着自己的箱子，又问：那么，现在的院长是谁呢？

都换了好几茬了。老赵无奈地打着手势，不过眼下，接管医院的是一位女同志，姓何，刚上任，听说是从北平来的。

突如其来地，理查德的耳膜一阵燥热，大脑也跟着嗡嗡作响。难道会是她？理查德不敢奢望，可他的心却莫名狂跳。追问道：何院长在吗？

哦，她今儿一大早到天津军管会开会去了，下午才来医院呢。

理查德谢过，犹豫了一下，转身朝天津英租界的登百敦大街方向走去。往昔繁华无比的商业街已是千疮百孔，一队队败下阵来的守城士兵，在解放军的押送下，垂头丧气地朝城外走。谢天谢地，英租界的登百敦街道并未遭受炮火的袭击，他站在262号公寓楼前，痴痴地望着临街的那扇落地窗。尽管楼体砖瓦和山墙已风烛残年，高高的透风窗如炯目对视，疑惑地打量着他这个似曾相识的故人。当初正是在这里，他度过了一段平静而惬意的时光，继而执着地寻找红星照耀的地方。长久的信仰和偶然的契机令他改弦更张，最终找到了理想的突破口，从而顺利西行，一步步奔向延安。

往事悠悠，理查德隔窗瞅着起居室里的天花板，颓败的暗黄色替代了透亮的雪白。他似乎看得见客厅里的水晶吊灯，在镶有花边的桌布上投下微光，那里承载过他的犹豫、他的思索、他的狂喜和憧憬。一阵风吹来，像迷茫哀婉的低语，又似波澜壮阔的誓言。理查德打了个寒噤，突然意识到时间的紧迫，他折身朝医院方向走。

已是黄昏，办公室接待小姐告诉他，何院长正和几位副院长开会，请他在走廊上稍等片刻。理查德心想，这位"何院长"到底多大年龄，真的会是她吗？这朦胧而强烈的念头，竟被一个熟悉的身影掐灭了。走廊上，他分明看到了一身戎装的罗森！

目光相撞的这一刻，两人都怔住了，而后是紧紧地拥抱。好一会儿，理查德才恍然大悟，道：早听说八路军中有位奥地利大鼻子神医，就是你啊！

我也听说延安有个潇洒的奥地利小伙子，就猜到一定是你。罗森随即提到自己，几年前已然踏上了延安之旅，却因情况突变而三次奉命去了山东。

两人一面慨叹，一面聊起各自的经历，真是百感交集。十年前，命运将他们推上了同一条船，短暂的避难时光，愉快的上海岁月，彷徨、寻觅而后分道扬镳，却又不谋而合，殊途同归。而今，两人在战争的终曲中不期而遇，这难道是上帝的刻意安排？！罗森正要说什么，大牛急匆匆找到他说，罗政委的片子结果已经出来了，请罗大夫过去会诊呢。罗森于是歉意道，东北战场上的几位首长身体都垮了，不得不在此休养并接受治疗。希望晚上有时间聊，随即告诉理查德，他就在医院的309房间。

这时，接待小姐走近理查德，含笑说：何院长请您过去一下。

随着院长办公室门洞的敞开，一声柔和而沉稳的呼唤传了过来。理查德下意识闭了一下眼睛，而后充血似的鼓胀开来。几年前，骤然消失在大上海之夜并令他魂牵梦绕的那个女人，此刻像变戏法似的出现在眼前。何小姐齐耳短发，面庞微瘦，上身着一件橄榄绿双排扣军服，中性偏冷的目光似乎迟疑了一下，坦然投向了他。

一别八年，四目对视，沉默而冗长。时光如箭，义无反顾地刺向深藏已久的记忆。上海岁月里的她，浅浅的双眼皮，习惯性打着棕灰色眼影，粉紫的唇线，氤氲的花露水，紧身短旗袍，西式开肩长袖衫……但他不得不承认，即便是一身戎装，眼前的女人依旧风姿绰约，仪态万方。

游移中，理查德的眼里酿出了血丝，他走至窗前，纵目窗外。园中的云杉、喷泉和小白楼阳台上蓬勃的紫藤，一一跳过记忆的围墙，晃动在眼前。那个时候只要紫藤还在，他的心便会欣欣向荣。如今残留的枯枝下缠绕着一簇簇薄得像刀片一样的蒿草，以及楼宇上踽踽独行的大块云影。

何小姐回过神来，浅笑着为他斟了杯茶，而后躲到英语里说：人是可怜的动物，不能随心所欲，我是一缕不能自制的烟雾、孤云。顿了顿，她看着他的眼睛轻叹道，这个世界，是没有道理可言的。

理查德端起茶嗅着，无声地品咂着芬芳的茶香，内心波谲云诡。他怔然望向何小姐突然泛红的双颊，不无嗔怪地说：你就像一缕海草，时不时潜入海底，虚无缥缈，又像是一团迷雾，你不会再消失了吧？

真应了中国人那句老话，看山不是山，看水不是水。山山水水，都叫他捉摸不透。何小姐带着难言的表情，刚要说什么，又无奈地收住了。夕阳冷冷地洒下来，掠过案上一摞白纸红头文件，模糊了何小姐的五官，却照见她内心最真实的一面。

理查德避开晃动在眉心的一缕寒光，继续把视线投向窗外。光秃秃的丁香枝在深冬的风里摇摆着，喷水池的冰面上立了一只鹈鹕，孤单徘徊，就想起当年初夏时节他和院长边走边聊时，阳台上飘出的捷西卡稚嫩的琴声。理查德回过头来，仿佛从旧时光里走出，自言自语地说：你是永恒的人质，我是时间的俘虏。

何小姐惊醒似的喃喃道：我对自己的命运无从自主。而后深情端详窗前的男人，恍然间像是回到了原点。夕阳晚照，勾勒出他那雕塑般棱角分明的侧影，战争和岁月洗掉了浮在他身上的浪漫与青葱，身着解放军军服的他，看上去厚重而英气。何小姐目光虚幻，神志游离，仿佛前世有约似的，一种出奇的默契感牢牢攫住了她。

女人忧伤的眸子恰似傍晚来临前这一抹荧光，沉甸甸带着水分，骤然唤起他蛰伏已久的浪漫和血性。久违了的激情，炽热得令他难以自持，鼻翼因呼吸急促而微微翘起。何小姐缓缓起身，缓缓绕过桌前的一簇剑兰，从背后抱住了他。

天色在激烈缠绵和惊涛骇浪中黑了下来。不知过了多久，一阵疾风暴雨似的脚步声，连同咚咚咚的敲门声将两人豁然惊醒。门开了，妇产科护士阿娟立在门前，她上气不接下气地说：院长，您快去看看吧，孕妇大出血了！

79　米勒与小野

已是凌晨三点半，手术室的紧张气氛渐渐舒缓下来，孕妇得救了。罗森扬起头，任护士替他擦去额上的汗，而后他伸出双手摘掉口罩和医护帽，和理查德一前一后出了手术室。候在门外走廊上的雅克·米勒立刻起身迎了上来。

小野没事了，但是非常抱歉，你们的孩子没能保住！罗森歉意道。

还是在辽沈战役后期，德国医生米勒和他身边的日本护士小野，在城外一所野战医院里举行了婚礼。四野响起的一连串炮声，像是特意为这对跨国恋人燃放的鞭炮。雅克·米勒上前握住罗大夫的手，说：罗大夫，您已经尽力了，如果不是您的及时出现，小野的命恐怕也保不住，真的谢谢您啊！

作为天津主战场上的野战医院院长，雅克·米勒一直忙于城外的几所救护站，无暇顾及怀孕的妻子，更没察觉到她怀的是宫外孕。小野发生险情时，米勒正在为一名战士做截肢手术，是细心的护士将她就近送到德美医院来的。此刻的小野已安然入睡，她那双清新的细眉秀眼，仿佛带着笑意隔窗看着罗森。

罗森猛然想起什么，将理查德拉到米勒跟前，说：你还是感谢他吧，要不是他昨晚及时跑来喊我，后果真是不堪设想！

米勒赶紧握住理查德的手。理查德解释道：还是在来中国的船上，我无意中领教了罗大夫的妇产科处理技术，真没想到，这次又遇到了险情。

罗森心想，你们哪里知道，我在共产党的队伍里，一直被誉为"妇女的救星"。

三个讲德语的欧洲医生，情不自禁地坐到了一起，用共同的语言聊起他们的前世今生。米勒说他来自科隆，父亲是犹太人，母亲是德国人，纳粹攻入波兰那年，他刚好毕业于苏黎世医学院，就用自己心爱的蔡司依康相机，换了张远赴中国的船票。

小野在哈尔滨医护学校实习时，罗森曾做过他的老师，并亲手将小野分派到东北野战医院，给德国医生米勒做助手。辽沈战役打响后，米勒和小野接触频繁。虽说小野不懂德语，米勒不懂日语，可他俩的英文都不成问题。大战期间，米勒的手术一个接着一个，作为他的助手小野不离左右，米勒的一个眼神、一个动作，她都心领神会。

米勒很快就喜欢上了这个日本姑娘，并感到自己的事业和生活已经离不开她了。为了表达对小野的爱恋，外表有几分木讷的米勒把小野带到护城河边的柳树下，他依在一棵树干上，严肃地说：我俩都是外国人，让我们一起生活好吗？

如此直截了当的表白，让小野不知如何应答。刚刚失去了父母，小野对组建家庭有些发怵。再说了，母亲去世前对小野的叮咛，她一直不敢遗忘。母亲说，如果有机会活下去，一定要去海边的葫芦岛，到那里等候日本来接他们的大船，返回日本老家。小野打听过了，葫芦岛就在沈阳东南的一个海湾上。于是，小野冲米勒摇了摇头，表示不能嫁给他。但执着的米勒并不气馁，反而在生活上给予她更多的呵护。

军部领导看在眼里，读懂了这位德国医生的心思，觉得无论是工作还是生活，他们都是天作之合，就有意撮合这一对苦命鸳鸯。为了成人之美，部长单独找到小野说：你和米勒都来自国外，米勒是个好同志，他医术过硬，性格坚忍执着，有主见，对你又那么一往情深。现在部队总攻就要打响了，就让炮火作为你们的新婚礼炮吧！

窗外是天津的黄昏，空气中充斥着各种声音，男男女女、老老少少，带着战后的创伤、茫然和莫名的期待。海河两岸，砖石小径，最后一抹夕阳漫过芦苇，划过结了冰的河面，闪出异样的光芒。德美医院的后花园里，小野穿了件粉色的便装，在米勒的搀扶下从病房里走了出来。时隔两年，已为人妻的小野，虚弱的身体带着一丝少妇的气息，苍白的脸颊微微泛出红晕。她拉起米勒的手，双双朝罗森深鞠了一躬。

80　何去何从

在由天津返回部队的途中，持续不断的阴霾与渤海湾翻卷而来的乌云，纠结盘桓，缠绵悱恻，一场阵雨哗啦啦浇下。落汤鸡似的理查德疾步行走在塘沽一带的迷蒙中，兜来转去的，怎么也找不到君珠和孩子们的下落。

君珠，我的孩子，你们在哪里？理查德忧心如焚，一遍接一遍地喊着，沙哑的声音频频回荡在泥泞之中。眼前晃动着全然陌生的人马，忙乱的营地上连一张熟悉的面孔都没有，他们的部队似乎从未在这里驻扎过。忙碌中的人群中，偶尔有人抬眼，随即投来奇怪的一瞥。

　　这时，墙角的马厩里钻出一个汉子，一眼认出了失魂落魄的理查德。原来是焦政委的马倌儿铁头。他脸膛黑红，颧骨突出，牛眼瞪得滚圆，嗔怪道：你可回来了，大部队都出发了！

　　这没头没脑的一句话，让理查德如坠万丈深渊。他心里一沉，感到了事态的严重性，就迫不及待地问：我妻子和孩子呢？

　　平时跟在焦政委身后的铁头，见了理查德总是毕恭毕敬的。而这会儿，他一反常态，耐着性子说：部队兵分两路，一队去了河南，一队去了四川。突然想起什么，铁头从肩头的挎包里摸出一封信，递给了他。

　　这是君珠留给他的。理查德像失足的落水者，伸手抓住了一根救命稻草，他将信捂在胸口，连连道着谢，遂问：部队都走了，你怎么没走呢？

　　这些牲口总得有人照顾吧。铁头白了他一眼，嘀咕道，焦政委知道你会回来，才叫我在这里等你呢。要不然，我早就跟着大部队去四川了！

　　理查德顾不上这些了，他一脚迈进马厩，急忙展开信来读：

　　　　你看到这封信的时候，我已经带着孩子跟随大部队，行进在去河南的路上。你就那么不管不顾地走了,没有人知道你去了哪里,也不知道你什么时候回来。

　　你走后,组织上派人到天津城里四处找你,连个影子都没见着。你真的是和天津特务接头送信去了吗?你真的一直想离开部队找你的"组织"吗?我不敢想。你擅自离队的行为,是极其错误的。作为一名八路军战士,你无组织无纪律,辜负了组织对你的培养。我是一名共产党员,决不能违背组织原则,更不能纵容你的不良行为,这是我作为共产党员的使命。因此,从现在开始……

　　理查德读到这里,汗珠子直往外冒。他叫了一声,天灵盖瞬间炸响,一阵天旋地转。他赶紧闭上眼,虚飘飘的身子,直挺挺倒在了潮湿的草堆上。

　　睁开眼已是早上。理查德浑身发烫,头沉得难以动弹。他仰面躺着,颓然想起君珠信里的内容,感觉他们的婚姻似乎已到了尽头?迷迷糊糊中,他听到阵阵雷声,并看见对面墙上的驴子和马,幻灯片似的在眼前飘来晃去。延安、宝塔山、简陋而有趣的窑洞,简朴虽简朴,却也单纯美好。晴天一身尘土,雨天满地泥泞,几乎看不见绿荫,听不见鸟鸣,没有淙淙溪流,没有如茵草坪,用辘轳吊着木桶从土井里打出来的水,干涩中带着土腥味。有一次实在想喝一口甜丝丝的泉水,便和君珠赶着一头驴子,到十几里外的山谷间去驮水。可那头驴子半道发了脾气,一撅屁股跳了起来,两桶水哗啦砸在地上……

骡子的一声嘶鸣，将理查德从梦幻中硬生生拉了回来。只见铁头双手捧着一个大碗，走近他说：你昨天夜里发高烧了，尽说胡话，快把这碗姜汤喝了吧！

出了一身汗之后，理查德略感轻松。混沌的海潮中，似乎夹杂着嘹亮的军号，带着他的思绪继续狂奔。他想起与君珠在一起的点点滴滴，他们的结合如同时代交响乐里的一个章节，特定历史条件下的音符组合，他们对未来的信念从未动摇过。延安大撤离中，他们背着儿子走出窑洞，艰难的行军途中，女儿诞生了。理查德蓦地想起女儿那水汪汪的蓝眼睛，正是他自身的反射。那份触手可及的爱，让他难以割舍！

理查德翻了个身，心心念念的仍是君珠的那封信。纪律、原则，生硬而怪异，如同干巴巴的麦秸秆。转而又想，这封信真的是出自她的本意吗？难道我和君珠就此了断劳燕分飞吗？我们没有被战争的困苦吓跑，却在和平即将到来之际分手吗？他突然问，信呢？铁头赶紧将信从他身子底下摸出。理查德狐疑着再次展读，却发现另有内容：

> 你就这么狠心离开我们娘仨，甩手而去。我们的孩子，已由随队的两位保育员帮助照管，大卫天天哭喊着要爸爸，蓝菲儿的眼珠子水灵灵不停地转动，满屋子找你。我已被任命为河南大学医学院党支部书记，下面有地址，何去何从，你自己决定吧……

刻骨而执着的思念，化作滔滔泪水一涌而下。这才是君珠，这才是我的君珠啊！理查德了解妻子，知道她的性格里有太多的自尊和刚烈，少了些委婉和灵活，心里滴着血，却咬牙强撑着。就像一枚核桃，总是把柔软的内心包得严严实实。而他呢，一个彻头彻尾的理想主义者，骨子里的清高和浪漫，从未随着时光泯灭过。

恍然间，理查德想起了何小姐，想起昨晚分手时她对他的深情挽留：留下来吧，做我的坚强后盾，我们一起管理德美医院！

夜深了，海湾上空繁星点点，有流星不时划过。一艘军舰拖着长笛驶离塘沽新港，正是午夜钟响的时刻。八年前，他受苏联方面派遣，首次来天津时，就是从这里入港、登陆。生命颠簸于不可知的人生浪涛中，时时刻刻都在面临抉择。何去何从，明天早上再做决定。理查德望着湾口的一颗流星，心平气和地想。

第十二章
东方帝都

81　我们进城了

北平的西直门外，朔风时起，乍暖还寒。林彪和罗荣桓并肩站在1949年2月3日的正阳门城楼上，神态安详地检视入城的队伍。作为胜利者中的一员，罗森迈着稳健的步子，从容行进在解放军队列当中。对他而言，隆隆的炮声，漫卷的硝烟，血流成河的战场，已成为过往，成为片段，彻底凝固在他生命的时光柱里。

迎接解放军进城的市民从胡同里出来了，挤挤挨挨地拥到街上。有人手里端着一个脸盆，奋力朝子弟兵的车头上浇——净水泼街，免得战士们吃土。几个半大孩子，不知天高地厚地爬上装甲车，笑嘻嘻地凑在炮兵哥的身边，冲车下的小伙伴们炫耀，羡煞人也。高耸的城墙根下，已然改编了的国民党兵，瑟缩着蹲在草丛里，支起炉灶做饭吃。队列里的山东小战士见了，扯起嗓门喊道：哎，老乡，煮面条有大葱吗？

来吧，小子，一块吃！

若不是北平和平解放，他们这会儿哪里顾得上插科打诨，依然是正处在剑拔弩张、刀枪相见的敌我双方呢！

随着一声号令，人民解放军的骑兵队进城了。黑马、白马、枣红马，还有耐力十足的蒙古马。骑兵们就像长在了马身上一样，依着马蹄的跃动起起伏伏，威武、彪悍、雄壮，激起旁观者一阵惊叹。端着相机跑前跑后的英国记者阿兰·惠灵顿，曾是一名出色的苏格兰骑手，在大西洋呼啸的海风与风笛的奏鸣声中，不知赢得过多少次赛事的胜利。战争终止了他优秀马术教练的生涯，改变了他的理想，进而把他推向远东战场。闪烁不定的灯光下，他仿佛看到遥远而熟悉的苏格兰马队，激昂、和谐、稳健，风一样来到跟前。

骑兵队已然远去，可那哒哒哒的马蹄声还回荡在他的脑海中。这时，惠灵顿看到解放军的队列里竟然有个大鼻子深眼窝的外国人，他一个机灵，就追了上去。

队伍行至前门大街时，战士们随着口令陆续唱响《八路军进行曲》《打到敌人后方去》和《黄河大合唱》。街口的大学生们对歌似的，高唱：解放区的天是明朗的天，解放区的人民好喜欢……歌声一浪高过一浪，这时北平的文艺宣传队，在唢呐声中红绸一甩，扭起了陕北秧歌。短暂的静默过后，只见一位唇红齿白、洋味十足的女子当街扭动腰肢，跳起了火辣辣的俄罗斯民间舞蹈。喝彩声、口哨声此起彼伏，有人惊呼道：是戴爱莲，大舞蹈家戴爱莲！

傍晚，惠灵顿如愿以偿地和他的采访对象——奥地利医生罗森·菲尔，面对面坐在了一起。他开门见山地说：其实，我在天津就听到了你的名字，你是共产党的军队里唯一一位参加了新四军、八路军和东北野战军的国际人士，也是担任实际领导职务最高的外国人！

罗森听后不禁心潮澎湃，就想起盐城期间陈毅用法语唱《马赛曲》的情景，以及对他讲过的一句话：你亲眼看到了我们的战斗，亲身体会了新四军的艰苦卓绝，你是我们最好的见证人！

十度秋雨春风，不知不觉间世界格局发生了巨变，中国大地江山易手。无论是受命运驱使，还是风云际会中大时代的呼唤，罗森的喜怒哀乐、命运浮沉以及爱恋，都结结实实砸在了这片辽阔而多灾多难的土地上。

日落西山，夜色初上，罗森再次受邀与惠灵顿坐进了使馆区的一个酒吧间。惠灵顿的热切和机智，不断勾起罗森绵密的回忆，那些战火萦绕而又鲜活如昨的经历，一如大江大海中与风浪搏击后的快感，伴着京城的夕阳纷至沓来。

红墙内外，重楼叠院，惠灵顿望着一处殿宇下的雕梁画栋和绿色琉璃瓦，突然问：博士先生，如此漫长的中国岁月里，您有过遗憾吗？

罗森沉吟片刻，道：战争年代文化单一而匮乏，奇诡的冰雪世界、鬼魅的土匪王国、雪与火的交织，彻底改变了我以往的生活方式，我不得不将个性的自我完善和情爱的追求搁置起来，全身心投入另一个世界，另一片土地。遗憾当然有，对母亲的愧歉、对亲人的思念、对爱人的错过……

惠灵顿紧追不舍：那么，你最初的理想是抗击日本法西斯，可后来形势发生了逆转，东北战役其实就是国共两党的一场内战。作为一个外国人，你有过顾虑吗？

罗森暗自思忖，顿时涌起一股复杂的情绪。他实事求是地答道：不仅仅是顾虑，我甚至有过强烈的纠结。日本投降后我觉得自己的使命已经完成，非常想回家。但你知道，那时的形势急转直下，从山东到上海务必穿过国统区，谈何容易！况且，我一直跟着共产党打天下。罗森瞅了一眼惠灵顿，叹道，内战之所以可怕，并非因为交战双方是恶魔，而是他们像失控的机器，出轨的列车，朝着不可预知的方向滑行。好在战争很快就高下立见，胜负已决。但愿这个世界彻底告别战争，早日走向和平！

一阵喊喊喳喳的声浪从对街传过来，两人不约而同地隔窗望去。一群年轻的护花使者，正簇拥着一位窈窕淑女，在热气腾腾的小吃摊前落座。惠灵顿耸了耸肩说，看样子，是王府井的戏院散场了，这些都是北大的学生。罗森像受了感染，饶有兴致地盯着他们。远处的夜空下，街灯暗淡，行人寥落，古老的京城已安然入睡。

82 我会带着妻子回中国

在北平逗留期间，罗森有了大把的时间，他带着西方人的审美，从容打量这座天宽地阔、大气凝重的东方帝都。紫禁城的金凤玉露，颐和园的幽静旷远，北海的萧疏悠淡，都被他尽收眼底。迷宫似的西楼胡同里，罗森咀嚼着浓郁的北京话，虽然云里雾里，却甚觉有趣。跟着警卫战友们，他还深入胡同里的居民中。老百姓眼瞅着解放军战士，不声不响地帮他们打扫卫生、清除垃圾，往老年人的瓦缸里挑水，由满腹狐疑地观望，到诚惶诚恐地接纳，军民鱼水情的融洽气氛点点滴滴晕染开来。如此这般的良好印象，成了北平市民对新政府的最初认识，也是他们对革命的真切理解和体味。

在西山脚下的一次盛大酒会上，刘少奇瞅见罗森，兴奋地与他连干了三杯酒，拉着他的手说：当初在盐城欢迎你，还是在抗日战争最为艰苦的敌后。今天在天津欢迎你，我们已取得了革命的胜利，正一步步迈向新中国，这里头可有你很大的功劳啊！

在大名鼎鼎的燕京大学、清华园以及协和医院考察时，他联想起自己的大学时代。罗森惊喜的是，他在东北医学院教过的几名学生，现已成为协和医院的骨干，并且完成了由初级医务到现代化医学工作者的转型。借助这里的先进医疗仪器，学生为老师做了一次全面身体检查，发现罗大夫不仅患有高血压、冠心病，还有主动脉硬化、心脏病及陈旧性心肌梗死等。罗森早知道自己有病，但没料到会严重到这个地步！这次的检查结果，验证了他在佳木斯手术台前突发的一次心肌梗死。

罗森开始被禁止抽烟、喝酒，连咖啡也要少喝。一直以来都是为别人下禁令的他，如今成了一个被劝诫的病人，他真有些不适应。正是春夏之交，巍峨的宫墙内紫红的海棠开得恣意、灿然，树荫下往来穿梭的北平市民，一如既往地为他们的一日三餐奔波着。罗森的内心热流涌动，为身处其中的这座伟大城市而感动；与此同时，思乡的惆怅也在日夜啃噬着他的心。

傍晚的前门大街上，罗森与大牛如约相聚。眼下的大牛，已不再是那个跟在他屁股后头跑前跑后的警卫和通讯员，而是晋升为北平公安局副局长了。罗森不免想到自己在北平的这段时间，他偶尔会被招去处理一些日常事务。看着大牛踌躇满志的神态，罗森的心脏猛烈地抽搐了一下，在这万人沉迷的京城的夜晚，他竟然滋生出一股前所未有的置身事外的孤独与失落。陡然间，他感到了生命的岌岌可危，回家的愿望更强烈了。

新中国成立前夕得知罗森去意已定的消息，罗荣桓久久地陷入沉思，而后不无担忧地对他说：你在中国这么多年，已经扎下了根，还能再适应奥地利的生活吗？

罗森眼角微皱，黯然神伤。十年前他不只遭遗弃，连性命都差点丢掉，可他对那个国家的恋念一如既往。他下意识摩挲着眉骨上那块青紫色的疤痕，袒露出一缕消失已久的羞涩的神情。望着他的病人、他的首长、他的朋友，而今已是新中国指日可待的元帅，罗森笃定地说：也许有朝一日，我会带着妻子再回中国！

在天津前往上海的车站月台上，人头攒动，罗荣桓夫妇亲自将罗森送到车厢内。罗夫人不住地擦着眼泪，难过得双唇直抖，一句话也说不出来。罗荣桓将他在战争年代随身携带的一只怀表刻上自己的名字，赠予罗森。这位铁骨铮铮的将军，眼含热泪与罗森拥别，而后郑重其事地嘱咐道：欢迎你带着妻子再回来啊！

第十三章
别了，中国

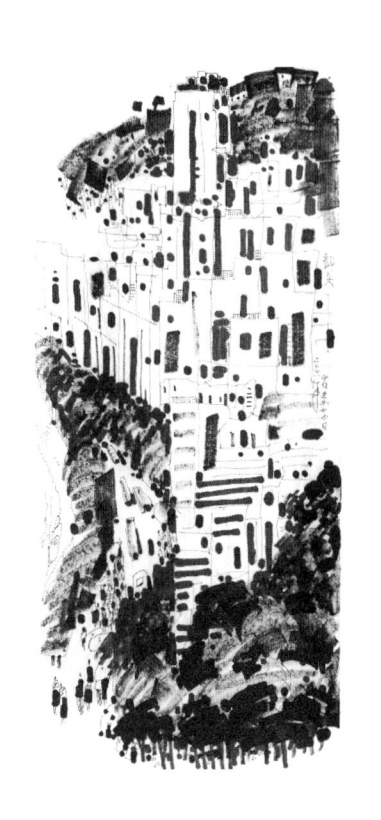

83　瓷器店里打老鼠

1949 年 5 月的上海南京路上，居民们一大早醒来，惊讶地发现，一排排解放军战士正和衣抱枪，蜷缩在街道两旁的屋檐下酣睡呢。时任上海市长的陈毅，两个月前作为上海战役的总指挥，曾颁布了一道死命令：既要赶跑城里的敌人，又不能毁了城里的设施。可谓"瓷器店里打老鼠"。

上海，这座远东地区最耀眼的国际都市，其城市建筑、基础设施、商行及完备的服务场所，哪一样都无愧于精美的瓷器，务必精心呵护和保全。疲惫至极的解放军战士之所以露宿街头，就是为了不惊扰沪上居民，即便是细雨霏霏，也对老百姓秋毫无犯。有的干部实在想不通，就带着情绪问：眼看着雨下得哗哗的，又有伤病员，怎么办？

陈毅毫不迟疑地答道：无条件执行，不入民宅就是不入，天王老子也不行！

罗森再次踏进上海，已是这年的初秋。陪同他四处走动的是上海新政府的一名宣传干事，浦东人金瑞。当罗森看到众多民宅的迎门墙上糊的不是纸，而是一千块面值的金圆券时，不由得皱起了眉头。金瑞笑着解释说：这不稀罕，我儿子叠的纸飞机用的也是这个。他继而感慨，偌大的上海，一度被这种垃圾货币搅得天翻地覆，半年前我要去货行买袋米，就得装上几麻袋的金圆券。抗战后期的上海，物价一直疯狂飙升，飞涨如脱缰的野马，无论挣多少钱，都抵不过通货膨胀的狂潮。

上海解放之后，动荡的时局得以平息，米价和货币也渐趋稳定，昔日满街的靡靡之音和歌舞升平的假象，随着飘扬在城市上空的五星红旗而烟消云散。三轮车夫、乞丐、妓女等，被陆续收入工会组织。租界中的标志性建筑，沧海碧空下的汇丰银行已成为当下市政府的办公楼，华懋饭店和汇中饭店已被称作和平饭店。深秋的光影下，处处飞旋着改天换地的气韵。面带微笑的解放军战士，正有条不紊地指挥着这座城市的交通，国际大都市的新乐章，在上海徐徐展开。秋阳下的黄浦江边，依旧熙来攘往，而外国人却寥寥无几，属于西方人的上海史似乎已走到了尾声。

罗森久久地伫立外滩，望着滔滔东去的黄浦江，抚今追昔。十年前，他作为一名逃避纳粹迫害的流亡者，远渡重洋，正是在这里登上了神秘东方的诺亚方舟，那份初来乍到的茫然和凄惶，犹在眼前。如今，他是一个不折不扣的胜利者，一个共产党队伍里的翘楚，作为凯旋者的豪情，怎不令他感慨万端！最初，他寻觅的内心亮点单纯而执着，无非是凭借自己的专业为病人解除病痛，而现实，庞然到让他难以把握的程度。命运的帆船不由分说载着他走遍中国的大江南北，从踏进上海的那一天起，他就掉到了中国人堆里，注定与中国人民同呼吸，共命运。人生是如此诡谲、善变，在这身不由己的岁月里，一切都得以缓冲和稀释。

怀着莫名的心思，罗森重返霞飞路。在他当年经营的诊所旧址前，走走停停。门庭已面目全非，旁边的中国房东也不知去向。罗森还记得，那一年的除夕之夜，房东把他请到自己家里吃年夜饭，餐桌上的酒菜虽算不得太丰盛，但一家老小其乐融融。细心的女房东给他准备了一副刀叉,知道西方人不习惯和别人在一个盘子里进食,就把鱼块和青笋分到他盘子里。还有一次,毛毛雨下个不停,窗外的梧桐叶滴滴答答地落着水,罗森静坐在诊室里想,这样的天气恐怕不会有顾客光临了。不想却听到了门帘掀动的细碎声,接着便是敲门声。步入诊所的是个粗眉大眼的女人,肤色黢黑、油亮,初冬时节还穿着纱裙和凉鞋,是个大腹便便的印度女人……一阵夸张的动静将罗森从冥想中聒醒,一辆大型垃圾车穿街而过。他陡然发觉,霞飞路上的犹太商铺都关了门,好不容易见到一家仍开张的店,也在收拾东西。罗森忍不住问,这街上的店铺为何都不见了,店主哪去了?

对方操着波兰口音的德语说:眼瞅着共产党的军队打过来,亲身经历过十月革命的犹太人,死里逃生来到中国,再次感到惊恐不安,就在解放军进城之际纷纷逃离。不是坐船去了美国,就是转道回了以色列。

日升日落,一股沉重而浪漫的力量,促使罗森来到苏州河南岸。溯流而上的河水蜿蜒着,在上海腹地划出一道温柔的胎记,城市空间沿着河堤两岸密密生长。作为上海脉搏的苏州河喧嚣的市声里,似乎荡漾着老上海的风花雪月、巷弄间的家长里短。踏上外白渡桥这一刻,忽听"唰"的一个军礼,罗森不禁后退了一步。

罗大夫,您不认得我了,我是大牛的好朋友小刘啊!那年冬天,我俩从山上背回来一棵松树,为您做了一棵挂着雪花的圣诞树呢!

罗森恍然大悟。是啊,他怎能忘记,这些朴素可爱的战友们,和深埋于心的温情和友谊。眼下的小刘已是连长，不再是那个毛头小伙子了，可战争年代里沉淀下来的那份质朴与憨厚仍镌刻在眉宇间。罗森就想起了大牛，那个跟随了他近十年的红军娃，如今已是京城的一名卫士。罗森倏地想起慕兰，以及他们携手走过的外白渡桥桥面！

这晚，罗森带着好奇观看了现代歌剧《白毛女》，就在那家演出过《天鹅湖》的上海大剧院。这是一个贫农女儿的悲剧故事，因为自己的父亲交不起租子，被地主老财抢走、凌辱并遭遗弃，最后在子弟兵的解救下获得新生。罗森倍感欣喜的是，陈毅市长请他看了一场著名艺术家梅兰芳的戏。年届55岁的梅先生，在《打渔杀家》里扮演一位年轻的渔家女，那嗓音、手势和身段，清新脱俗，娇媚动人，令罗森暗暗叫绝。

84　未来，掌握在我们手中？

上海外事部门的同志为罗森量身定制了一套崭新的西服，继而为他订好了前往欧洲的国际船票。归心似箭的罗森捏着这张船票，激动、兴奋得无法安睡。他每天天不亮就坐起来，精神抖擞地面朝大海，纵目远方，仿佛一阵风就能把他吹向大洋彼岸。

百忙中的陈毅市长亲自召集往日的老战友，在和平饭店的露天餐厅为罗森隆重饯行。陈毅是个性情中人，豁达豪爽、不改初衷，仍旧称他为我的小宝贝。罗森不光是他的亲密战友，也是他很特殊的一位朋友，面对罗森的不日离去，陈毅充满了不舍，且十分贴心地问：战争之后的欧洲四分五裂，前途未卜，你就那么想回去吗？

是啊，他这个被历史深深地伤害却没有万念俱灰的人，纵为浮云游子，仍义无反顾地执着于那片曾将他抛出家园的土地。哪怕整个欧洲都沦为战场，碾为齑粉，他灵魂深处的这份眷恋也从未隔绝过。

离船期还有三天呢，罗森看着镜子里的自己，岁月的痕迹已悄然爬上额头。他突然意识到，待远渡重洋抵达奥地利时，已是初冬，他应该有一件大衣，一件毛呢大衣。这个突如其来的念头让他重新来到霞飞路，找到当年的老字号裁缝铺。

谢天谢地，虽然门前冷落，但裁缝铺仍旧开张，他像以往那样抬腿就走了进来。

店里空荡荡的，只见老板娘在低头忙碌。几年不见她老多了，曾经神采奕奕的双颊晦暗、干瘪。女人抬起眼帘，从一抹熟悉的笑意里很快捕捉到故人的音容。罗森是这家店里的老主顾，为摩塞尔先生诊治过膀胱炎。往事依稀，老板娘顿时泪光盈眶。

摩塞尔先生在吗？罗森的问话，瞬间勾起女人的伤心事。她沉默了好一会儿，将丈夫摩塞尔惨死于上海"隔都"的经过简要讲给了罗森。所谓"隔都"，就是德国人委托日本人在上海筑起的难民营。罗森即刻想起几年前，他离开上海前的果决，否则他可能像摩塞尔一样，走出德国集中营，却丧命于日本人手下。

午后的百老汇大厦顶层客厅，立在落地窗前的罗森感觉到一种前所未有的喧嚣和沸腾。紧接着他听到毛主席站在北京天安门城楼上，向全世界庄严宣告：中华人民共和国成立了！

罗森简直不敢相信，此刻的中华人民共和国开国大典上，和毛主席比肩而立的开国元勋中间，有好几位都是他多年来与之南征北战，同生死共患难，并最终走到胜利的战友和朋友：陈毅、刘少奇、罗荣桓、林彪……罗森目光清澈，心如皓月，他平静地望向远方，寥廓无垠的天空下，是上海井然有序的外滩。

罗森辗转来到福开森路时已是傍晚。在这个海派味儿十足的街区，一栋栋完好无损的西式洋楼，在浓荫下依旧闪着古雅之光。高大的悬铃木，回旋着风的呓语，仿佛在向他诉说着什么，罗森的心顿起涟漪。多少次，他乘兴穿过这条街，箭步登上汉斯和秋迪的独栋小楼，乡愁的弥漫与释放，感情的碰撞与交锋，思想者渡尽劫波的从容自省，连同东西方文化的交融，在袅袅的咖啡和刀叉的叮咚作响中恣意流淌……还是这条街，梧桐依旧，而故人不再。遥想这一切，罗森对影徘徊，潸然泪下。

晨曦初上，世界重新明亮起来。罗森抚摸着饱经沧桑的大箱子，许多旧物他都分送给了身边的中国友人，唯独一套新四军和八路军军服，整齐叠放在返乡的行囊中。

黄浦江边秋色满目，汽笛一声长鸣，前往欧洲的远洋邮轮，在老朋友和老战友的祝福声中启航了。罗森一身西服，凭栏回望，外滩上的人影树影和高楼大厦，清晰而朦胧。此刻罗森的耳畔，久久回荡着一位犹太作家的声音：The past is in the present, but the future is still in our hands.——过去包含于现在，但未来仍掌握在我们手中。

别了，上海！别了，中国！罗森沉吟道，内心不禁千山万壑，跌宕起伏，一时间热泪飞扬。

十年前，那个夕阳泼洒的黄昏，他走下黄浦江码头时36岁。这一年，他46岁。

第十四章
维也纳风采依旧

85　倦鸟归巢

十年一别，漂泊异乡的鸟，归巢了。

初冬的维也纳，云卷云舒，昔日泼洒的黛绿已成缤纷的金黄与火红。炫目的菩提和白桦树叶，在中古世纪的巷子里纷落。灌木林中的乌鸦们时而七嘴八舌，时而充满浪潮般地聒噪，却又冷不丁扎向天空，结伴远行。夕阳从教堂尖顶沉落下去，暮霭如潮，漫溢在高低错落风情各异的建筑之巅。维也纳笼罩在一片梦幻般的光影中。

战火停息，硝烟散去，维也纳恢复了往日秩序。这个时候，不堪回首的岁月和动荡退隐其后，唯一闪光的是亲情、生命和爱。远行归来的罗森·菲尔很快迎来了亲人的光顾，阔别十年的兄弟姐妹们终于团聚了。一个原本幸福的六口之家，仅剩下兄妹三人。弟弟约瑟夫是带着妻子贝巴从以色列赶来的，妹妹蒂娜的丈夫威廉斯无法随行，他留在伦敦的家里陪伴六岁的女儿。相聚的幸福与欢畅，让兄弟姊妹们在忘情的追忆中，重温一家人其乐融融的好时光，酒水伴着泪水，一杯又一杯。

维也纳并没有停滞，尽管战争留下的创伤和残垣断壁在城市中心乃至郊外随处可见。但它渐趋美好，并且经过几年修复之后，这座名满欧洲的艺术之都风采依旧。罗森和弟妹们带着莫名的冲动，徜徉于霍夫堡皇宫、英雄广场、城堡剧院，一脉相承的流金岁月，世代蕴藉的文化元气，曼妙的旋律和舞姿……维也纳又回来了！置身于瑰丽的古典建筑群中，罗森深吸了一口薄凉的空气，一种失而复得的心情油然而生。他那并未老去的灵魂和容颜，似乎一下子融入了这座日思夜想的城市。

傍晚，沿街的窗户亮着灯，象牙白的窗框内吐出橘黄色的光晕，街角艺人的长笛和黑管柔软、绵长。饮食的改天换地和刀叉的交替使用，若即若离的中国人的面孔、语言和习俗，渐渐淡化成一抹遥远的记忆，模糊在罗森的意识里。他的维也纳生活习惯和早年的欧洲生物钟，随着当下的节奏、思维和步履，一一回归。

向所有人敞开的咖啡馆、电影院和金色大厅，照例人满为患，约会、重逢和偶遇连同梦的萌芽，在久违了的宁静与祥和中潜滋暗长。而当夜阑人静，罗森的耳畔常常回荡着父亲的挣扎、母亲的呻吟。有谁能想到这貌似平静的砖石地板之下，长眠着多少不平静的睡眠？那些穿着纱质长裙和燕尾服出入宴会厅歌剧院的男女，以及每天将自家客厅布置得花团锦簇的人，有谁会想起这些背井离乡九死一生的回归者？

虽然早已得知母亲去世的消息，但罗森还是不厌其烦地追问母亲临终前的细节。约瑟夫有意无意地回避着，眼神犹疑，欲说还休。弟媳贝巴沉吟了一下，告诉罗森，母亲住进维也纳犹太人集体宿舍后，她的胆囊炎不断发作，痛苦不堪，但母亲咬牙忍着，她不愿给任何人带来麻烦。而她最后的日子，是在波兰的克拉科夫隔离区度过的。

大哥罗杰斯呢？罗森执着的眼神，让约瑟夫无法回避。他叹了口气说，罗杰斯在华沙铺设铁轨期间参与了一次逃跑行动，可惜没跑出波兰就被纳粹抓了回去，关进明斯克集中营，惨死在毒气室。走的走，死的死，留给母亲的是无法吞咽的苦痛和绝望。

一想起母亲的形只影单、孤苦无依，罗森便椎心泣血，几近窒息。没了母亲的世界，霎时变得一片荒芜，仿佛散落一地的玻璃，每个棱角都亮晶晶的，却无法对接和拼凑。被七层夜幕严裹着的漫漫长夜里，他屡屡看见母亲的躯体，跟密密匝匝的妇女儿童挤在一起，在岑寂的苍穹下化作袅袅青烟。那蓝色的火苗，将他的信仰一厘厘焚烧殆尽，徒留一个个黑洞。

为了缓解气氛，善解人意的弟媳贝巴，转而问起罗森这些年在中国的经历。

罗森冥思良久，身体沉重得仿佛从隧道里爬出来，他怅然闭上眼睛，而后睁开，以便适应隔窗照过来的阳光。罗森抬起头，沉静的眸子里透出一丝清澈，声音和眼神渐渐活跃起来。从上海到苏北，从山东大地到东北原野，形形色色的中国民俗，热火朝天的战斗岁月，幻灯片似的回闪在欧洲的天空下。当他讲到山东革命根据地的生活时，难掩兴奋地说：在中国百姓眼中，我就像一只珍稀的鸟，一招一式都招来他们好奇的围观。瞧我打绑腿的动作、喝牛奶的表情、把肥肉煎成油渣用刀叉夹起来吃的样子。除此之外，他们还偷偷翻看我读的书，听我的留声机里发出的奇妙音响。有一次，我治好了村里一位老人的慢性肺炎，为了向我表达感激之情，老人特地抱来一只大公鸡。我哪里肯吃啊，就把公鸡当鹦鹉养，牵着它在田埂上转悠，像遛狗一样。

兄妹们听得津津有味，觉得大哥在中国的经历好神奇啊。而身为医生的蒂娜,最为关心的是哥哥今后的职业打算。罗森不假思索地说:我当然想重操旧业,并且一回来,我就去拜访了从前供职过的维也纳罗德希尔德文化协会医院,希望能继续在那里工作,可我的愿望遭到了搁浅。因为那所医院曾为战后归来的流亡者充当了多年的收容所,已经不成样子了。院长打算重建,可哪来的资金呢!

蒂娜用鼓励的目光说,还是开你的诊所吧。罗森点头道,我也是这么打算的。

在享受了一个星期的短暂团聚之后,弟弟妹妹们相继离去。他们得返回当下已然固定的生活之地,继续工作,养家糊口。此后,罗森便很少收到兄弟姊妹的信件,因为各自忙碌,没有时间和心情频繁写信,不像罗森一个人在维也纳,有的是时间。

至于开诊所,罗森必须履行开业前的一系列繁琐手续,就不得不跟那些手持红皮或黑皮的当权者——改头换面的老纳粹们打交道。每当面对这些人,罗森就条件反射般想起他们身穿褐衫、臂戴袖章耀武扬威的过往,以至于愁肠百结,望而却步。这是罗森从未料到的情景。对他而言,这种局面要比在枪林弹雨命悬一线的战争中面对明晃晃的刺刀,更加难以忍受。可怕的还在于,那些昔日的纳粹信徒,仍旧执掌着这个国家的命脉,零距离接近这些曾经靠杀戮暴行而立于不败之地的政客们,尤其目睹他们谈笑风生、若无其事的神态,罗森的心骤然紧缩,隐隐作痛。

在经历了这一切之后,他已经做不到心平气和了。

86 露西娅，你在哪里

临街的咖啡馆里罗森下意识打量着窗外。环城大道上马蹄嘚嘚，川流不息；国会大厦上迎风招展的红旗，那红色既不是俄国占领下的红，也不是自己在远东体验的中国红。罗森联想起当下，继续从事医疗工作的雄心壮志在名目繁多的手续审批面前，似乎变得越来越渺茫了。一阵旋律隐约飘来，不知什么时候，对面的席勒雕塑前摆了架钢琴，披长发的姑娘手指轻触，乐符如浪花飞溅，罗森刹那间想起了露西娅。

露西娅，你在哪里？你可知道，我回来了！他望着姑娘的背影轻唤道。

也许男人的心底，比女人更清晰地摆放着爱人，即使明知她可能再也回不来了。在硕果仅存的几个朋友中，罗森反复询问、打探，都没有得到露西娅的确切消息。有天早上，他在路德维希轨道车的站牌下，意外碰到了露西娅音乐学院的同窗米瑞。目光相撞的那一瞬，米瑞惊诧道：两年前露西娅返回维也纳时，还打听过你的消息呢！

罗森听了，禁不住追问：那么，露西娅现在人在哪里？

米瑞耸了耸肩说：她结了婚，丈夫是克罗地亚人。但他们的关系，米瑞翻了翻棕绿色眼珠，so so la la!——关系很一般。后来听说，她离了婚，去了以色列。

罗森听得血脉偾张，难以自已，强忍着内心的慌乱告别了米瑞，一路小跑着回到了皮匠胡同。沉潜多年的思念终于有了出口，他刻舟求剑般执拗地寻找十年前那份心动的感觉。爱,就定格在那个深秋之夜;错过了,却要用一生的时间来追寻。

紧赶慢赶着上楼梯时,罗森的心脏一阵刺痛,他不得不停下来趴在栏杆上。

小伙子,你没事吧?邻居瓦格纳太太恰好路过,见他一动不动地伏在栏杆上,关切地问。罗森努力保持平静,用微笑表示着感谢。

他终于进了屋,关上门,将灼热的额头抵住冰冷的墙面。在这个无助的世界中,他以全部生命和爱恋,为仅存的理想与渴望奋力搏击着,一颗温良执着的诗人之心,遭遇层层撕裂,乃至肉体孤绝和精神流亡。可他始终坚信露西娅对他的爱——就像他爱她那样,爱着他。这一刻,他的坚守终于得到了证实:他们的爱,仍旧有迹可循。

簌簌的风如七彩音符,在临街的窗玻璃上划出玫瑰花瓣的形状。夕阳染红了对面的屋脊、钟楼和菩提树叶,进而染红了他的欲念和冲动。我要去找她,罗森对自己说。哪怕地老天荒,哪怕她已面目全非!

夜深了,罗森刻不容缓地给弟弟写了封信,请他和贝巴想想办法,务必帮他在以色列寻找到露西娅的踪迹。信投出去了,罗森开始了漫长的等待。

雨后初晴,罗森的视线越过那片黢黑的森林,而后漫过水汽朦胧的多瑙河。他倏地想起了慕兰,想起他们朝夕相处的苏北岁月。那一年,战友们为他庆祝生日之后,莹莹的烛光前慕兰忧郁的眼神盛满深情。他同样意犹未尽，就对慕兰讲起奥地利，讲起多瑙河，以及多瑙河上深蓝色的雾。晚风袭来，彼此的心海里同时掀起滔天巨浪……那个时候，爱情对他来说，是多么奢侈的一件事。他不禁问自己，动荡不安的岁月里，他那历尽沧桑的心头，可曾炽烈地爱慕过一个中国女人？

以色列回信了。约瑟夫告诉哥哥，他和贝巴正竭尽全力寻找露西娅，但因没有任何线索，仅凭一个名字，在整个国家找一个人，无异于大海捞针。请哥哥耐心等待，只要得到她丁点踪迹，就会立刻告知他的。

在内城的书店门前徘徊时，罗森被橱窗里的一本书《中国胜利了》所吸引。他立刻捧起这本书，饶有兴趣地浏览着，当他看到作者的名字弗里茨·严森时，不禁惊得目瞪口呆。这不是他在前往中国的远洋邮轮上邂逅的"西班牙骑士"吗？后来在汉斯的上海寓所，弗里茨和妻子双双出现，他们相见甚欢，那情景仍清晰如昨。弗里茨在书中详述了他深入中国西南的抗战经历，罗森痴痴地翻着，还有严森翻译的《中国当代诗集》，其中包括毛泽东那首久负盛名的《沁园春·雪》。诗集背后有个小插曲：德国剧作家布莱希特阅后极为震惊，称这首词是东方崛起的标志，堪比文艺复兴的开端。1950年代在莱比锡外国语学校教汉语的华裔德语翻译家袁苗子先生将它写成了一幅中堂，悬挂在自家的工作室里。

罗森尤为吃惊的是，弗里茨两年前便回到了维也纳，他捧着书的手微微一颤，梦境般忘却了时间。直到灯影晃动，罗森才从书店工作人员处要来了弗里茨的住址。

次日，罗森找到弗里茨在维也纳西城郊外的公寓楼时，房东告诉他，两周前弗里茨还开着他那辆甲壳虫小车四处奔跑，可眼下他已离开维也纳。原来，弗里茨是受德国中央机关报《新德意志报》的派遣，作为驻北京记者赴中国工作了。罗森的脑中一阵轰鸣，脆弱而敏感的神经受到强烈一击，他摇摇晃晃坐在路边石墩上，半天没回过神儿来。写作、出书，一直以来都是他梦寐以求的理想。罗森的思绪里，日夜翻腾起东方古国的山山水水，医生、战士、沿海、内陆，峥嵘岁月的彷徨，纵横疆场的悲壮，铁马冰河生与死的考验，以及作为胜利者凯旋的雄心壮志……

时间的洪流冲刷着他的记忆，却留下柔软如斯的痕迹。那些不远万里带回来的几大本日记和采访笔录，全都派上了用场。他兴致勃勃地抖开心境，奋笔疾书，夜以继日，用东方式的热情浇筑细节，用一种崭新的方式来解读自己，解读这个世界。

黎明已至，东方的庞大轮廓触目可及，罗森欣慰地感到，苦难岁月的战争并没有磨损他的意志，毁掉他的灵魂。三个月后，当他怀揣厚厚的书稿分别与三家出版社约见时，无一例外地遭到了当头泼来的冷水。出版方不约而同地否决了他的书稿，尤其出版人对书中内容所表现出来的淡漠与轻视，让罗森始料未及。他两眼发直，大汗淋漓，周身的血液像是停止了流动。对方面露愧色地解释道：实际上不是我们不想出，也不是你的书写得不好，而是眼下的奥地利出版业掌握在美国人手里。想想看，中美双方正处在意识形态的敌对状态，怎么可能支持出版一本颂扬中国共产党的书呢？！

87　黑色的问号

维也纳的春天虽然有些拖泥带水，但毕竟还是来了。那种温暖而明亮的鹅黄色，驱散了蕴藉已久的阴霾，罗森感到豁然开朗。城市公园不断升温的空气里，弥漫着艺术家的礼赞和诗意，缭乱而明媚的云，轻浮在约翰·施特劳斯的八角亭上。绛紫色的接骨木开了，花盘硕大、丰腴，柔情潋滟，好似女人的胸脯。即便物是人非，但它们仍一季季绽放，生生不息。罗森再次想起露西娅，爱她的感觉，犹如八角亭下聆听一首圆舞曲，旋律悠扬，轻歌曼舞的眼神里，涌动着一览无余的炽烈。

趁着好天气，罗森回了一趟沃勒斯多夫。这不仅是他的出生地，也是母亲生前恋恋不舍的故土。早春清澈的天光下，罗森踯躅于童年时代玩耍过的广场、校舍和山脚下早已属于别人家的大花园。他贪婪地望着那些与自己童年相连的梧桐树、核桃叶、薰衣草，脚步沉重得抬不起来。

村头的人们半眯着眼歪头打量他，总觉得这个人哪个地方不对劲。也许是隐约凝聚在他身上的东方味儿，抑或是他眉峰上那块突兀的疤痕？总之，叫人有些猜不透。

村长鲁道夫目光锐利，很快认出了罗森，热情洋溢地与他聊天儿，并追问罗森在中国的经历。当新四军八路军东北野战军这类字眼儿，从罗森的口中接连进出，村长的深褐色眼珠子不断上翻，如同听天书一般。村长就讲起了二战后苏联人冲进奥地利，并由维也纳新城进入沃勒斯多夫的场景。罗森耐着性子听他喋喋不休，最后村长眼皮下垂，红着脸提到罗森的母亲，二战前曾回到村里来避难，他本打算把她藏起来的，但是没能办到！

母亲形销骨立可怜无助的身影，一下子浮现眼前，罗森的内心如针刺般疼痛。一阵风从山巅刮过来，姹紫嫣红的庭院内飒飒作响，熟透了的核桃落了一地。久久徘徊于门前的母亲，正要弯腰捡起几枚核桃时，被村里的孩子厉声呵斥住。母亲悲心丧气，落荒而逃⋯⋯

不知何时，一个挺胸叠肚的中年人走了过来。村长低声说，这是新来的镇长。罗森即刻认出，这个人曾痛苦地躺在他的手术台上接受过治疗。后来他每周从盖世太保那里领取五个先令，佩戴着纳粹党徽招摇过市，逢人即举起右手高喊：Heil Hitler!

罗森脸色突变，耐性和雅量一下子丧失殆尽。他见多了这类才情平庸钻营有术的人，于是愤然转头，一口气出了村口。一阵歌声从山间的小教堂里传出，罗森怀着难以名状的心绪回望村落，苍老的云杉似乎用奇怪的目光看着他，一群乌鸦从教堂的尖顶飞起，而后扑动着翅膀纷落在秋阳下的回廊上，那黑色的身影像一个个问号。

罗森带着无可慰藉的心情回到维也纳。次日他茫无目的地攀上卡伦贝格山，傍晚的风阴冷而夸张，似怪兽低吼。他坐在一块岩石上，俯瞰万家灯火，感觉自己像是这个世界隔绝出来的一个怪胎，一滴浮在人海之上的油花儿，怎么也融不进去。他就想起奥斯维辛的幸存者古特曼，以及母亲伊丽莎白的末日情景。

古特曼是奥斯维辛集中营里的幸存者，也是罗森在维也纳"返回家园"集体宿舍里新结识的一个朋友。古特曼的眼睛因在集中营遭遇党卫军的重击而充血，视力微弱。世界对他，成了一缕飘忽不定的灰色线条。他常常穿一身黑衣，支棱着几根毛发，勾着头想心事时，漆黑的睫毛扫下一片阴影，槁木死灰般的眼神满是悲哀，从侧面看上去，像一只顶着荒草的乌鸦。

罗森有意接近古特曼，并用他特有的中西医结合的方式，减轻了他的眼疾。古特曼浑浊的瞳仁终于射出一道光亮，他开口对罗森讲的第一句话是：你身上有着欧洲人稀缺的热忱和温情！

恢复了视力的古特曼，不再对自己的过去缄默不言，出于好感和信任，他对罗森敞开了心扉。这位从布达佩斯大学哲学及政法系走出的双料博士，曾在维也纳政商两界做过多年的职业律师。当德国纳粹通过法律手段，将犹太人一步步逼进地狱后，古特曼在奥斯维辛集中营里，亲眼看见了一个有条不紊的流水线杀人工厂，他的67个亲戚先后躺进焚尸炉，化作波兰上空的一缕缕冤魂。

罗森下意识讲起自己的母亲伊丽莎白，并将母亲的姓名全称拼读给他。古特曼沉思了两天，而后对罗森说：我曾干过两年的死者物品清理工作，首饰、金牙、头发、眼镜、皮鞋、衣物，还有玩具和皮箱。我不认识你母亲，但我在小山一样的皮箱堆里，好像见到过这个名字。那是一只带条纹的红色皮箱，名字是用圆体字写的。因为应党卫军要求，每个死者的皮箱上都留下了主人生前的亲笔签名……

罗森听到这里，如遭雷击，一下子瘫倒在地，泪水横流。他知道，那只带条纹的红色皮箱是母亲的钟爱，用圆体字书写姓名，是母亲一向的习惯。

88　天体浴场

因为有了这层关系，罗森和古特曼俨然一对生死之交的战友。两个人的密切往来和相聚，也成了罗森在维也纳的唯一乐趣。有天上午，他们照例坐进咖啡馆，古特曼的眼里罕见地射出一道灼人的光亮。他说自己不久将离开维也纳，到洛杉矶的表兄那里去，他刚刚领取了前往美国的签证，那是他在这个世界上仅存的一个亲人。

罗森错愕不已，盯着兴高采烈的古特曼，不知说什么好。

你不觉得吗？古特曼喝了口咖啡说：二战结束了，纳粹作为整体被打垮了，但欧洲的空气里还飘荡着纳粹的阴魂，他们虽然脱下了带着银鹰图案的制服，像平常人一样生活、工作，可他们的骨子里仍残留着昔日的傲慢和优越感。除此之外，古特曼低声道，听说他们还保留着自己的小组织，暗地里销毁对自己不利的证据和证人，并叫嚣"战争并没有结束"，一心一意想回到过去。即便回不到过去，他们也毫无悔意！

罗森惊悚不已，直愣愣望着古特曼。只见他将两手并拢在桌上，右手把左手的指关节掰得嘎巴作响，而后平静道：人们常说陈年旧事可以被埋葬，可我用自己的身体否认了这种说法。因为往事会自行爬上来，挡都挡不住。在生命权被剥夺的境地，如何重拾尊严和高贵？至少现在，我看不到。苟且偷生，听之任之，还是为了眼前利益忍辱负重，只要有吃有喝，就自满自足。至于未来和前途，见鬼去吧！

古特曼神情突兀，像一只翘首仰望的乌鸦。顿了顿，他补充道：一个人在自己当过奴隶的地方，是不可能有真正自由的。之所以现在选择出走，不是因为我对这个国家绝望，而是属于我们的日子回不来了。

罗森顿时想起多年前，常常光顾这家咖啡馆的犹太作家斯蒂芬·茨威格，就在二战结束前夕，与爱人在他们的巴西寓所双双自杀，生前留下了最后一本书《昨日世界》。茨威格在书中写道：

> 19世纪末的许多奥地利犹太人，主动放弃自己的宗教、习俗和语言，刻意融入所在国。他们改信天主教，不说希伯来语，服饰与德意志人也没有两样，在同一片天空下，走进同样的学校接受教育。假如不从血统上追溯，已很难分辨出犹太裔的属性。

但结果怎样呢？罗森一想起这位才华横溢的作家，心里便隐隐作痛。

一阵沉默过后，古特曼望着熙来攘往的大街，说：幼年时，父母在饭桌上常唠叨，说我们的行为也许真的不够得体，我们表现得也许太闹哄哄了，我们真的太过精明，让别人觉得我们只爱钱。所以我们的行为举止一定要彬彬有礼，说话语气要轻，面带微笑，这样他们就不会嫌我们添乱了。要用典雅的德语，但也不能说得太高深，以免让他们觉得我们有提高自己地位的野心。所有情感都在夹缝中被扭曲，尊严像铁锈一样被消耗。要想生存下去，就得像猫一样学会欺骗，耍花招，摇尾乞怜。在欧洲人眼里，我们永远是一群没有根基的寄生虫，无论我们怎样通过努力获得多么体面的地位，都不过是这块土地上的陌生人！

罗森猛地想起早晨乘地铁时的情景，坐在车厢里，他老觉得有人用鄙夷的目光打量自己。罗森对自己说，但愿是我的错觉。

昨晚的电视节目中，古特曼突然说，多瑙河边的裸体浴场上，赤条条躺着无数男女，还美其名曰"人类回归伊甸园的天然与自由"，可我联想到的却是被扒光衣服投进毒气室的犹太人。古特曼双手托腮，视线上仰，仿佛一个洞察先机的智者，最后一次打量天庭。最后，他叹道：重要的不是痛苦，而是痛苦的无限延伸！

次日晚上，罗森走进金色大厅，试图在音符编织的世界里忘却过去，让自己钟爱的音乐掏空内心的悲怆。可当他貌似平静地左顾右盼时，发觉仪表堂堂的听众席里，闪现出那个留着小胡子的魔影，他一面在瓦格纳的歌剧中热泪盈眶，一面把犹太人一车车送进死亡集中营。他又想起执掌诊所开业的行政官员，好似十年前西客站上那名盖世太保，他嘴角挂着一丝狞笑说：小心点，不管你走到哪里，老子照样收拾你！

在这座光彩照人的城市里，刽子手与受害者时刻同在。这念头一经冒出，便引起罗森身体乃至生理的极度不适。他时常脊背发冷，不寒而栗。

真正的铁丝网消失了，无形的铁丝网还在。

第十五章
鸭绿江飞鸿

89　鸭绿江飞鸿

每个人都在承受痛苦，并将自己的痛苦在流水线中传递下去。时光仅仅过去了一年多，他的期盼、他的雄心、他的激情，如同泼洒在路面上的水，转瞬便蒸发掉了。

秋日已尽，维也纳的空气里弥漫着冬日的冷涩。罗森心焦气躁地等待着约瑟夫的音信，期盼弟弟能带给他露西娅的消息。清晨，他照例打开信箱查看，一个激灵，发现里头卧着一封信。地址显示，并不是以色列，而是来自遥远的东方。

亲爱的大鼻子：

你在维也纳的生活都还好吧，想念你啊！

当你接到这封信的时候，我已随中国人民志愿军抵达朝鲜战场，或是在中朝边界的鸭绿江畔。你走后，我在中国南方走访了一些地方，由于这场蓄势待发的战争，我被召回了北京。北京正在变成一个真正的首都，我相信，你会比我更喜欢它。

这次，我是作为战地记者配合大部队出征的。你猜我碰到谁了？你的奥地利同乡理查德·傅莱！他是作为朝鲜野战医院的顾问兼医生参战的。你看，我总是和奥地利人有缘。非常希望你也能来，让我们一起加入这场战斗。

抱歉，我只能写到这里，部队马上要出发了。

匆匆！

你诚挚的朋友阿兰·惠灵顿

如同上帝的邮差，带着极大的诱惑，骤然按响了罗森的门铃。阿兰·惠灵顿的这封信不啻为一枚炸弹，把罗森震得眼冒金星，躲闪不及。一幅波澜壮阔的画面，就这么不失时机地展现在罗森面前，上面印满惠灵顿激情燃烧的蓝眸，还有理查德矫健俊朗的身躯，这画面在维也纳的秋阳下，急剧放大、升温、膨胀，再次点燃了罗森的雄心。想不到，自己在维也纳饱受煎熬的时候，方兴未艾的新中国正在经受一场新的考验，与此同时也展现出强大的生命力。罗森情不自禁地想起当年，自己陪伴罗荣桓前往大连途中，窗外闪过鸭绿江边的景致，那五彩缤纷的朝鲜妇女的裙装。

他进而得知，老战友吴知理正带领一支医疗队投入了朝鲜战场。罗森的心飞了出去，刹那间飞到中国，飞到了战友们中间。他们曾一同战斗，一同引吭高歌，推杯换盏，生死与共。本以为十年的中国经历不过是他生命中的一段插曲，而实际上却跃升为他生命中的主旋律。罗森周身的血直往上涌，像是注入了一针强心剂，日夜躁动，寝食难安。我要回中国，参加抗美援朝战争，带上我全部的自尊与自恋再度启航，继续为中国奋斗，并加入新中国的建设中去！

罗森跃跃欲试地开始了行动：申请前往中国的签证。

然而，刚刚成立的中华人民共和国，跟时下由苏、美、英、法四国分治的奥地利，还没有建立外交关系，要申请前往中国的签证，得到二战后归入社会主义阵营的民主德国去办理。两周后罗森带上有关资料，乘火车来到了中国驻民主德国大使馆。

苏联管控下的东柏林，到处张贴着语气铿锵的大标语。"时刻准备劳动，时刻准备捍卫和平"的大红条幅，当头悬挂在1950年柏林斯大林街的建筑工地上。打造民主德国社会主义样板工程，建筑风格与政治特色岂能分离？民主德国的许多楼堂馆所高大宏伟，历史气息浓郁，并且弥漫着苏联民族的浩大与雄浑。此外，这一时期的社会主义宫殿建筑，为了与现代主义决裂，在造型上刻意靠近新巴洛克和新古典主义风格。

罗森扑进中国大使馆的这一刻，犹如踏上了中国的土地，一种回家的感觉，电流般传遍周身。罗森热切地告诉他们：我参加过中国的抗日战争和解放战争，新四军、八路军还有东北野战军，并做过东北一纵卫生部部长……可接待窗口的年轻姑娘，直愣愣瞅着他，大眼睛一闪一闪的，不知是听不懂罗森的汉语，还是对他的德语也一知半解。总之，她不大相信他的话！

罗森哪里想得到，仅仅一墙之隔的办公室里，正端坐着他情同手足的老战友黄农，自打那个高粱成熟的季节，他们便开始了相濡以沫的合作，共同研究治疗方案，一同为八路军伤员动手术。斯大林格勒保卫战胜利那天，黄农兴冲冲来给他送战利品，火腿、熏肠、香烟、咖啡……然而，眼下的黄农（战争时期的化名）正是中华人民共和国驻东德大使馆大使，可他恢复了原名——王雨田。对此，罗森一无所知。

而这一刻的黄农，无论如何都想不到他的亲密战友和伙伴，会千里迢迢来到这里，一心一意申请前往中国的签证！

历史就是这么诡异无情，让两个如胶似漆的老战友，在欧洲土地上擦肩而过。

90　乌托邦国度里飞回的一只蝴蝶

一个月过去了，罗森没有收到来自柏林的回音。这就意味着，他可能被拒签了。

冷战下的欧洲，每个人都背负着沉重的历史。罗森想不到的是，像他这样的奥地利人，只身前往共产党领导下的中国驻民主德国领事馆去递交签证申请，已被他的祖国视为"通敌"行为。这个时期的奥地利与中华人民共和国没有官方往来，即便是奥地利共产党，也与中国共产党是两码事。罗森曾试图与奥方共产党取得联系，可他打出去的每一个电话都遭到监听并被严密监视。他俨然成了祖国的一名异己分子，一个潜在的敌人、特务。如同从乌托邦国度里飞回的一只蝴蝶，在花草簇拥的国度却无处栖身。

大雪期然而至，倍感冷落的罗森想起那些轰轰烈烈的战斗岁月，以及古道热肠的中国百姓。破天荒地，他首次对那种被呵护被围观和被扰攘的感觉留恋不已。然而沮丧归沮丧，他并没有灰心，转而向中国驻瑞士大使馆递交了签证申请。圣诞前夕，罗森总算接到了大使馆的回函，请他到伯尔尼去面谈。而后，继续等待。

又是一个月过去了，罗森迟迟未得到后续的任何答复。他情不自禁地想起北京西山的那次盛大宴会上，刘少奇十分诚恳地向他敬酒，并紧紧握住他的手说：你为中国人民舍生忘死，新中国的功劳簿上，有你的一笔啊！

现在，刘少奇是新中国的国家副主席。

难道他挚爱的国家不要他了吗？罗森痴痴地望着远方，一种有家难回的痛楚，一如当年走投无路的感觉，那种四处碰壁的苍凉，转瞬间又回来了。中国曾经是他的庇护所，如今却对他戛然关上了门。他是一名中国共产党党员，在朴素的中国百姓中间，常常受到英雄般的尊重和爱戴，难道他不再属于那块土地了吗？沮丧之时罗森禁不住想，对那片土地上的人来说，也许我不过是一个过时的名字，一粒掉入历史的微不足道的尘埃。灰心之余，罗森感到了屈辱。

空气的条状阴影，在冬日温吞的阳光下微微抖动，病痛与心痛交困，像结了碱的土地，一点点硬化并蚕食着罗森。他一下子老了许多。身心的钝化，让他对意态情致的兴趣逐渐淡漠。夜晚的街灯明灭不定，一边是维也纳绚烂多姿的夜生活，一边是黑暗中泅渡的罗森。一阵风刮过来，好似打在他脸上的一记耳光，他睁不开眼睛，头昏脑涨，慢吞吞吐出一口长气，孱弱得犹如垂死者的叹息。

本以为挨过了时代的暴风雪，回家的日子会风和日丽，阳光普照。可他仍旧无所依傍，从肉体到灵魂。年轻时的一切梦想都从这里滋生、起飞，如今只剩下了冰冷，以及孤独。十年来，他在中国土地上蕴藉的骄傲和自信，在这彻骨的冷寂里渐渐冰冻。这座城市的魅力，亦如曾经拥有过的真实而持久的幸福那样，一去不复返。与此同时，生活这张脸上所有的血丝、沟壑与无情，都实实在在地向他张开。

罗森开始为生存担忧了。但他仍在等待，等待命运之风，再次把他带走。

凌晨的寂静里，他听见电动剃须刀的蜂鸣从洞穴里传出，声音枯燥而冗长，像是挣脱不醒的沉睡感。他将蓄积的胡茬倒在一张纸片上，包好，装进衣兜。做完了这一切，他抬头看见一只误入窗口的黑猫，旁若无人，高视阔步，而后伏在马桶盖上，离他顶多半米之遥，很不友善地盯着他。罗森的目光变得有些僵硬。这是我的家吗？罗森恍然间冒出一个念头。可这里的一切，我怎么都无法左右呢？

约瑟夫的电话，是在毫无预感的情况下打来的。露西娅在耶路撒冷，她期待着与你见面！

罗森听后，通体战栗，耳边似有闷雷滚过。随后，他整个人似乎变得轻盈起来。露西娅，我亲爱的，你果真人在以色列啊。罗森望了一眼云遮雾罩的窗外，顿觉这里的世界不再关乎自己。但心里有个声音仿佛在说：你是那么热爱欧洲的文化、艺术、传统、历史，还有你深爱的音乐。罗森躺在床上，直挺挺对着天花板，泪水倾泻。直到拂晓，他吃力地翻了个身，喃喃道，不能再耽误了，我要马上启程。

第十六章
我的应许之地

91　特拉维夫

罗森抵达以色列这个新生的国家时，复活节早过了。

约瑟夫是从古老而热闹的地中海港口雅法，将哥哥接到特拉维夫家中的。1799年拿破仑东征叙利亚途中，也是从这里登陆，并在这座韵味十足的海港逗留数日。沧海桑田，街头巷陌，至今沿袭着流转千年的生活日常。约瑟夫和贝巴在海边静谧的一角，有栋土黄色二层小楼。这是他们从巴勒斯坦人手上盘下的一块地，然后自己动手一点点建造起来的。房子虽然简朴，却带着一个伸向海边的阳台，饱满的阳光，和煦的海风，温暖而干爽的空气，让罗森倍感舒畅。

安顿下来之后，约瑟夫时常陪着罗森，城里城外，四处走动。

罗森眼中的特拉维夫既崭新，又老迈。已然开垦的土地上，长着果实累累的柠檬、椰枣和无花果，间或布满绿油油的菜蔬和秧苗。门前的小路上，青草从泥土里钻出来，远处苍凉的山上晃动着稠密的橄榄树。面朝大海的那条街人声鼎沸，五花八门的小商铺渐成气候。罗森不由想起上海霞飞路和哈尔滨犹太社区的繁荣景象，虽然这里的规模与那边不可同日而语，但有一种似曾相识的亲切感。罗森由衷地佩服他们这个民族的创造力，不仅具有旺盛的草根性活力，还有科技眼光，即便置身荒山秃岭，也能落地生根，安营扎寨，并迅速孕育出芳草绿茵。

关于犹太建国的渊源和曲折，罗森早有耳闻。还是在19世纪末，犹太复国主义先驱西奥多·赫茨尔在维也纳出版了一本书《犹太国》。书中宣称：犹太人只有建立属于自己的国家，才能免遭歧视和迫害。这本书在当时不啻一道闪电，为流浪中的犹太人描绘了一个理想家园。这个家园，就是流着奶和蜜的应许之地——巴勒斯坦。

思想激进的约瑟夫正是受到犹太复国主义先驱和拓荒者的鼓舞，与贝巴翻山越岭来到这里。他们怀揣理想和信念，欣然融入重建家园的洪流中，上山下乡，开疆拓土。没有国土的人民，在没有居民的土地上建立自己的国家——而事实如何呢？

事实上，巴勒斯坦的土地上世世代代生存着阿拉伯人，他们早就在此繁衍生息。为了在巴勒斯坦扎下根来，犹太人势必要把这里的阿拉伯人一个个赶走，将他们的村庄变成自己的定居点，否则，犹太人的建国梦将遥遥无期。当众人沉迷于力量来自和平，还是和平来自力量的讨论之时，约瑟夫振臂一呼：所谓真理，就是不顾一切地活下去！于是占领、驱逐加暴力，很快成为攫取土地的有效方式。

二战结束后，散居在世界各地的犹太人潮水般涌来，他们一面跟阿拉伯人争夺地盘，一面筹划着自己的建国方略。犹太人要重返祖先应许之地，阿拉伯人要坚守多年赖以生存的故土，于是在1948年5月14日这天，七十万犹太人正沉浸于以色列建国的狂喜中时，以埃及为首包括黎巴嫩、叙利亚、约旦等六个国家组成的阿拉伯联军，已兵临城下。15日第一次中东战争爆发。战争使近百万巴勒斯坦人沦为难民，此后的巴以冲突接二连三，络绎不绝，缕缕打破以色列人的美梦。

初夏时节，维也纳的凉爽已被中东地区的酷暑所取代，商业区的炙热能把人烤化。罗森巡视周围，发现特拉维夫的工作节奏跟中国很相似，虽然艰苦、质朴，却有着振奋人心的勃勃生机。而新的难题相继摆在了罗森面前。为了与族人顺利打交道，他不得不从头学习祖先的语言希伯来语。他便想起初到上海时，面对陌生语言和环境的那份尴尬。好在有约瑟夫和贝巴，他们是一对出色的伴侣。

贝巴极爱干净，做事谨小慎微，日子过得像斑鸠。她看不惯周围脏兮兮的环境，只要有可能每天都要换床单被罩，反复清扫房间里的角角落落，不要命地冲刷马桶和水槽。除此之外，贝巴还是一个严守教规的人，一日三餐都要按照犹太教规行事，并要求她的住户同样遵守教义和饮食习惯。这对罗森是一个不小的挑战。多年的中国经历，他已习惯了东方人的重口味，与严格的宗教饮食有天渊之别。但他必须重新适应。

罗森很清楚，百废待兴的以色列不是玫瑰花园，而是像一个巨大的难民营。这里的犹太居民来自世界各地，西欧、中东、波兰、俄罗斯、拉丁美洲，每个人都背负着不同的传统文化、生活习俗和记忆，情感与经历曲折难言。而从中国回来的，似乎只有他一人。这让罗森的心里不免泛起一股无人理解的孤寂与惆怅。

渐渐地罗森退入自己的内心深处，在不着边际的遐想中，释放和宣泄难以言说的思念和期待。敏感、无奈、迁就、气馁，淤积日深，即便有所克制，灰暗的情绪也会不自觉地流露出来。

> 我们在灾难中繁衍壮大。这就是为什么我们会有如此的应变力、生命力和创造力，这就是为什么我们是如此的神经敏

感、高调行事和难以包容，因为我们每天都生活在冒烟的火山不断逼近的阴影之下。

——阿里·沙维特《我的应许之地》

92 另一个亚特兰蒂斯

罗森的运气不错，经过一番努力，他在特拉维夫有名的阿苏塔医院谋到了一份差事，先干起来再说，一旦时机成熟，再寻求开诊所的可能性。在自己的土地上拥有一家属于自己的诊所，成为罗森矢志不渝的奋斗目标。

中东的高温下，罗森的心脏时好时坏，外出买食物的路上，每经过两个橱窗他都要停下来休息一会儿，然后才能继续走。晚间，罗森面向退潮的海滩给露西娅写了一封信，告诉她自己在特拉维夫落下脚来，并有了一份不错的工作，就等着与她见面了。

露西娅在随后的回信中说，不久前她接受了约旦国立音乐学院的授课邀请，就在死海对面的一所院校。待她课程结束后，希望和他在耶路撒冷见面。

罗森握着露西娅的信，满腔的血液直涌到脑门儿。爱，是逼仄罅隙中泄出的一道阳光，连日来的忧伤和郁闷，转瞬之间被强有力的生命乐趣所环绕。他一面默念露西娅的亲笔信，一面冥想着与她团聚的幸福，双肩微微颤抖，眼中蓄满滚烫的泪。

这天罗森从医院下班回来，在俯临大海的小高地上，突见一栋漂亮的花园别墅，城堡似的居高临下。而对面的斜坡上，一双双仇视的目光正怒视这栋鹤立鸡群的豪宅。罗森深感不安。周末的教堂前，一群身披黑袍的阿拉伯妇女拖儿带女，怒不可遏地摊开双手哭喊：凭什么，你们凭什么抢占我们的村子？男人们的叫骂更是来得直接：你们这些该死的犹太佬，我们本来活得好好的，都是你们把这里变得乌烟瘴气！

罗森顿时如临深渊，一阵尖锐的刺痛迅疾传遍周身。这情景，似乎将尘封多年的历史重新撕开了一道口子，血淋淋展现在他的面前。有朝一日，罗森不由自主地想，这汹涌的波涛是否会像神话中的海啸一样，赫然间吞没海岸，进而将以色列一扫而空？就好比另一个亚特兰蒂斯，最终迷失在大西洋的最深处！

亚特兰蒂斯，乃欧洲与直布罗陀海峡西部大洋上的一座岛屿，曾经拥有高度文明和兴旺发达的陆地、国家和城邦。古希腊哲学家柏拉图在他的《对话录》里，十分详细地描述过这座小岛毁于史前海啸的惨状。恍然间，罗森感觉自己正身处古老的亚特兰蒂斯，并且像投入惊涛骇浪的一撮砂砾，被潮汐狂卷而去。

"砰——砰——砰——"，随着几声震耳欲聋的脆响，紧接着是玻璃窗的碎裂声。罗森惊慌失措地跑下楼去，只见厨房和前厅的地上，躺着几块拳头大的石头，窗玻璃碎了一地。约瑟夫端着枪冲出来，在房前房后查看了一会儿。贝巴也下楼来，十分肯定地对罗森说：都是山上那群人干的，这些该死的年轻人！

罗森悚然望向黄沙弥漫的远山，心想，犹太复国运动从一开始就如履薄冰，危机四伏。因为这项运动是以驱逐一个民族的方式，来挽救另一个民族的命运。不知为何,罗森想起古特曼告别维也纳时的决绝——那种家园被毁亲人尽失后无泪的绝望。

恍然间,十年前的迷惘、困厄和忧患,似乎又回来了。

罗森不知不觉地走向一片界限模糊的地带。飞扬的尘土和碎石间坐落着成片的房舍,挤挤挨挨的,像一片废墟。无数个门窗,不过是一个个洞,仿佛瞪着委屈而惶恐的眼睛。女人们出出进进地忙碌着,无所事事的男人和孩子们衣衫褴褛,蓬头垢面,目光友善而呆滞,赤脚立在矮墙边。对于他们而言,一波又一波的欧洲殖民者,先后在这块土地上颐指气使,羞辱他们,欺负他们,压榨他们,这伙欧洲人刚刚离去,却又来了一群犹太人,带着他们的言语,他们崭新的想法和科技手段,高举犹太复国主义的大旗,打着与阿拉伯人共享蓝天的幌子,来到中东,千方百计蚕食他们的土地,吞并他们的家园,开始了新一轮的剥削和压迫,并且要把自己在欧洲人那里遭受的屈辱、歧视和仇恨,一点点转嫁到他们身上。他们死也不会答应的!

可贫弱得不堪一击的他们,又能怎么样呢?

一眼望去,阿拉伯土著们的生活几乎还停留于原始状态,平静而麻木的眼神毫无希望可言。这极端的贫困和混乱,让罗森不忍细看,他逃也似的快步下了坡,却见山谷间有座遗迹,一看就是罗马人的剧场。虽是断壁残垣,但显而易见,古时的先辈们已骄傲地享受这块土地了。而眼下,仍是这般破败、枯萎,一派末日景象。历史的不可逆转,命运的弱不禁风,一种致命的寒凉撞击着罗森,进而搅乱了他的梦。

征服者前仆后继而来，称霸些许时日之后，徒留几座墙与塔、几道石上的裂缝、少许陶器碎片与文件，就如丘陵间的晨雾般，消散无踪。

——阿摩司·奥兹《爱与黑暗的故事》

第十七章
耶路撒冷

93　耶路撒冷

清晨海边的风是软的，罗森在自己的天空中睁着眼睛爬行。床前的月光柱里，他似乎看见自己的祖先，渡红海，出埃及，从西奈沙漠进入约旦河流域，一举攻克耶路撒冷，而后停驻在流着奶和蜜的迦南之地。

天已大明，曙色飞遁，巨大而空洞的前方，像一块揉皱了的绸布，铺展在锈迹斑斑的地平线上，滚滚的羊群越境而来。

罗森出发的这天早上，情绪很好，只是感觉到冷，便裹上摩塞尔太太给他缝制的那件薄呢大衣。预感到见露西娅时的兴奋与激动，他提前服了大量硝酸甘油。跟弟妹告别后，罗森情不自禁地哼着《我的太阳》出了门。沿途两侧，是长满小麦和罂粟花的田野，乡村院落的石砌阳台上，绽放着火红的石楠花。

耶路撒冷近在咫尺，罗森突然有种近乡情怯的忐忑。一片错落的山谷间，袒露出一个个帐篷，白花花飘浮在荒野里。哭泣、谩骂和讨生活的琐碎乱糟糟混作一团。罗森恍然大悟，这是巴勒斯坦难民——冲突与纷争之下的背井离乡。频繁目睹这样的场景，罗森不是难过，而是难为情。一直以来，他的族人不再以道德标准来评价自己，也不再对自己的行为加以限制和约束，似乎这一切，都可归咎于我们曾经是受害者。

自从 1947 年 11 月 29 日联合国通过决议，在巴勒斯坦的土地上成立犹太人的以色列国，两个族群之间的冲突便愈演愈烈，你死我活。在以色列占领下的巴勒斯坦地盘上，许多巴勒斯坦人还是留了下来，与犹太人交织混杂，在逼仄的空间里讨生活。原本属于自己的地盘被生生夺去，度日如年的巴勒斯坦人岂能善罢甘休？于是，复仇的火焰时刻酝酿着。血气方刚的年轻人手持简陋武器，出没于黄沙间的村落与城镇，顽强地跟以色列军队周旋。战争的磨盘，血肉的屠场，生命与人道，当这些残酷无情的字眼在罗森的脑中轮番闪回时，约瑟夫在海边公寓突然接到了一份加急电报：

尊敬的罗森·菲尔医生：

　　我们已确认了您作为奥地利医学专家的身份，鉴于您为中国人民舍生忘死的战斗历程，以及为中国人民所做出的贡献，经新中国最高领导人批示，特邀请您回中国工作。请接到通知后，即刻到柏林中国大使馆领取签证。

中华人民共和国驻民主德国大使馆

　　一缕阳光披挂着蓝光，直射约瑟夫瘦削的脸庞。他捧着电报逐字逐句地念着，泪水一涌而出。他为哥哥的夙愿终究有了着落而激动不已。约瑟夫的眼里波涛翻卷，只有片刻迟疑，他便冲出家门，疯了似的朝耶路撒冷狂奔。

　　此刻的罗森正缓步踏上石拱门下的窄巷，祖先的宣言犹在回荡：公元前11世纪，大卫王统一犹太各部落后，以六角星为象征定都在耶路撒冷，这里是我们的宗教盛典之所在，自古就是犹太人的应许之地。当罗森气喘吁吁地攀上橄榄山，居高临下俯瞰整座城垣时，另一个声音说：这里是耶稣诞生、传教、献身和复活的神圣之地，那座举世瞩目的教堂里，至今保留着耶稣复活的迹象。罗森定了定神，环顾四周，伊斯兰世界的金顶清真寺赫然肃立在蓝天白云下，穆罕默德仿佛紧闭双眼，聆听真主安拉的祝福……这一切都似乎合情合理，又顺理成章，罗森不禁目眩神迷。

毋庸置疑，耶路撒冷是见证神迹的地方，是这个世界上唯一同时拥有天堂和人间的城市，作为三教圣地，耶路撒冷承载着沉甸甸的宗教符号和历史遗迹，一步望尽三千年啊！只有来到耶路撒冷，双脚踏在这块坎坷不平却又凄美无比的土地上，才能真切感受到，历史在这里沉积了多少哀怨与仇恨，祈祷与叹息，鲜血与眼泪。犹太圣经《塔木德》上说：上帝给了世界十分美丽，九分给了耶路撒冷。后人说：上帝给了世界十分哀愁，九分给了耶路撒冷。

不知何时，罗森一眼瞥见圆顶教堂的阴影下，聚了一群穆斯林妇女，她们哭天喊地，捶胸顿足，与西墙下默默哭泣的犹太族裔形成鲜明对照。罗森忍不住走到墙边，贴近头戴黑毡帽、身穿黑大衣的男人群，瞬间淹没在摇头晃脑的诵经声里。

缕缕光线打在墙上，罗森折身迈上石阶，他想坐在角落里歇息一会儿，却见城门下的一家小店铺里，闪动着一个熟悉的身影，罗森惊呼道，这不是摩塞尔太太吗？

女人眼睛瞪得大大的，定睛打量后，伸手捂住了嘴。上帝呀，真的是您啊，我不是在做梦吧！而罗森身上，正裹着她在霞飞路上的裁缝铺里，连天加夜为他赶制的薄呢大衣——虽然此刻看上去，跟周遭的天气有些不合时宜。

摩塞尔太太是 1951 年冬季离开上海，辗转而来的。形只影单的，与其流落异国他乡，不如回来得好。加上以色列政府向全世界同胞发出了召唤，欢迎回家投资经商，建设美好家园。幸好手里还有点积蓄，摩塞尔太太就租了个商铺，继续她的老本行。

罗森已无力感慨，但他那惯常的微笑里溢满喜悦。小店的门前人来人往，戴黑色礼帽的，披雪白长衫的，还有捂得严严实实的阿拉伯妇女。罗森担忧地问，听说巴勒斯坦人最近闹得很厉害？

嗨，想象中的草原，总比实际中更绿，但只有一部分人看得到。在这块说不清道不明的地盘上，就像是三个业主争夺一座老宅，每一派都有理由拥有它，真是难解难分啊。可不管怎样，我们终于有了自己的家园，靠在了祖先的石头上！

是啊，一个拇指大的地方，被投注了太多的信仰和希望，实在是不堪重负。罗森进而想，到底是生意人，摩塞尔太太的比喻非常贴切。一座饱经沧桑的老宅被争来夺去，以时间为轴各自表述，寸土必争，相持不下。鄙视与憎恨，争执与角逐，也就没完没了。除了艰难的日常生活，还要抵抗无所不在的敌意！

告别了摩塞尔太太，罗森踩着拼图似的街区、巷道，好似走在眼花缭乱的迷宫里。教堂、花园、宫殿和层层叠叠的墓碑，以及从时光柱上剥落下来的瓦砾碎片，拥塞了圣殿山和老城之间的平谷。头顶疑云重重，脚下废墟遍地，但罗森毕竟真切地感触到了，这不是在梦里，而是踏在了祖先的土地上。

就在同一时刻，从约旦河西岸动身而来的露西娅，和从特拉维夫出发紧赶慢赶的约瑟夫，正迫不及待地朝向同一个目标——耶路撒冷。

第十八章
死海之吻

94　死海之吻

乌云中皲裂出道道豁口，束束霞光射向圣城哭墙边的白色石阶上。苍老的砖墙与岩壁，没有护栏的圣坛般的平台上，罗森抬头仰望，披着霞光的大卫塔高贵得单纯，静穆得伟大。他缓缓挪动脚步，一级台阶一级台阶地向上攀。

这天是犹太人赎罪日。依照《圣经·创世纪》记载，上帝六日内创造了天地万物，第七日完工休息，故尊该日为圣日，亦为安息日。这是犹太人最庄严、最神圣的日子，全体犹太教徒都会在这一天停止工作，认罪、祈祷、禁食等。而这天，依照犹太教义的惯例，男性教徒和女性教徒必须分开来进行祈祷，互不打扰。于是，他们就在西墙边竖起一道屏障。而这道屏障，把阿拉伯人的道路堵死了。

这是一道无法穿越的围墙，横亘于两个族群之间，像死海一样没有出路。

千百年来，这条路一直是居住在此的阿拉伯人的必经之路。忍无可忍的阿拉伯后生哈桑，一大早背上自制的炸弹，不声不响地出发了。意识到是在圣城，哈桑觉得自己即将采取的行动是对真主的亵渎，因而投掷炸弹前，他虔诚地对着清真寺的金色圆顶匍匐在地，拜了又拜。

攀上高台，罗森凭依大卫塔石基，居高临下。前方的小广场上，他看到一袭白裙的女子，在人丛里东张西望——是露西娅？我的露西娅！罗森想拨开人群扑过去，拥抱她，亲吻她。可他的心脏一阵绞痛，罗森赶忙停下脚步，恍惚中露西娅长发垂落，飘洒如风，带着点不食人间烟火的神情。罗森奋力向她挥了挥手，陡然间他的视线里闪出满头大汗的约瑟夫，他刚刚穿过旧城区，沿着耶稣身背十字架受难的那条砖石小径走来了，手里高举着一张白纸！

罗森感动了，为自己，也为渐行渐近的两个亲人。然而，罗森被一声炸弹的轰鸣惊扰了。随着这声炸弹的巨响，密集的人群里陡然升起一团火光，白色的帐篷沿着哭墙唰地飞出，像一顶巨大的遮阳伞腾空而起。惨叫声中，朝圣的人群四处逃窜。一枚弹片迸出来，不偏不倚地嵌入罗森左侧的眉骨。他身子一颤，脑中依稀掠过一阵凉意，有些遗憾，有些沉沦，很难说是死亡带走了他，还是他带走了死亡。

罗森猝然心碎，他感到了累。

倒下去的瞬间，瓦蓝如洗的天际间骤然响起阿拉伯人那苍凉的唱诵，是旷野中的长啸，还是上帝降临的福音？成群结队的穆斯林，扯起长袍匍匐在真主的脚下。黑森森的犹太人，伫立墙边念诵、捶打、倾诉，泪流满面。

声色俱静中，罗森望见了死海。那里没有绿荫，没有花朵，寸草不生。他的爱人正踩着波澜不惊的海面轻歌曼舞，肤色各异的孩子们拨弄着水花为她伴奏。而他呢，如一叶扁舟沉入地球的心窝，逆流而上，搁浅，倾覆，无论怎样挣扎，都彼岸难寻。

哪里有什么胜利？扛得住就是一切！里尔克的《安魂曲》轻轻叩击着他的脑膜。盘根错节而又四分五裂的人群似乎着了魔，急吼吼奔向各自的宿命。也许每个人都有着无可救赎的罪，也有着无可辩白的无辜。所有人都处在深渊的边缘，为出路而厮杀。

在那条幽暗狭长的巷子里，耶稣仿佛正身背十字架踉跄而行，粗粝的石头墙刮擦着十字架的边沿，一线天光漏下来，映在耶稣眉心的荆棘冠上，女人们的啜泣颤动在炙热的空气里；巷子的另一头，充塞着商贩、乞丐和朝圣者，以及荷枪实弹的以色列士兵。在大海与沙漠的交汇处，现实回到它的原点——土地、身份、欲念、恐惧、死亡，到底情归何方？罗森吞下一口眼泪，咽喉痉挛得发不出声。他热切期盼着露西娅和弟弟的走近，走近……歌声在回荡，无数个朝圣的仪式在循序渐进，旋律如拉长的火苗，亦如悲怆的悼词，尘土与灰烬背后，是凝结成盐一样苦涩的老墙。

罗森和衣躺在床上，心事被一双玉手牵起，他把它捂在胸口。

地平线的那一端露出绿色的光焰，醇厚而安详。罗森用尽最后一丝力气，遥想那个国度，那色彩，那气味，那人情世故，即使多灾多难，却温暖过他的心，承载过他的梦，让他在战争与苦难中重拾尊严。闭上眼的同时，罗森的灵魂已漂洋过海远行到东方。旋然间，他浑身战栗，瞳孔放大，脑中闪过生与死，面色轻松而解脱，浑浊的泪水浇筑成一个血色的黎明。

2021 年 10 月初稿

2022 年 1 月二稿

2022 年 11 月三稿

于奥地利维也纳

后记：飞扬的浪漫，深沉的蓝眸

2010年那个春夏之交，我有幸作为鲁院吸收的第一个海外学子，走进第十三届中青年作家高研班，与祖国内地五十多名专业作家同窗学习。交流和提升的同时，我暗暗揣着一个执念：将第二次世界大战时期为躲避纳粹迫害而逃往中国，与中国人民并肩抗战、生死相依的人物和传奇故事诉诸笔端，创作成一部长篇小说。

那个时候，我还不会写小说，更没有能力撑起一部长篇。

鲁院结业，回到维也纳之后，我以文化冲撞和跨国婚恋为题材创作了一系列中短篇小说，而后过渡到呈现和挖掘海内外底层女性的生存困境、情感困惑以及不同国度、不同境遇之下人性的走向和裂变。如：中短篇小说《处女的冬季》《不戴戒指的女人》《斯特拉斯堡之恋》《魔笛》《夜蝴蝶》《花粉》《13号地铁》《男人的咖啡》《法老的石雕》等。当我的小说发表和转载于《作家》《作品》《十月》《人民文学》《北京文学》《香港文学》《小说月报》等累计超过百万字时，我感觉梦寐以求的长篇小说，呼之欲出了。

为了以文学手法呈现这部长篇小说《到中国去》，我踏踏实实奋斗了十年。

之所以倾注如此漫长的光阴，是由于主人公所牵动的历史背景、战争历程和情感波折，沉重、庞杂而宏阔，横跨中西，纵横南北，并且延伸到盘根错节的中东、死海一带，内容涉及两次世界大战、德国法西斯崛起，乃至犹太人遭遇世界性驱逐的命运和诱因。

正如我的鲁院老师，小说家和诗人邱华栋所述：

> 方丽娜历经十年沉淀，以冷峻笔触构筑的长篇小说《到中国去》，书写二次大战前为躲避纳粹迫害而逃往中国的奥地利犹太精英，在世界动荡中与中华民族并肩抗日，生死相依，由此而连缀起上世纪40年代风云际会中，以迥异姿态融入中国大时代的近20位国际友人，他们的生命轨迹、精神辐射、情爱追寻、命运沉浮、身份归属……

《到中国去》试图再现一个特殊的群体，描绘一幅活跃在中国大江南北的浩瀚的国际友人众生相，透过他们飞扬的浪漫和深沉的蓝眸，反观中国的百年沧桑和中华民族的心灵史，回望、追溯一个个鲜活的中国领袖人物，他们的视角、眼界和独有的智慧非同寻常。拨开尘封的记忆，让我们看到那段不堪回首的峥嵘岁月，而历史的宏大善恶、跌宕起伏，终究掩盖不了个体生命的纹理。在大时代的风暴中，他们的命运曾如枯叶般脆弱凋零，不堪一击，却在大起大落中坚守自己的信仰，义无反顾地与中国人民站在一起，追逐那遥远的理想之光。

真正的小说，从来都不只是简单的文学享受，它所蕴含的是一个民族最真实、最隐秘的心灵变迁史。站在今天的时间节点上，回溯八十年前这些已然成为历史的可敬可爱的国际人士，那段特定的岁月，特定的生态，特定的情感与抉择，以及无法言说的身世痛楚——历史与历史的碰撞，人与人的交集，风雨飘摇中他们对同族的眷恋，对异族的体恤，深情、悠长、悲壮，构成特定历史条件下的音符组合、一曲中国乃至世界风云际会中的华彩乐章。

但我创作这部小说，不只是为了还原历史，而是执着于人性的发掘和情感的弘扬，连同文化观念交集并存的世相繁杂和人情冷暖。主人公波澜壮阔的经历中，有我们这个民族最真实的过往，那些鲜为人知的民族记忆弥足珍贵，不应被今天的我们遗忘。

小说《到中国去》节选于2023年6月在《作品》杂志发表后，江苏盐城师范学院文学院的刘秀珍教授阅读完这部小说，连夜发来了评论。作为一名熟悉苏北新四军历史的盐城学者，她写道：

> 我敢断言，这部小说，必将成为海外华文文学史留存的重要作品。文中涉及众多真实的历史事件、人物、文化地理，谈及盐城革命根据地时，与我熟悉的苏北新四军历史一一吻合，甚而令我惊异于作者史料应用的精确稔熟。想来作者必定苦心孤诣，无数昼夜与孤灯典籍独语……

对我而言，创作的过程是对历史与人性的凝视，也是一次漫长而深沉的精神回归。

2025年适逢中国人民抗日战争暨世界反法西斯战争胜利80周年。在这个特殊的年份，《到中国去》的出版是我个人的文学纪念，更是一次对和平、人性与尊严的致敬。

80年过去了，冲突、不安与战争依然在这个世界轮番上演着。希望这本书能在今天的时代语境下，唤起更多的包容与理解、宽容与正义。

此时此刻，我的脑中频繁闪现出这部小说创作的十年间，我的先生奥地利人 Wolfgang Stelzl 亲自伴我前往奥地利毛特豪森集中营、波兰奥斯维辛集中营和电影《辛德勒名单》的拍摄现场，探访那些令人毛骨悚然的隔离区、焚尸炉的情景，除此之外我们还实地考察了耶路撒冷、约旦、巴勒斯坦以及死海等地。这些孜孜不倦的行走与考证，都成为小说细节可靠而坚实的依据。

我要特别感谢已故的奥中友好协会原常务副主席、奥地利著名汉学家卡明斯基先生（Gerd Kaminski）及其夫人张宏滨女士，他们在原始资料方面给予我倾力支持。我还要感谢理查德·傅莱先生的子女，感谢旅奥画家张文斌先生特意为小说绘制插图，感谢徐则臣老师为小说题写扉页书名[1]。还要感谢我的鲁院老师施战军、邱华栋，以及评论家王红旗、陈瑞琳、方忠、蒋蕗卓、吴道毅等一批文学评论家老师给予我鼓励与厚爱，更要感谢中信出版集团编辑老师们的努力与付出。

愿这部小说成为一座桥梁，连接历史与当下，连接中国与世界，也连接你我的心。

方丽娜
2025 年 5 月 25 日
于奥地利维也纳

---

[1] 本书扉页使用这幅题字时有设计改动。——编者按